Kathrin Steinberger

Manchmal dreht das Leben einfach um

Kathrin Steinberger
wurde 1982 in der Steiermark geboren. Sie studierte Vergleichende Literaturwissenschaft, Germanistik und Theaterwissenschaft.
Sie arbeitet als freie Autorin und lebt in Wien.
Bei Jungbrunnen ist folgender Titel lieferbar: *Die Brüder von Solferino* (2010, ausgezeichnet mit dem Österreichischen Kinder- und Jugendbuchpreis und dem Kinder- und Jugendbuchpreis der Stadt Wien)

Mit freundlicher Unterstützung der Kulturabteilung der Stadt Wien.

ISBN 978-3-7026-5893-9

1. Auflage 2015

Einbandgestaltung: b3k unter Verwendung eines Fotos von Immanuel Gfall

Druck und Bindung: Druckerei Theiss GmbH, A-9431 St. Stefan

Kathrin Steinberger

Manchmal dreht das Leben einfach um

Jungbrunnen

Old habits heavy on our hearts.
You better leave them behind. [...]
Gather the stars, gather the stars now.
They'll be gone sooner or later.
Claire. Pioneers.

Caught in the fire, say *oh.*
We're about to explode.
Carry your world. I'll carry your world. [...]
And all your hurt.
Coldplay. Atlas.

Es war Herbst, mein letzter Herbst zu Hause. Die Straßen vor mir, vor den Rädern meines Fahrrads, waren vertraut. Das Etappenziel in Reichweite, der Schulabschluss. Die Wege dahinter schienen bereits klar, aber ich wusste nicht, ob ich ihnen folgen wollte, doch genausowenig, welche andere Abzweigung ich nehmen sollte. Ich hatte nicht das Gefühl, dass meine Füße die Richtung bestimmten. Aber die Kurve, in die ich schließlich eingebogen bin, hatte ich auch nicht erwartet …

Unsere Stadt nennt sich Stadt, weil sie genügend Einwohner für diesen Status hat. Aber es ist doch albern, zehntausenddreihundertachtundzwanzig Menschen, laut Registerzählung von 2011, als Stadt zu bezeichnen, wenn auch Paris eine Stadt ist. Paris, Hauptstadt von Frankreich, mit Jänner 2012 zwei Millionen zweihundertvierzigtausendsechshunderteinundzwanzig Einwohner. Ja gut, manchmal funktioniert das Stadtgefühl, wenn auf dem Hauptplatz zwischen Cafés und Einkaufszentrum viel los ist. Aber ich wohne am Stadtrand und kann ehrlich nicht sagen, dass ich mich als Städterin fühle.

Unser Haus steht nicht nur am Rand der Stadt, es steht am Rand der Siedlung am Rand der Stadt. Vor zwanzig Jahren haben hier die Bauern ein paar Felder verkauft und die Leute haben ihre Häuser gebaut, auch meine Eltern, *Vierzig Prozent Eigenleistung*, sagt mein Vater. Durch mein Fenster sehe ich Wiesen, Felder und den Wald. Noch vor sieben, acht Jahren haben wir als Kinderhorde zwischen den Maisstauden Verstecken gespielt.

Jetzt ist es anders. Aus den meisten Feldern sind unbestellte Wiesen geworden. Anna, meine beste Freundin von gegenüber, ist weggezogen, als ihre Eltern sich scheiden ließen. In ihrem Haus wohnt jetzt eine Familie mit kleinen, mir fremden Kindern, die mit anderen kleinen, mir fremden Kindern herumlaufen. Nadine arbeitet als Friseurin und hat eine eigene Wohnung in der Altstadt, ich sehe sie

Erklärung von Namen und Begriffen im Glossar ab Seite 276.

nicht mehr. In mein Gymnasium gehen nur wenige andere aus dem Viertel, aber die sind alle jünger. Ich war eigentlich immer hier, aber irgendwann, ich kann nicht sagen, wann genau, habe ich mich einmal umgesehen, und alles war verändert.

Meine letzten Sommerferien verbringe ich auf meinem Rad. Ich fahre zu meinem Job, wie schon die beiden Jahre davor, drei Wochen Aushilfe bei der Post. Mein Vater legt Wert auf solche Dinge, *Die lange Schulzeit ist ein Privileg, versucht euch wenigstens mal in echter Arbeit.* Er liebt blumige Reden. Mich stört es nicht, auf der Post ist im Sommer nichts los und das Geld kann ich gut brauchen. Für zwei Wochen sind wir auf Teneriffa, zum sechsten Mal in zehn Jahren, meine Eltern sind Gewohnheitstiere. Passt das Buffet, kommen sie wieder; wie die Küchenschaben. Zu Mariä Himmelfahrt fahren Isa und ich fürs verlängerte Woche an einen See, Campingbungalow, schwimmen, Wasserski. Das war es mit Urlaub. *Wozu habe ich einen Pool,* sagt mein Vater. Ich radle zu Isa und mit ihr ins Bad, wir faulenzen bei uns im Garten, oder ich fahre die Waldwege auf und ab.

Ich radle auch in die Schule, als sie wieder losgeht. Die Lehrer überschlagen sich, *Maturaklasse, große Aufgaben, Bewährungsprobe.* Genug Schüler lassen sich davon anstecken und sind noch weniger auszuhalten als sonst.

Mir ist das einerlei. Schulaufgaben haben mich noch nie gekümmert. Ich musste nie Zeit investieren, bis ich etwas gelernt hatte. Ich schaue hin, ich höre zu, ich lese es einmal, fertig.

Ich bin hochbegabt. Im Kindergarten haben sie zuerst gedacht, dass ich irgendeine soziale Störung hätte, weil ich nicht Kartons mit Kastanienblättern bekleben wollte, dabei war ich nur unterfordert. Seither bin ich das Wunderkind, auch wenn ich es hasse, dass man mich deshalb immer anders behandelt. Die Begeisterten mag ich noch weniger als die Abschätzigen; haben muss ich beide nicht. Aber bei manchen ist man automatisch unten durch, wenn man ohne Aufwand nur Einsen kriegt. Ich vermute mal, es nervt sie, dass sie einen nicht mal Streber schimpfen können. Aber dass ich nicht Schulballkönigin werde, macht mir nichts aus, ich hab es nicht so mit Menschen.

Als ich in der ersten Schulwoche am Donnerstag heimradle, muss ich nach der letzten Kurve scharf bremsen. Große Baulaster verstellen die halbe Straße. Direkt neben unserem Gartentor parkt ein Betonmischer, dahinter stehen zwei Lkws, auf deren blauen Planen Bauen Sie mit Marković steht.

Neben unserem Haus liegt der Karglhof, eines der ältesten Häuser der Siedlung. Kargls waren Kleinbauern. Vor drei Jahren ist die alte Frau Kargl gestorben, und dass die beiden Söhne sich gestritten haben, was mit dem Erbe – dem Hof, ein paar Wiesen und einem Stück Wald – passieren soll, war für die Leute ein reizvoller Anlass zum Tratsch. Anscheinend ist der Streit beendet, denn irgendjemand richtet hier gerade eine Baustelle ein.

Meine Mutter steht in der Küche. Es riecht nach Gemüsereis. Ich kann Gemüsereis nicht leiden, aber ich verkneife mir jeden Kommentar.

„Vorm Kargl stehen Lastwagen."

„Vielleicht müssen sie alles abreißen. Die Scheune fällt ja schon auseinander."

Sie legt das Besteck auf den Tisch.

„Du kannst essen. Benni kommt später. Und kannst du mir nachher die Wäsche abnehmen?"

„Ich geh gleich, es schaut aus, als würde es bald regnen."

An der Terrassentür schlüpfe ich in meine Crocs. Der Wind ist frisch, ich ziehe den Zipp meiner Weste zu.

Unser Garten ist groß. Den Pool hat mein Vater am Wochenende winterfest gemacht. Dahinter steht eine Gartenlaube. Auf der rechten Seite, wo eine Thujenhecke den Grund zum Karglhof abgrenzt, liegt der Gemüsegarten, den meine Mutter immer weniger nutzt. Daneben, gleich neben den Terrassenstufen, stehen der Kirschbaum und das Klettergerüst mit den Schaukeln, auf dem Benni und ich viele Stunden verbracht haben. Wir sind längst zu alt, das Holz ist verwittert, aber noch hat es niemand übers Herz gebracht, es zu entfernen. *Vielleicht turnen mal die Enkel drauf*, sagt mein Vater, es klingt nach Ausrede.

Auf der Wäschespinne hängt trockene Bettwäsche. Ausgerechnet. Es nervt, die großen Laken zusammenzulegen. Macht man es nicht ordentlich, gibt es Falten, dann müht sich meine Mutter beim Bügeln ab und ihr gebeugter Rücken ist ein stummer Vorwurf, den sie selbst einem nie machen würde. Sie hat einen Wäschetrockner, will aber immer Energie sparen. Ich ordne alles so schön wie möglich in den Korb. Als ich ihn zum Haus zurücktrage, wummern beim Kargl schwere Baugeräte los.

Der Gemüsereis kann warten. Ich stelle die Wäsche auf die Terrasse. In der rechten hinteren Gartenecke kann man durch die Thujen schlüpfen. Als Kinder haben wir das ständig gemacht. Heute kürze ich so meinen Weg zum Wald ab, wenn ich meine Sportrunden drehe. Hinter den Häusern liegen nur Wiesen, neben den Zäunen und Hecken verläuft ein schmaler Pfad. Und man kommt am Karglhof vorbei. Die alte Buchenhecke dort hat genug Löcher, durch die ich in den Garten hinterm Wohnhaus sehen kann.

Früher waren hier der Gemüsegarten der Bauern und daneben ein gepflasterter Hof mit einem Geräteschuppen. Der verfallene Holzzaun hat ein Tor, durch das Herr Kargl, an den ich mich kaum erinnern kann, mit dem Traktor auf die Wiese fahren konnte. Zwischen dem kleinen Wohnhaus und unseren Thujen steht eine Gruppe wunderschöner alter Birken. Das Haus selbst ist ein kleiner rechteckiger Bau, mit winzigen Fenstern und einem Schindeldach. Als ich ein Kind war, fand ich, dass es ein wenig wie ein Hexenhäuschen aussah, aber heute kann keine Fantasie darüber hinwegtäuschen, dass es einfach ein altes, verwahrlostes Haus ist. Überall wuchern Holunderbüsche, das Dach des Schuppens ist eingestürzt. Aus dem Haus dringt der Lärm von Maschinen, so laut, als würde jemand Wände abreißen. Da geht die Tür in den Garten auf, zwei Männer kommen heraus und zünden sich Zigaretten an. Kurz sieht

man die Staubwolken im Raum, dann fällt die Tür wieder zu. Ich ducke mich hinter die Hecke, damit sie mich nicht sehen.
„Lächerlich, dass wir drinnen nicht rauchen dürfen. Wird ja doch alles rausgerissen."
„So sind die Reichen. Wenn einer es sich leisten will das herzurichten, obwohl drüberplanieren einfacher wär, kann er sowas anschaffen."
Es beginnt zu nieseln. Ich schleiche leise davon.
Meine Mutter hat den Reis auf den Tisch gestellt. Ich esse widerspruchslos. Sie fragt nicht, wo ich so lange war, und ich sage nicht, dass ich spioniert habe.

Zwei Monate lang stehen an der Straße ständig die Lastwagen der Baufirma, und dazu welche von Tischlern, Ofenbauern, Elektrikern, Bodenlegern, Dachdeckern, Zimmerleuten, Installateuren und Fliesenlegern. Von morgens bis abends kracht und hämmert es vor sich hin. Meine Mutter, die wenig aus dem Haus kommt, beklagt sich, dass ihr der ständige Lärm die Nerven raubt.
Schnell spricht sich herum, dass irgendjemand den Hof samt Grund und Wald gekauft hat. Der Tratsch brummt. Jede Woche wird ein neuer Besitzer aus dem Hut gezaubert: mal ein bayrischer Adliger, der seine Ruhe vor dem Münchner Schickimicki-Leben sucht, dann ein russischer Industrieller, der von hier aus das zwanzig Autominuten entfernte Skigebiet nutzen will. Den Vogel schießt die penetrante Angestellte unserer Bankfiliale ab, die einen arabischen Scheich als Bauherren vermutet und jedem Kunden vorjammert, dass das letzte, was diese Stadt braucht, irgendwelche Taliban mit zehn verschleierten Frauen seien.
Das ist alles Unsinn, aber ich bin selbst gespannt auf die Wahrheit. Immer wieder zieht es mich beim Joggen oder Radeln zur Buchenhecke. Auf dem Grundstück wimmelt es von Handwerkern. Was sich im Haus ändert, sehe ich nicht, aber wo die Fenster waren, werden große Löcher in die Wände gestemmt. Der Geräteschuppen wird tatsächlich abgerissen. Eine Weile sieht das Haus aus wie ein

Kunstwerk von Christo, und als das Gerüst Ende Oktober abgebaut wird, traue ich meinen Augen nicht. Die schmutziggelbe Fassade hat einen weißen Verputz bekommen, statt der kleinen Fenster gibt es riesige Glasflächen, und die alten Schindeln wurden durch wunderschöne neue in einem edlen Grau ersetzt. Solarkollektoren glitzern in der Herbstsonne. Es ist immer noch der Karglhof, aber gleichzeitig auch ein völlig neues Haus.
Als einmal die Rede darauf kommt, schüttelt mein Vater den Kopf. „Vier Monate hat es gedauert, bis bei uns mal der Rohbau samt Dach stand. Und dann haben wir noch fast ein Jahr lang selbst Hand angelegt, bis wir einziehen konnten. So ist das bei normalen Leuten. Wer Firmen bezahlen kann, die eine Renovierung so schnell durchziehen, muss Geld haben wie Heu."
Am Ende ist der Garten dran. Schöner neuer Zaun mit stabilem Tor. Die Beete kommen weg, ein Gärtner bessert den Rasen aus und füllt die Hecke mit neuen Büschen auf. Aber der Großteil wird nur planiert und dann kommt noch einmal eine Baufirma mit Mischmaschinen und vielen Säcken Zement. Ich begreife erst, was sie betonieren, als sie fast fertig sind: eine große ebene Fläche, darauf ein länglicher Quader, eine kleine Schanze, ein niedriges, parallel zum Boden verlaufendes Metallrohr, an den Enden des Areals zwei Rampen, die einen Niveauunterschied in der Ebene bilden, in der Mitte eine Treppe samt Geländer. Und das größte, gut zwei Meter hoch, ein U-förmiges Gebilde. Ich starre auf die Bauarbeiten, dann schreibe ich Isa.

Unser neuer Nachbar baut sich eine Halfpipe in den Garten.

Dann ist es eher nicht der Taliban. Haremsdamen skaten nicht. ;-)

Als der echte Besitzer einzieht, liege ich mit meiner jährlichen Herbstgrippe im Bett und kriege nichts mit. Zwei Tage später, als ich zurück in der Klasse bin, wissen es alle. Sein Name ist Kevin Donner. Wenige kannten ihn, aber in der Schule reden alle über ihn, als wäre er immer schon ihr großes Idol gewesen. Isa klärt mich auf.

„Er ist ein professioneller Skateboarder. Anscheinend ziemlich berühmt, aber er ist schwer gestürzt und hat aufgehört."
„Und was macht er hier?"
„Das weiß keiner. Aber wenn du den anderen zuhörst, denkst du, dass er seit Ewigkeiten ihr bester Freund ist. Die Damen liiiiiieben ihn seit dem Sandkasten."
Isa ist klein und nicht ganz dünn, hat die schönsten dunkelblauen Augen und den bösesten Humor der Welt. Sie beißt an ihren Nägeln und manchmal auch an den ausgefransten Spitzen ihrer dunkelblonden Haare und ärgert sich dann über sich selbst. Isa ist auch klug und gerecht und loyal. Ihre Welt endet nicht bei Burschen und Nagellack. In Spanisch und Englisch lasse ich sie abschreiben, aber bei Zahlen und Formeln ist sie so gut wie ich. Als ich nach der Unterstufe in diese Klasse gekommen bin, haben uns die Lehrer in Mathe, Geometrie und Physik sofort zum Pärchen für Sonderaufgaben gemacht. So haben wir uns angefreundet. Ich bin unendlich froh, sie zu haben.
Die Geschichten werden immer absurder. Er wohnt dort ganz allein, kriegt aber Besuch von Blur und Avril Lavigne. Er besitzt ein Dutzend Autos und Motorräder und ein Pferd. Das Haus ist wie eine riesige Edelhütte in Hollywood eingerichtet.
Das Karglhaus hat vielleicht achtzig Quadratmeter.
Kurz bin ich interessant, weil wir neben ihm wohnen, aber als ich sage, dass ich ihn noch nie gesehen habe und mir Skater total egal sind, gehen meine fünf Minuten Ruhm glücklicherweise schnell vorbei.
Auf den Nachbarn bin ich trotzdem neugierig. Aber mein Vater ist da, darum muss ich die Sache diskret angehen. Wenn er herausfindet, dass ich hinter einer Hecke andere Leute beobachte, hält er mir eine Predigt. Wenn jemandem der korrekte Krawattenknoten genetisch vorgegeben wurde, dann meinem Vater. Er arbeitet bei einer Versicherung, aber nicht als Vertreter, der gesunden Leuten Unfallversicherungen aufdrückt, sondern in der Verwaltung für Auslandsgeschäfte mit Firmen. *Internationales Management,* sagt

mein Vater. Er ist viel auf Geschäftsreisen und höchstens zwei Wochen im Monat zu Hause. Er war der Erste in seiner Familie, der maturiert hat. Business-Englisch. Rechtskurse. Abends, neben seinem ersten Job. In der Welt meines Vaters hat alles und jeder korrekt zu sein. *Ordentlich*, sagt mein Vater. *Sitz ordentlich. Iss ordentlich. Zieh dir was Ordentliches an.*

Mein Vater ist zwiespältig, was den neuen Anrainer angeht. Wer so viel Geld und Einfluss hat, um eine alte Bauernhütte in Rekordzeit in ein Schmuckstück zu verwandeln, der ringt meinem Vater Respekt ab. Außerdem ist der Schandfleck im Viertel nun weg. Die Hecke getrimmt, die Einfahrt asphaltiert, der morsche Zaun durch einen neuen ersetzt. Das ist die Art von ordentlich, die mein Vater schätzt.

Andererseits ist der Nachbar ein Skateboard fahrender, alleinstehender junger Kerl, der einen möglicherweise mit irgendeiner Form von Lärm belästigt, und solche Störungen verträgt mein Vater gar nicht.

Ich tue also so, als wäre mir Kevin Donner piepegal und verziehe mich nach dem Abendessen in mein Zimmer. Dass ich viel lernen muss, ist für meine Eltern immer glaubwürdig, auch wenn ich gar nichts mache.

Ich setze mich an den PC und tippe Kevin Donner in Tante Google ein. Der Computer schlägt mir ein YouTube-Video vor: Kevin Donner horrible slam.

Ich nehme zuerst Wikipedia, für die Fakten. Ein kurzer Artikel ohne Foto.

Kevin Donner wurde am 14. April 1993 in Fürstenfeldbruck (Bayern, Deutschland) geboren und wuchs in der Gemeinde Alching westlich von München auf. Sein erstes Skateboard bekam er als Kind. Kurz nach dem Beginn einer Lehre zum Heizungsinstallateur wurde er im Sommer 2008 beim *Wild in the Parks* in München entdeckt. Donner machte sich mit dem außergewöhnlichen Talent, sowohl in der Halfpipe als auch Street auf hohem Niveau zu skaten, schnell einen Namen, wurde sofort als Flow ins Team von y-wear shoes verpflichtet und im Oktober 2008 ins Ama-

teurteam von HarshTape übernommen, wo er im April 2009 Profi wurde. Im Dezember 2008 wurde seine Aufnahme als Amateur bei Castor&Pollux Skateboarding bekanntgeben, Anfang Mai 2009 stieg er nach dem Abschied von Patrice Arroux zu den Pros auf, wo er gemeinsam mit Kenneth Scott (USA), Tony Marsino (CAN), Luis Egas (ESP) und Hunter Hansley (USA) die „Mad Squad" (© Hansley) bildete.
2010 wurde Donner noch Weltmeister in der Vert, legte seinen Schwerpunkt aber immer mehr auf Street und wurde 2011 bei den *X-Games* in Los Angeles im Street-Contest Zweiter hinter seinem Teamkollegen Luis Egas, 2012 gewann er selbst Gold. Donners vielversprechende Karriere endete schon am 23. März 2013, als er sich bei einem Sturz im Vert-Contest bei der Europe-Tour in Amsterdam einen komplizierten Beinbruch zuzog. Vier Wochen später gab er seinen Rücktritt vom Profisport bekannt.
Ich bin überrascht, dass er Deutscher ist, bei dem Namen hätte ich eher mit einem Amerikaner oder Engländer gerechnet. Andererseits wäre es noch unlogischer, dass ein Amerikaner hierher zieht, Bayern ist zumindest in der Nähe.
Unter dem Artikel ist ein Link zu seiner Website, aber ich bekomme nur die Rückmeldung Server error.
Also das Video. Ein Ausschnitt aus einer dieser Shows über grauenhafte Sportunfälle. Ich schalte die nervige Stimme der Moderatorin weg. Ein Kerl mit einem grünen Shirt und einem weißen Helm steht im Anlauf zu einer riesigen Halfpipe, man sieht ihn nur von hinten. Er klappt das Skateboard nach unten, beschleunigt, steigt auf der gegenüberliegenden Kante hoch in die Luft, macht so etwas wie einen Salto, während sich das Skateboard irgendwie unter ihm dreht, landet sicher, rast auf der anderen Seite die Vertikale hinauf, der nächste Trick, noch höher, und wieder auf der anderen Seite hinauf. Der Sturz wird mehrmals in Zeitlupe gezeigt und tut schon beim Zusehen weh. Er greift zum Skateboard, sicher drei Meter über der Kante, wirbelt schnell um sich selbst. Als er es wieder unter seine Füße schieben will, rutscht es ihm weg, er fällt, versucht noch, sich nachzudrehen, aber er knallt mit der linken Seite

ungebremst in die Kante. Bein, Hand und Kopf schlagen gegen das Holz, er rutscht reglos in die Mitte hinunter. Andere Skater rennen zu ihm und dann kommen auch Sanitäter. Man sieht deutlich, wie schief sein Unterschenkel absteht. In der Videoinfo steht: In his terrible slam, Kevin Donner broke his left cheekbone, nose, left thumb, wrist and his left lower leg, which needed three surgeries and eight weeks with a fixateur externe to heal. So sad for the skateboarding community, his career ended that March 23rd, 2013, in Amsterdam.
Ich suche nach fixateur externe und bekomme furchterregende Bilder von Stahlgerüsten geliefert, die Leuten zur Ruhigstellung in die gebrochenen Knochen geschraubt werden.
Mein Vater findet, ein Genie wie ich müsse einen Beruf ergreifen, der mein Talent so richtig zur Geltung bringt. Als ich zehn Jahre alt war, hatte ich eine Phase, in der ich mich sehr für Medizin interessiert, Bücher mit anatomischen Bildern verschlungen, ständig Grey's Anatomy geschaut habe.
Grey's Anatomy. Fernsehserie aus den USA, vom Fernsehsender ABC. Läuft seit 2005, momentan in der zehnten Staffel. Ellen Pompeo als Dr. Meredith Grey. Patrick Dempsey als Dr. Derek Shepherd. Sandra Oh als Dr. Cristina Yang. Kate Walsh war Dr. Addison Montgomery, ehe sie mit Private Practice ihre eigene Serie bekam. Eine Gruppe von jungen Chirurgen muss sich etablieren, aber im Endeffekt geht es darum, wer gerade was mit wem hat, und ständig stirbt irgendjemand auf besonders kitschige oder entsetzliche Art und Weise.
Nun ist mein Vater seit dem Tag, an dem ich ihm alle Knochen des menschlichen Schädels aufgesagt habe, davon überzeugt, dass ich Ärztin werden muss, mindestens Neurochirurgin oder die Onkologin, die das Heilmittel gegen Krebs findet. Und ich fand es lustig, im Spiel meine Familie zu verarzten. Das Problem ist nur, ich habe diese Phase völlig hinter mir gelassen, hatte von Grey's Anatomy nach Staffel vier genug und von echtem Blut wird mir schlecht. Der Fixateur gibt mir den Rest, ich drehe den PC ab und öffne mein Fenster für etwas frische Luft. Wenn ich mich hinauslehne, kann

ich zwischen den Birken das Dach von Kevin Donner sehen. Aus dem Schornstein steigt Rauch auf.
Er wurde zwei Stunden von hier entfernt geboren. Wenn man sich schwer verletzt, seinen Beruf aufgeben und sein gewohntes Leben hinter sich lassen muss, wieso zieht man ganz allein in eine kleine fremde Stadt im Nirgendwo?

Ein paar Tage später fährt mein Vater für zwei Wochen nach Ungarn. Ein wichtiger Geschäftsabschluss steht bevor, er ist nervös und gereizt. Streitet mit Benni wegen einer schlechten Note. Mäkelt am Essen rum. Als er weg ist, atmet sogar das Haus auf.
Ich ziehe meine Sportsachen an, um eine Runde zu drehen. Im Garten dehne ich meine faulen Beine und drehe den iPod an.
American Idiot. Siebtes und auflagenstärkstes Studioalbum von Green Day. 2005 meistverkauftes Album weltweit. Grammy als bestes Rockalbum.
Wake Me Up When September Ends. Dieses geniale Video mit Evan Rachel Wood und Jamie Bell. Wo erst nach einer Minute und vierundvierzig Sekunden das erste Instrument einsetzt.
summer has come and passed
the innocent can never last
Green Day. 1987 als Sweet Children gegründet. 1989 in Green Day umbenannt. Sänger und Rhythmusgitarre: Billie Joe Armstrong, geboren am 17. Februar 1972 in Piedmont, Kalifornien. Mike Dirnt am Bass. Tré Cool am Schlagzeug. Der Durchbruch kam 1994 mit Dookie. Bisher elf Studioalben. Sie reihen nicht nur Lieder aneinander, sie erzählen Geschichten, wie ein Film. Ihre Karriere ist älter als ich, aber ihre Texte packen mich immer wieder. Ich höre sie oft beim Sport, sie treiben mich an.
Ich fahre meistens mit dem Rad, aber in den letzten Tagen hat es viel geregnet und die Wege sind mir zu rutschig. Aber wenn ich so lange keinen Sport mache, werde ich ganz unruhig, also lieber Laufen.
Es ist ein schöner Novembertag, aber die Luft ist frisch, man spürt

den nahen Winter. Ich mühe mich den Waldweg hinauf, aber als ich auf dem Hügel bin, von wo sich der Wald über mehrere Quadratkilometer beinah eben ausbreitet, ehe er hinter dem Fluss wieder steiler und steiniger wird, gerate ich in einen schönen Flow und laufe die große Runde bis zum Wasser. Als ich wieder an der Kuppe ankomme und die Siedlung zwischen den Bäumen sichtbar wird, bin ich angenehm ausgelaugt. Ich dehne mich am Waldrand und gehe langsam Richtung Thujenhecke.
Beim Karglhof höre ich das typische Geräusch, das Skateboards machen. Seit der Gärtner fertig ist, kann man kaum noch durch die Hecke sehen, sicher mit Absicht, damit der prominente Bewohner seine Ruhe hat. Aber das Klappern der kleinen Räder macht mich neugierig und ich finde eine Lücke, durch die ich den Garten sehe. Und Kevin Donner.
Er ist groß, deutlich größer als ich, und ich bin nicht klein. Schlank, aber athletisch. Er zieht das blaue Shirt hoch, um sich den Schweiß abzuwischen, über seiner rechten Hüfte ist ein dunkler Fleck, anscheinend ein Tattoo. Sein Gesicht ist jung, mit kräftigen Augenbrauen und einem Fünftagebart. Er hat wuschelige braune Haare, kinnlang, etwas heller als meine, die er mehrmals geistesabwesend hinter die Ohren streicht, aber sie fallen gleich wieder nach vorn. Er trägt keine Schutzausrüstung, seine Jeans ist an den Knien aufgerissen, als hätte er damit bereits mehrmals unfreiwillig gebremst. Einmal rutscht er auf dem niedrigen Metallrohr ab und schürft sich den Ellbogen auf. Ich höre, wie er ein leises *Fuck* ausstößt, aber er versucht dieselbe Drehung gleich noch einmal, und dieses Mal gelingt sie.
Ich sehe ihm zu, bis ich merke, dass meine Füße in den feuchten Turnschuhen eiskalt sind. Kevin hat auch genug. Er schnalzt das Skateboard mit einem Fuß hoch, fängt es lässig mit einer Hand und geht zurück ins Haus.

Mein Vater kann zufrieden sein. Der neue Nachbar ist so ruhig, als wäre er nicht da. Gelegentlich hört man Musik, aber nie lange.

Besuch scheint er nie zu bekommen. Dass er ein Auto hat, weiß ich, weil ich ihn morgens einmal aus seiner Einfahrt biegen sehe. Ein roter Prius mit Hybridantrieb, das finde ich gut, kein protziger SUV oder so etwas. Aber meistens scheint er zu Hause zu sein. Wenn ich nachmittags jogge oder radle, höre ich ihn manchmal skaten und kann es mir dann nie verkneifen, kurz durch die Hecke zu linsen. Die Theorie einiger Leute, dass er von hier sein Comeback vorbereitet, glaube ich aber nicht. Er fährt einfach rum, ohne große Anstrengung. Manchmal frage ich mich, was er so treibt, den ganzen Tag.

Kurz nach dem ersten Schneefall ist er mal nicht mit dem Skateboard unterwegs, sondern sitzt auf einer Bank an der Hauswand und neben ihm steht ein Pferd. Also stimmt dieses Gerücht tatsächlich. Er lehnt in der Wintersonne, isst einen Apfel und spricht leise mit dem Tier.

Ich bin selbst mal sehr gerne geritten. Mit dreizehn hab ich damit aufgehört, in einer Phase, in der ich mir mehr Freunde gewünscht habe und es mich gestört hat, dass ich als pferdenärrische Streberin hingestellt wurde. Aber eigentlich finde ich Pferde toll, und dieses hier ist ein Prachtexemplar. Ziemlich groß und kräftig, dunkelbraun mit schwarzer Mähne und einem weißen Fleck auf der Stirn. Es spitzt die Ohren und hört aufmerksam zu, während es im Schnee nach Gras sucht, Kevin den restlichen Apfel aus der Hand stibitzt und sich kraulen lässt. Als es den Kopf zur Hecke dreht, ducke ich mich und schleiche leise weg.

Der Vorweihnachtsstress in der Schule nervt. Jeder muss mit den Professoren seine Spezialgebiete für die Matura absprechen. Sich etwas auszusuchen, scheint manche total zu überfordern. Mich kostet es ungefähr vierzig Sekunden Zeit pro Fach. Wir hören am letzten Tag noch die üblichen *Nutzt-die-Ferien-zum-Lernen*-Reden. Ich bin dankbar für die baldige Ruhe.

Isa und ich sitzen in der letzten Pause auf dem Klo, als Manu samt Anhang reinkommt. Anhang bedeutet Jasmin und Aylin. Es gibt sie nur im Dreierpack. Ich halte sie einzeln kaum aus. Eigentlich wollte ich gerade spülen, aber ich warte lieber. Ich will ihnen nicht begegnen. Auch Isa ist still.

Sie belegen die freien Toiletten.

„Meine Mutter erschlägt mich, wenn ich im Semesterzeugnis wo durchfalle."

Das ist Jasmin, die in Mathe und Spanisch mies dran ist.

„Was heißt, deine Mutter?! Mein Vater erwartet nur Einser, wie soll ich das mit der Müllerin nur schaffen? Das Weib ist ja die Willkür in Person."

Die Müllerin haben wir in Mathe. Ich halte sie für ziemlich gerecht. Aber wenn sie merkt, dass jemand nur faul ist, wie Manu, dann nimmt sie den extra oft dran.

Manu ist hübsch. So eine Frau, über die man sagt, dass sie schön ist. Nicht zu groß, nicht zu klein. Großer Busen, schöner Hintern. Blonde Haare mit goldenem Stich. Volle Lippen, kleine Nase. Immer schick angezogen, elegant geschminkt. Gestylte Nägel. Aber ihr glänzendes Lächeln ist hart und ihre blauen Augen sind kalt. Manu muss man aus dem Weg gehen, wenn man nicht an ihren Lippen hängt wie Jasmin und Aylin. Die Burschen rennen ihr trotzdem hinterher. Seit mehr als drei Jahren kenne ich sie, in der Zeit war sie nie lange Single.

„Lernen in den Ferien! Wie stellt die sich das vor, dass ich das Mathezeug mit nach Ischgl nehme?"

Drei Spülungen.

„Die nimmt dich nachher sicher dran, irgendwie musst du aufholen."

Aylin, die sich nicht recht beschweren kann, weil sie zu gute Noten hat, auch wenn sie sich bemüht, so desinteressiert rüberzukommen wie Manu und Jasmin.

„Ich hab aber keine Zeit. Wenn ich zurückkomme, gehört das letzte Wochenende nur Tom."

Manu geht schon eine Weile mit einem namens Tom, den sie bei einem Konzert kennengelernt hat. Gekicher, dazu läuft Wasser in

die Handwaschbecken. Lippenstift und Eyeliner. Ich war schon öfter Ohrenzeugin dieses Rituals.
„Niko wünscht sich zu Weihnachten Sex."
Aylin und Manu machen *Uuuhh.*
Seit ein paar Wochen ist Jasmin mit Niko aus unserer Klasse zusammen. Meistens stehen sie Händchen haltend am Fenster, während Aylin und Manu um sie herumschwirren. Er muss ziemlich verknallt sein, dass er das aushält. Mich irritiert dieser Beziehungskram immer, wer wann mit wem und weshalb dann plötzlich nicht mehr.
„Und, machst du's?"
„Ich weiß nicht."
„Ein bisschen muss man sie zappeln lassen, aber den richtigen Moment erwischen, um nachzugeben."
„Ich hab Schiss."
„Ach was, ist halb so schlimm. Am besten trinkst du vorher was."
„Mal sehn ..."
„Du könntest ihn mit Blowjobs hinhalten. So hab ich es gemacht, da sind sie scharf drauf."
Die Tür fällt ins Schloss, Stille.
Isa drückt die Spülung.
„Gott sei Dank am Klo, woanders hätt's nicht hingepasst."

Als ich das Rad in unsere Garage schieben will, erschrecke ich fast zu Tode. Vor unserem Stiegenaufgang steht ein Pferd und frisst die vertrockneten Rosen meiner Mutter. Kevin Donners Pferd. Ich lehne das Rad an den Zaun. Das Pferd lässt sich nicht stören. Ich spreche es leise an, kraule seine Nase, es lässt sich widerstandslos am Halfter fassen.
Kevin Donner hat vor seinem Grundstück eine schöne Steinmauer hochziehen lassen, an der Einfahrt ein großes elektrisches Tor. Die kleine Gartentür an der Seite ist verschlossen. Auf dem Klingelschild steht nichts. Ich läute. Pause. Das Pferd beginnt, an unseren Thujen zu knabbern.

„Jaa?“
„Ja, hallo, also ich wohne nebenan, und Ihr Pferd, äh, das stand gerade da bei uns im Garten ...“
Wieder mal eine Meisterleistung meiner klaren Kommunikation. Das große Tor öffnet sich wie von Geisterhand. Das Pferd beschließt, dass es Zeit ist heimzugehen, zerrt mich am Halfter neben sich her. Der Platz vor dem Karglhaus ist nicht wiederzuerkennen. Die Scheune auf der rechten Seite wurde abgerissen, da steht eine Garage. Die alte Eiche daneben ist auch weg. Vom Stall auf der linken Seite ist nur ein Teil übrig geblieben und saniert worden, die Stalltür ist offen. Aus dem Augenwinkel sehe ich, wie die Tür vom Wohnhaus aufgeht, da zieht das Tier an. Ich lasse los, das Pferd verschwindet im Stall.
„Musst dich nicht verstecken, Juno. Hab schon gehört, dass du abgerauscht bist.“
Juno. Die höchste Göttin der alten Römer. Das lateinische Gegenüber der griechischen Hera, der Ehefrau des obersten Gottes Zeus, für die Römer war er Jupiter. Hera, Juno, die Wächterin über die Ehe und die Geburt, eine der wichtigsten heidnischen Schutzheiligen der Frauen. Ob Kevin Donner der Stute diesen Namen gegeben hat?
Er kommt auf mich zu. Trainingshose und grauer Kapuzensweater. Barfuß.
„Hey.“
„Hey.“
„Hab ich wohl nach unsrer Runde nicht ordentlich zugemacht.“
Kevin geht an mir vorbei in den Stall. Juno hat sich in ihre Box verzogen. Er legt ihr ein paar Leckerlis in den Futtertrog und schließt sorgfältig den Riegel.
„Und sie war bei dir im Garten?“
Er spricht langsam, zieht die Worte ineinander. Er klingt, als wäre er gerade erst aufgewacht.
„Ja, nebenan.“
„Das gelbe Haus?“

Unser Haus ist das einzige nebenan. Auf der anderen Seite des Karglhofs beginnt der Wald.
„Ja."
„War mein Tor offen?"
„Nein."
„Und eures?"
„Als ich grad gekommen bin, nicht."
Kevin dreht sich zu Juno, kratzt sich am Kopf.
„Wie bist du denn von hier nach dort gekommen?"
„Vielleicht ist sie durch die Thujen geschlüpft."
Er macht ein verständnisloses Gesicht.
„Unsere Hecke. Da kommt man durch."
„Is bei euch kein Zaun?"
Ich schüttle den Kopf.
„Na dann sollt ich vielleicht einen machen, sonst gibt's ständig Besuch. Sorry für die Umstände. Das Vieh is verdammt intelligent und kriegt den Riegel an der Box auf. Wenn ihr langweilig is, geht sie einfach spazieren. Hab sie schon 'n paarmal hier im Stall gefunden, hat einfach die Säcke leergefuttert. Ich sollt was Besseres einbauen."
Das war eine richtige Rede für ihn. Ich mache einen Schritt zur Seite, damit er die Stalltür zumachen kann.
„Du passt auf, dass ich's diesmal richtig mach."
Kevin verschließt ordentlich die Tür, dann dreht er sich zu mir, sieht mich an. Seine Augen haben eine seltsame blaue Farbe, ganz dunkel neben der Pupille, sehr intensiv in der Mitte, hellgrau am Rand.
„Ich bin Kevin."
„Ich weiß."
Blöd – blöder – ich.
Kevin lacht.
„Denk ich mir."
„Ich bin Ali."
„Ali? Wie denn Ali? Von Ali Baba?"
„Von Almuth."

„Oh, da is Ali besser."
Jetzt muss ich lachen. Seine Art, Silben zu schlucken, lässt ihn langsam wirken, aber er ist schlagfertig.
„Ali von Almuth, danke, dass du Juno heimgebracht hast."
Und dann lässt er mich stehen und geht zurück ins Haus.
„Frohe Weihnachten!"
Aber das hört er nicht mehr.

Das Fest folgt bei uns einem festen Ritual. Mein Vater liebt das, wahrscheinlich, weil er so viel unterwegs ist. Da will er zu Hause seine fixen Gewohnheiten leben. Ich muss zugeben, dass auch ich ziemlich an fixen Gewohnheiten hänge.
Er und Benni ziehen vormittags los, um einen Christbaum zu kaufen. Meine Mutter und ich bauen einstweilen das Wohnzimmer um und richten Brötchen her. Am Heiligen Abend gibt es bei uns belegte Brötchen. Diese Tradition hat mein Vater von seinen Eltern geerbt. In unseren Fotoalben findet man Jahr für Jahr Weihnachtsbilder mit belegten Brötchen auf dem Tisch, bis zu vergilbten Aufnahmen mit meinem Vater als Baby.
Nachmittags schmücken meine Mutter, Benni und ich den Baum, während unser Vater auf den letzten Drücker seine Geschenke verpackt. Bei Einbruch der Dunkelheit werden die Kerzen angezündet, meine Mutter spielt auf dem Klavier Weihnachtslieder. Mir bleibt das mittlerweile erspart, seit ich vor zwei Jahren durchgesetzt habe, dass ich den Unterricht aufgeben will. Wir überreichen einander die Geschenke und essen Brötchen. Abends beharrt mein Vater auf dem Besuch der Christmette, auch wenn die ganze Familie aus Taufscheinkatholiken besteht. *Sonst geht man ja nur zu Beerdigungen*, sagt er. Wenigstens dürfen Benni und ich mittlerweile entscheiden, ob wir mitgehen, was uns seit zwei Jahren den ruhigen Tagesausklang allein beschert.
Ich glaube, unser Weihnachten ist verhältnismäßig gemütlich. Und genauso mühsam wie alle Familienereignisse, bei denen man bemüht eine besondere Atmosphäre erzeugen will.

Same procedure as last year.
Benni zieht ein Gesicht, weil er für den Christbaum hinaus muss.
„Ist mir doch egal, ob das eine Tanne oder eine Blaufichte ist."
„Jetzt geh schon, wenn es ihm Freude macht, es dauert doch nur eine Stunde."
„Jaja, Frau Superschwester, red nur. Du kannst ja im Warmen bleiben."
„Willst du lieber das Sofa durch die Gegend zerren?"
„Ich will meine Ruhe. Ich scheiß auf den Weihnachtskram."
Mein Vater kommt aus der Küche, Benni verstummt.
„Gehen wir, Sohnemann."
Meine Mutter sieht ihnen durchs Küchenfenster nach.
„Ich wünschte, sie würden sich besser verstehen. Als Benni ein Kind war, haben sie so viel gemeinsam unternommen."
Ich versuche, mich zu erinnern. Mein Vater war immer unterwegs. Eine Zeit lang hat er Benni zum Fußballtraining gebracht, aber sonst?
„Mit vierzehn kann keiner viel mit seinem Vater anfangen."
„War das bei dir auch so?"
Ich kann auch mit fast siebzehn wenig mit meinem Vater anfangen.
„Machen wir weiter, es wird schon zwölf."
Meine Mutter streckt sich.
„Wir brauchen den Staubsauger, unterm Sofa sieht es sicher schlimm aus."
„Mach du die Brötchen, das Wohnzimmer mache ich."
„Bist du sicher?"
„Aber ja."
„Danke, Almuth."
Während meine Mutter Käse und Gürkchen schneidet, schiebe ich Sofa und Couchtisch zur Seite, sauge den Lurch weg, rolle den Teppich ein und decke den Laminatboden mit dem blauen Tischtuch ab, das wir als Baumunterlage benutzen. Ich muss vom Staub ständig niesen, reiße mir den Daumennagel ein, dass es blutet, und fluche leise vor mich hin.

Same procedure as last year.
Benni und mein Vater schleppen einen riesigen Baum ins Haus.
Meine Mutter steht in der Küchentür.
„Jürgen, der ist doch viel zu groß."
„Ach, der muss was hermachen."
„Schon wieder eine Blaufichte, die stechen so beim Aufputzen."
„Schau, wie schön der glänzt. Da kommt eine Tanne nicht mit."
„Den kriegst du nie ins Kreuz."
„Das schaffen wir schon."
Schnauben von Benni.
„Wir!"
„So viele Sachen haben wir gar nicht, dass dieser Riese nicht armselig aussehen wird."
Meine Mutter kramt in den sechs Kisten mit dem Baumschmuck.
Mein Vater klatscht zufrieden in die Hände.
„Dann sieht man wenigstens die schönen Nadeln."
„Die einem die Finger zerkratzen, wenn man nur die Kerzen anzünden will."
Same procedure as every year.

Als meine Eltern in die Mette starten, wird es still im Haus. Benni ist mit seinem neuen Computerspiel in seinem Zimmer verschwunden. Ich nehme mein iPad und gehe auf die Terrasse, um meine neue Starwalk-App auszuprobieren, aber es ist zu bewölkt. Bei Kevin ist es dunkel, kein Rauch aus dem Kamin. Wahrscheinlich ist er bei seiner Familie.
Ich verschwinde in meinem Zimmer und google ihn nochmal. Seine Website ist immer noch offline. Auf einigen Skatewebsites stehen mehr Infos. Seine Haltung auf dem Skateboard ist regular, der linke Fuß vorne. Seine Größe, six feet, also etwa ein Meter dreiundachtzig, elf Zentimeter größer als ich. Sein Spitzname war Lightning. Seine Mutter war bei seiner Geburt erst sechzehn, er hat gemeinsam mit ihr bei den Großeltern gelebt. Er isst gern Pizza. Als ich lese, dass er einmal für einen einzigen Sieg hundertfünfzig-

tausend Dollar bekommen hat, ist mir klar, wie er die Karglhütte zu einem Schmuckkästchen umbauen konnte. Nur wieso er das gemacht hat, finde ich im Netz nicht.
In den Ranglisten der besten Skater der letzten Jahre ist er immer unter den Top Ten. Aus den Kommentaren erfahre ich, dass er für seinen Pop geschätzt wird, und Google verrät mir, dass das die Fähigkeit ist, dem Skateboard mit möglichst viel Druck aufs hintere Ende möglichst viel Schwung zu geben, um besonders hoch zu springen. Anscheinend werden professionelle Skateboarder von Sportfirmen gesponsert und in deren offizielle Teams aufgenommen, und Kevin war unter anderem bei einem in der Szene wohl sehr berühmten Unternehmen namens Castor&Pollux Skateboarding unter Vertrag, das einem früheren Topskater namens Clive Enqvist gehört. Castor und Pollux. Die Dioskuren. Die beiden hellsten Sterne im Sternbild Zwilling. Die Söhne des Zeus. Zwillinge aus der griechischen Mythologie, der sterbliche Castor und der unsterbliche Pollux, der nach dem Tod seines Zwillingsbruders die ewige Jugend im Olymp aufgibt und die Sterblichkeit wählt, um jeden zweiten Tag bei Castor im Totenreich sein zu können.
Gleich nach dem Video von Kevins Unfall schlägt mir YouTube einen kurzen Film namens Dive vor. In der Videoinfo steht: The Mad Squad at their best! Throwing the world's most stunning skateboarding team into the water, waiting what they will make of it. Enjoy! Keine Gespräche, nur Musik, die von einem langsamen, aber wuchtigen elektronischen Beat dominiert wird. Music credits with Awolnation. Skateboards drehen sich in der Luft wie von allein.
Fünf junge Männer skaten eine Straße entlang, kommen einzeln ins Bild, ihre Namen als Inserts. Einer mit Glatze und ärmellosem weißem Shirt, augenscheinlich der älteste, Kenneth Scott, San Diego. Ein sehr großer, junger mit blonden Dreads, Hunter Hansley, Little Rock. Ein kleinerer, rotbrauner Wuschelkopf, Tony Marsino, Calgary. Dann Kevin, rotes Shirt, die Haare schulterlang, Kevin Donner, Munich. Und ein kleiner, kurzgeschoren, schwarzer Bart, Luis Egas, Sevilla. Weite Hosen, grelle Shirts, Basecaps, alle, außer Kevin, mit

tätowierten Armen und Schultern. Dann gehen sie miteinander weiter, die Skateboards unterm Arm, auf einem Weg zwischen hohen Büschen.

This is how I show my love.

Sie betreten ein Schwimmbad, ein riesiger Wasserpark, betonierte Becken, mehrere lange Rutschen, aber ohne Wasser, verlassen. Orlando, Florida, August 5th, 2012. 92.7° Fahrenheit. Sie erkunden das Gelände. Schrauben an den Skateboards rum. Fahren die leeren Becken ab, drehen die Skateboards an den Kanten. Sie kennen einander gut. Wenn einem ein Trick gelingt, johlen die anderen, applaudieren, High fives und andere scheinbar für sie gewohnte Gesten, um abzuklatschen. Sie trinken nicht einfach aus den Wasserflaschen, sie leeren sich den Wasserstrahl gegenseitig in den Mund, wenn einer dabei nass wird, ist es pure Absicht. An einem großen Becken finden sie eine über die ganze Seite verlaufende Treppe mit mehreren nebeneinanderstehenden Geländern, fahren zugleich darauf zu, schieben sich in die Luft und schlittern synchron mit den hinteren Enden der Skateboards über die hohen Metallrohre, landen gemeinsam, lachen und amüsieren sich über sich selbst.

Blame it on my own sick pride.

Der Kalifornier mit dem weißen Shirt wirbelt, nur auf den Vorderrädern, durch ein kleines rundes Becken wie eine Flipperkugel, auf einer Seite seines Halses tanzt ein bunter chinesischer Drache. Kevin und der Kanadier fahren die langen Röhrenrutschen hinunter, man sieht durch das Plastik nur ihre Umrisse, hört die Räder, dann schießen sie unvermittelt unten heraus, der Kanadier war einen Tick schneller, reißt die Arme hoch, auf seinem linken Unterarm steht Skate Heaven'n'Hell. Der kleine Spanier hockt auf einem Sprungbrett, fotografiert seine Freunde, ehe man ihn selbst sieht, wie er mehrere Tricks über eine steile Treppe springt. Alle scheinen ihre Grenzen auszureizen. Immer wieder verliert einer das Skateboard unter den Füßen, knallt auf den Beton, sobald der Schmerz nachlässt, steht er auf und probiert es erneut.

Maybe I should kill myself.

Was sie mit den Skateboards tun, wird in Zeitlupe wiederholt, sonst kann man den Bewegungen kaum mit den Augen folgen. Sie montieren in einem Becken ein Bungeeseil an einen Pfosten, beschleunigen damit, fliegen über eine Kante. Als sie im Sprung von unten gefilmt werden, sehe ich, dass sie die gleichen Skateboards haben, ein Schachbrettmuster, Weiß und eine Farbe, der Kanadier in Lila, der Kalifornier in Gelb, der mit den Dreads in Rot, der Spanier in Blau und Kevin in Grün. An den Seiten ist jeweils eine Schrift, die ich nicht lesen kann, und zwischen den Rädern sind ihre mit schwarzen Strichen angedeuteten Profile wie ein Scherenschnitt. Die Bretter scheinen an ihren Füßen zu kleben, selbst wenn einem etwas misslingt, wirkt es so, als wäre es Teil des Spiels. Der Blonde mit den Dreads dreht sich fast komplett um sich selbst, kippt um, schlägt sich den Ellbogen auf, zeigt ihn lachend der Kamera, startet wieder, schafft die Drehung, zieht im Ausrollen das Shirt hoch, um sich den Schweiß abzuwischen, sogar auf seinem Bauch ist ein Tattoo.

Maybe I'm a different breed.

Sie stehen vor einem großen leeren Pool, der Grund abschüssig, wie eine Rampe, vor ihnen geht die Wand mindestens zwei Meter hinunter. Sie hocken am Beckenrand, prägen sich alles ein, der Spanier schüttelt amüsiert den Kopf. Ein Fußweg zum Becken dient als Anlauf. Sie spielen Schere-Stein-Papier, um auszuwählen, wer es als Erster versuchen muss. Der Spanier verliert, rollt den Weg hinunter, reißt kurz vor der Kante das Board hoch, springt ins Becken, in die Schräge hinein, fällt hart auf die Seite, bleibt auf dem Rücken liegen, der Kanadier hilft ihm hoch. Der Blonde wirkt fast noch schneller, verliert im Flug das Skateboard, schlägt hart in der Rampe auf, wischt sich den Dreck aus dem Gesicht. Kevin fährt langsam an, schafft es, das Skateboard nach dem Aufprall eine Sekunde lang unter den Füßen zu behalten, dann rutscht es doch weg, er rollt über den Beton, hält sich den Knöchel. Der Kanadier landet zu weit vorn auf dem Brett, schafft irgendwie den Absprung, macht ein paar Schritte das Gefälle hinunter, kracht doch auf die Knie.

Blame it on my ADD.
Als Erstem gelingt es dem Kalifornier, Anlauf, ein weiter Satz in die Tiefe, er steht den Sprung. Alle finden den Rhythmus, jetzt springen sie nicht nur einfach hinunter, sie machen auch Tricks, drehen sich und die Skateboards. Zeitlupe, Nahaufnahme, Beat. Am Ende sitzen sie im Sonnenuntergang in einem Kinderbecken auf großen Fröschen und vergleichen lachend ihre Schürfwunden. Das Bild wird dunkel, die Musik klingt aus.
Eine Stimme, englisch, aber nach den ersten Worten erkenne ich, dass es die von Kevin ist: It's about freedom. Meeting a challenge, pushing the limit. Even the doubts, the pain, everything is true, makes you feel alive. You share the efforts and the joy, like a family. It adds a meaning to your life, and that's the most beautiful thing.

Am Christtag besuchen wir die Eltern meiner Mutter, die zwei Städte entfernt wohnen. Wir Enkelkinder werden immer noch behandelt, als wären wir fünf Jahre alt, mit dem Unterschied, dass wir heute keine Strumpfhosen, sondern grüne Scheine geschenkt bekommen. Was sich mit Omas Keksen gut aushalten lässt. Ich mag meine Großeltern sehr. Ich glaube, es gäbe nichts, was wir anstellen könnten, dem sie nicht doch irgendetwas Gutes abgewinnen würden. Ich erinnere mich, wie Benni ihnen vor Jahren das Küchenfenster mit dem Fußball eingeschossen hat, und mein Opa begeistert gemeint hat, der Junge müsse Stürmer werden, bei diesem Schwung.
Die Eltern meines Vaters sind schon tot. Meine Großmutter war klein und zart, durchsichtig. Mein Großvater war Automechaniker, ein gebückter Mann mit großen Händen, stolz auf den einzigen Sohn, der als erstes Familienmitglied einen Beruf erreicht hat, für den man einen Anzug tragen muss. Einmal hat meine Mutter erzählt, dass mein Vater große Minderwertigkeitskomplexe gegenüber seinem Vater hatte, weil sein Job nicht körperlich anstrengend ist. Ich frage mich, ob die beiden je über diese Dinge geredet haben.

Mein Vater genießt seine freien Tage bis nach Silvester, indem er vorm Fernseher sitzt und Sport schaut. Er hat früher selbst viel Sport getrieben, ist Marathon gelaufen und Rennrad gefahren. Seit einem Bandscheibenvorfall vor vier Jahren ist er leidenschaftlicher Passivsportler. Und immens zufrieden, wenn *wir* die anderen Nationen besiegen.

Am 27. Dezember höre ich ihn schon schimpfen, als ich morgens ins Erdgeschoß komme. Ich nehme mir ein Joghurt und stelle mich löffelnd hinters Sofa. Damenslalom – er ärgert sich, weil die heimische Favoritin ausgeschieden ist. Es schneeregnet, meine Lust auf Draußensport hält sich in Grenzen. Im Hallenbad ist in den Ferien die Hölle los, das spare ich mir auch.

Benni kommt aus der Küche.

„Die letzte Milch ist sauer."

Meine Mutter müht sich gerade mit ihrer Gymnastik.

„Wie denn das?"

„Keine Ahnung."

„War die Packung offen?"

Mein Bruder zuckt mit den Schultern. Er schraubt die Tetrapaks nie fest genug zu, das wissen wir alle.

„Am ersten Tag nach den Feiertagen wollte ich nicht ins Geschäft müssen."

„Ich gehe."

Der Vorwand, den mein innerer Schweinehund gebraucht hat.

„Wirklich? Wie willst du denn hinkommen?"

„Ich nehme das Rad."

„Bei dem Wetter!"

„Ich hab doch gute Reifen."

Meine Mutter zögert. In ihrer Welt ist sie für das Familienwohl und den vollen Kühlschrank verantwortlich. Aber man sieht ihr an, dass sie das Putzen und Backen der letzten Wochen angestrengt hat. Schneller als sonst gibt sie nach.

„Dann nimm doch bitte gleich zwei Liter. Und ein paar Semmeln."

Dann sitze ich auf dem Rad. Eigentlich ist es angenehm, mich zu

bewegen. Es schneit mehr als es regnet, ist windstill. Zwischen den Jahren herrscht eine eigenartige Stimmung zwischen gestern und morgen, die ich gut leiden kann.
Das dicke Ende kommt im Supermarkt. Nach den Feiertagen haben alle einen leeren Kühlschrank und die ersten Leute starten ihre Silvestereinkäufe. Schon auf dem Parkplatz stapeln sie sich. Ich renne durch, so schnell ich kann, aber den Schlangen an den Kassen kann ich nicht ausweichen. Ich nehme die, an der vor mir ein Mann mit einem kleinen Korb ansteht, und als sich rundherum noch mehr Leute eingereiht haben, komme ich drauf, dass vor dem Mann eine Familie mit zwei kleinen Kindern und einem vollgestopften Einkaufswagen ist.
„Hey, Ali von Almuth."
Ich drehe mich um.
Kevin, in einer giftgrünen, ziemlich neu wirkenden Snowboardjacke, die aussieht, als hätte sie genauso viel gekostet, wie meine gesamte Skiausrüstung. Die Jeans, an den Fersen abgetreten, und die roten Converse, die Schuhbänder ausgefranst, sind definitiv nicht neu. Irgendetwas an ihm ist anders. Dann fällt es mir auf, er ist frisch rasiert, das macht sein Gesicht noch jünger. Er hat richtig teure Kopfhörer um den Hals. Was er wohl gerade gehört hat?
„Erwischst du auch immer die langsamste Schlange?"
„Oh hey. Äh, ja. Passiert mir ständig."
„Mir auch. Aber bei mir zahlt sich's wenigstens aus, ich muss nicht nur für drei Sachen ewig anstehn."
Ich linse in Kevins Wagen. Fünf Liter Milch, drei Pakete Kaffee, sieben Joghurt, vier Kartons Nudeln, zwei Ecken Parmesan, ein Kürbis, Tiefkühlerbsen, sechs Packungen M&Ms, dreimal Butter, eine Großpackung Tomaten, ein riesiger Laib Brot, ein großer Sack von der Feinkost, Klopapier, Waschpulver, ein Büschel Bananen, Eier, Mehl, Salz, eine Basilikumpflanze, zweimal Faschiertes, einmal Hühnerfilets, Burgerbrötchen, Lasagneblätter, ein Netz Zwiebeln, zwei Packungen Toastbrot und noch mehr Zeug, das unter dem Haufen nicht zu erkennen ist.

Kevins Blick ist meinem gefolgt. Beinah entschuldigend zuckt er mit den Schultern.
„Bin erst gestern zurückgekommen und hab nix mehr zu Haus. Ich kauf immer auf Vorrat. Ich geh nicht gern shoppen."
„Ich auch nicht. Ich helfe nur meiner Mutter, weil es ihr nicht gut geht."
„Hat sie die Grippe?"
„Nein, Morbus Bechterew."
„Was isn das?"
Die Reaktion überrascht mich. Normalerweise nicken die Leute bedauernd oder sagen so was wie *Das ist schlimm* und fertig. Ich glaube, dass die meisten keine Ahnung haben, sich aber nicht zu fragen trauen.
„Eine Wirbelsäulenkrankheit. So ähnlich wie Rheuma, wo sich die Gelenke entzünden und steif werden."
„Aua."
„Ja."
„Vor dir geht's weiter."
„Was?"
„Na vor dir, da is Platz."
„Ach so."
Jetzt fällt mir erst auf, dass mich das ältere Ehepaar hinter Kevin schon böse anfunkelt. Der Mann mit dem Korb bezahlt gerade, die Familie ist weg. Schnell lege ich meine drei Sachen auf das Förderband. Als ich bezahlt und meinen Kram in den Rucksack gestopft habe, ist Kevin noch mit Ausräumen beschäftigt. Soll ich warten? Losgehen? Entscheide dich, rumstehen ist die dümmste Variante.
„Na dann tschüss."
„See you."
Als ich das Rad aufschließe, ärgere ich mich, ohne sagen zu können, worüber.
„Is das deins?"
Kevin steht samt Einkaufswagen neben mir.
„Was?"

„Na, das Fully."
„Ach so."
Sage ich ständig *Ach so*? Ich sage doch sonst nie *Ach so*.
„Ja."
„Wo hast du das denn her?"
„Hab ich mir selbst gekauft."
„Hat's dir der Verkäufer empfohlen?"
„Nein, ich hab es ausgesucht."
„Das Bergamont hat doch 'n ziemliches Gewicht."
„Ich fahre ja nicht im steilen Gelände. Und auf Asphalt tu ich mir damit leichter."
„Schönes Teil."
„Ich weiß."
Auf mein Rad bin ich stolz. Fast zwei Jahre habe ich darauf gespart und meinen Vater bequatscht, mit mir eine Stunde in die Landeshauptstadt zu fahren, um im einzigen guten Radgeschäft weit und breit meine Favoriten zu testen.
„Na dann bye, Ali."
Als ich aufsitze, dreht er sich noch mal um.
„Hast du auch 'n Board?"
„Was?"
„Na, 'n Snowboard."
„Ach so."
Schon wieder.
„Nein, ich fahre Ski."
„Bist gut?"
„Ich glaub, ich bin okay."
Ich bin nicht übel, aber seit mein Vater nicht mehr so häufig mit uns fährt, komme ich nicht mehr oft dazu. Der vollgestopfte Bus ist mir zu mühsam.
„Ich wollt diesen Berg um die Ecke ausprobieren. Kennst du den?"
„Da hab ich Ski fahren gelernt. Ist ganz schön."
„Willst mitkommen?"
Oh. Jetzt kann ich nicht mal *Ach so* sagen.

„Öhm…"
„Da gibt's doch sicher 'n paar gute Waldstrecken, die nur Einheimische kennen."
Es gibt einen Kinderparcours zwischen ein paar mickrigen Fichten. Ansonsten habe ich noch nie auf so etwas geachtet. Mein Vater würde sich eher selbst anzeigen, als die Piste zu verlassen. Aber ich hab sonst nichts zu tun, mal wieder Ski fahren würde mich reizen.
„Ja, gern."
„Super. Dann klingl doch nachher bei mir rein."
„Heute?"
Das erwischt mich kalt. Ich brauche eine Vorlaufzeit, um mich auf Unternehmungen mit anderen Leuten einzustellen, vor allem, wenn ich sie nicht gut kenne. Oder gar nicht.
„Klar. Ich wär schon dort, aber dann hab ich den leeren Kühlschrank gesehn."
„Öhm… okay."
Und weg ist er. Ich radle los und kann es selbst nicht fassen, dass ich einfach *okay* gesagt habe. Und endlich mal nicht *Ach so*.
Zu Hause räume ich die Einkäufe weg. Aus Bennis Zimmer wummert die Musik des Computerspiels. Meine Eltern sitzen vor dem Fernseher. Die Skifahrerinnen wurden von den Skispringerinnen abgelöst. Mein Vater hat wieder beste Laune, weil *unser* Team die anderen in Grund und Boden springt. Trotzdem hample ich nervös neben dem Sofa herum.
„Hastdugesehn, die Japanerin, wie kann man bei dem Wind so absacken?"
„Kann ich zum Skifahren gehen?"
Meine Mutter schaut überrascht auf. Mein Vater dreht ein Auge zu mir.
„Wann denn?"
„Jetzt."
„Jetzt?"
Das Auge meines Vaters, das mir gehört, zuckt ein wenig.
„Mit wem denn?"

„Mit unserem Nachbarn. Ich hab ihn beim Einkaufen getroffen. Er will die Lifte ausprobieren und hat gefragt, ob ich mitkomme."
Das Auge zuckt etwas mehr.
„Dieser Sportler vom Karglhof?"
„Ja."
Stille.
„Der fährt sicher toll, da lerne ich vielleicht was."
Dass Kevin ein Snowboard hat, brauche ich ja nicht zu erwähnen.
„Ich lerne die Leute, mit denen du unterwegs bist, an sich lieber zuerst kennen."
Typisch meine Mutter.
„Und wenn er dir heute noch freundlich Hallo sagt und mich morgen verschleppt, kennst du ihn dann besser?"
„Almuth!"
Mein Vater borgt mir kurz sein zweites Auge.
„Deine Mutter hat recht, noch bist du erst sechzehn."
„Jetzt komm schon, Papa. Es ist nur Skifahren."
„Jürgen, sie ist ja kein Kind mehr ..."
Wenn meine Mutter so anfängt, ist die Sache gelaufen. Im Fernsehen wird die nächste *Unsrige* angekündigt. Mein Vater dreht eineinhalb Augen zurück zum Bild.
„Nicht zu lang. Man weiß ja, mit der Müdigkeit kommen die Unfälle."
Also suche ich meine Skisachen zusammen. Ich stelle fest, dass meiner Funktionsunterwäsche mein letzter Wachstumsschub nicht gut getan hat. Für heute muss es reichen. Mein Anzug sieht irgendwie dumm aus. Eigentlich ist er toll, eine gelbe Hose und eine schwarze Jacke mit gelben Abnähern, eine wirklich gute Marke, die keinen Wind durchlässt und zu meinen dunklen Haaren passt. Und meine Skibrille liebe ich, nicht so ein riesiges Ding, mit dem ich wie eine Eule aussehe, sondern eine kleine weiße Smith mit gelben Gläsern, die ich mir letztes Jahr zu Weihnachten gewünscht hatte.
Trotzdem werde ich neben Kevin albern wirken. Ich frage mich, wie Leute wie er das machen, sich eine zerrissene Jeans und ein

Shirt aus der Schmutzwäsche überzuziehen und einfach gut auszusehen, während bei mir jede Art von Styling sofort verkrampft rüberkommt.
Dass bei mir jeder Versuch, etwas mit anderen zu unternehmen, immer so aufwändig sein muss. Menschen wie Manu schmieren sich einfach Make-up drauf und fertig. Ich würde mich gern bei Isa ausjammern, aber die musste mit ihrer Familie nach Südtirol fahren. Also nur eine Message.
Mein Skizeug sieht beschissen aus.
Kaum habe ich das Handy zur Seite gelegt, piept es schon.
Was geht denn bei dir ab?
Seid ihr nicht unterwegs?
Thermentag. Und nach der Androhung eines Krampfanfalls auf der Wasserrutsche darf ich im Hotel bleiben und fernsehen. :-)
Ich gehe mit Kevin Donner Ski fahren.
Oho. :-o Wie das?
Hab ihn beim Einkaufen getroffen und er hat mich gefragt.
Dann viel Spaß. :-)
Aber mein Skizeug ist blöd.
Du spinnst ja. Ich kenn niemanden, der so tolle Sportsachen hat wie du.
Der hat ein Snowboard. Sicher findet der meine Ski blöd.
Ja, saublöd. Drum hat er gefragt. Viel Spaß. ;-)

Bis ich meinen Krempel habe, vergeht fast eine Stunde, meine Mutter in der Küchentür als stille Beobachterin. Kevin ist sicher längst fertig und fragt sich, wieso Frauen immer so lange brauchen. Als ich in die Schuhe steige, stellt meine Mutter mir die Trinkflasche hin, die ich in der Küche vergessen habe.
„Sollst du auch was zu essen mitnehmen oder kauft ihr euch dort etwas?“
Ich habe keine Ahnung.
„Ich hab keine Ahnung. Darüber haben wir nicht geredet.“
Wenn er sich was einpackt und ich habe nichts, sieht das blöd aus. Wenn er auf der Piste essen will und ich ihn in eine Hütte zwinge,

stört das. Wenn ich jetzt was richte, komme ich zu spät. Irgendwie kann ich nur verlieren.
„Vielleicht solltest du noch was machen?"
„Dauert zu lange. Und ich weiß ja nicht, ob ich was brauche."
„Ich kann dir was herrichten und schnell rüberbringen."
„Bloß nicht."
Das klang schroffer als beabsichtigt.
„Nein danke. Wir regeln das schon."
Dann stehe ich vor der Einfahrt und läute. Es summt und wieder öffnet sich das Tor wie von Geisterhand. Kevin schaut zur Haustür raus. Die Träger seiner abgewetzten schwarzen Schneehose hängen seitlich runter, eine Trainingshose steht drüber. Oben trägt er knallgrüne Funktionsunterwäsche.
„Bist ja schon da. Find meine Handschuhe nicht."
Und weg ist er. Ich lehne Ski und Stöcke an die Hauswand und schlüpfe an der Türschwelle aus den schweren Schuhen.
Vor drei Jahren war ich das letzte Mal im Karglhof. Die alte Bäuerin irrte nach einem Schlaganfall mitten im Winter draußen herum. Meine Mutter brachte ihr ein paar Sachen ins Krankenhaus, ehe die Söhne ankamen, und ich war mit ihr hier, um alles zusammenzusuchen. Ich habe die Räume in schlechter Erinnerung, alles war abgewohnt, dunkle Möbel, drückendes Holz an der Decke, eine verdreckte Küche, in der meine Mutter traurig den Kopf schüttelte, *Die arme Frau, kommt wohl schon länger kaum mehr zurecht.*
Ich betrete den Vorraum. Wenn ich es nicht besser wüsste, würde ich sagen, ich war noch nie hier. Das Haus ist klein, aber die Fläche wirkt plötzlich doppelt so groß. Alles ist hell, offen. Unter meinen Füßen wird es warm. Neuer Holzboden, Fußbodenheizung. Links geht es in die Küche, aber die Tür ist zu. Gegenüber zwei Türen, wahrscheinlich Bad und Klo. Rechts ist die halbe Wand weggerissen, ein Durchgang, von dort höre ich Kevin.
„Wenn du Handschuhe siehst, schrei. Hab sie grad noch irgendwo gehabt ..."
Bis jetzt habe ich mir keine Gedanken gemacht, wie mein Wohn-

zimmer mal aussehen soll, aber jetzt weiß ich, dass es so sein könnte wie das von Kevin. Isa nennt das den Ikea-Effekt. Hast du gestern noch nicht gewusst, dass es das gibt, hast du es heute bei Ikea gesehen und weißt sofort, dass du morgen nicht mehr ohne leben kannst.
Wenn ich mich richtig erinnere, war an der Seite ein schmaler Gang mit Türen in zwei kleine Kinderzimmer. Am Ende des Gangs war das größere Schlafzimmer der Eltern. Jetzt betritt man einfach einen großen Raum, links zum Garten hohe Fenster. In der Ecke ein Kachelofen mit matten grauen Kacheln. Mitten im Raum, vor dem Ofen, ein knallgrünes XXL-Sofa mit breiten Lehnen und einem Hocker, um die Füße draufzulegen. Die wenigen Möbel sind aus einem rötlichen Holz, ein massiver Couchtisch und ein Regal neben der Fensterwand, in dem sich Bücher und DVDs stapeln. Neben dem Regal steht eine große Yuccapalme. Daneben, links von mir, hängt ein riesiger Fernseher, mit einem Sideboard drunter. Darauf ein DVD-Player, ein Receiver, Wii, PS4. An dieser Wand hat man den Verputz abgeschlagen und die rohen Ziegel saniert. Ihre dunkelrote Farbe taucht den Raum in einen warmen Ton. Gegenüber, hinter dem Sofa, eine Wand, die es an der Stelle früher sicher nicht gegeben hat, mit zwei Türen. Nur auf dem schmalen Wandstück dazwischen hängt ein großes gerahmtes Bild, sonst sind alle Wände weiß und leer.
„Bist du das?“
„Was?“
„Der auf dem Foto.“
Im Hintergrund, entlang einer flachen sandigen Ebene, geht die Sonne unter, weshalb die Figur im Vordergrund im Gegenlicht nur schemenhaft zu sehen ist. Ein Skater hockt am Rand einer sehr hohen Halfpipe, die Kappe in den Nacken geschoben, einen Arm auf dem aufgestellten Board abgestützt. Er schaut konzentriert nach unten, als würde er sich jeden Millimeter der Halfpipe genau einprägen. Das Bild glänzt im Goldbraun der Abendsonne.
„Ja.“
„Wo ist das?“

„Reno. Vor zwei Jahren. Is 'n krasser Spot. Die Stadt is künstlich wie 'ne Barbie, massenweise Leut, dazu der Lärm von den Casinos. Und am Stadtrand, quasi in der Wüste, is im Nix diese irre Halfpipe. Das Foto hat 'n Kumpel gemacht. Erst hab ich überlegt, die ganzen Trophäen aufzustellen, aber dann hab ich mir gedacht, wenn ich mich an was erinnern will, dann an das."
Wie Kevin auf dem Sofa kniet, den Polster in der Hand, unter dem er seine Handschuhe gesucht hat, und dieses Bild ansieht, das trifft etwas in mir. Ich kenne ihn gar nicht, aber gerade hat er sein Leben vor mir weit aufgemacht.
Ich schaue verlegen auf den Boden. Da sehe ich etwas Schwarzes auf dem Sideboard, vergraben unter einer aufgeschlagenen Zeitschrift.
„Deine Handschuhe."
„Echt?"
„Da unter der Zeitung."
„Tatsächlich. Dann können wir ja los."
Ich folge ihm in die Diele und schlüpfe wieder in die Schuhe. Kevin verschwindet in der Küche und kommt mit einem Rucksack zurück.
„Toll, was du aus dem Haus gemacht hast."
„Ich hab nur 'n bissl fabuliert. Der Architekt hat dann was draus gemacht."
Er zieht seine Snowboardboots und die grüne Jacke an, dann sind wir aus dem Haus.
„Wir haben nicht drüber geredet, aber wir müssen ja mal was essen. Jetzt hab ich Sandwiches gemacht, aber wenn du die nicht magst, können wir auch wo reingehn."
„Sandwiches sind super."
„Wieso grinst du denn so?"
„Ach nichts. Nett von dir."
Als Kevin das Garagentor aufmacht, pfeife ich leise durch die Zähne. An der Wand neben dem Prius hängt ein Rad. Ein grünschwarzes Cannondale Cyclocross, eins von den Profirädern.

„Ist ja Wahnsinn."
„Was?"
„Das Rad."
„Wenn's wärmer wird, können wir ja mal 'ne Runde drehn. Deins is auch schwer in Ordnung."
Wenn Kevins Rad der Prius ist, ist meines ein Skoda. Ich bewundere es unverhohlen, während er sein Board und meine Skier auf dem Dachträger befestigt. An der Wand neben dem Cannondale lehnt noch ein BMX-Rad.
„Grün ist deine Lieblingsfarbe, oder?"
„Wie meinst du das?"
„Deine Jacke, die Couch, das Cannondale, das BMX, die Unterwäsche –"
Jetzt steigt mir die Farbe ins Gesicht. Kevin grinst.
„Ja, ich mag Grün echt gern."
Er macht die Beifahrertür auf und eine Gentlemanhandbewegung. Ich steige ein. Mit einem Hybrid bin ich noch nie gefahren, als Kevin startet, hört man kaum ein Geräusch.
„Das Auto gefällt mir auch."
„Das dritte Auto, das ich gewonnen hab. Die andern hab ich verschenkt, aber bei dem hab ich gedacht, das verpestet die Luft weniger. Praktisch isses schon."
Mit einer Fernbedienung öffnet Kevin Garagentor und Gartentor. Wir rollen los. Er macht das Radio an. Werbung. Er schaltet zur CD. Nach einem Lied sind wir auf der Landstraße und er dreht leiser.
„Gefällt dir das?"
Die Musik macht mich leicht nervös.
„Geht so. Wer ist das?"
„Tragedy."
„Kenn ich nicht."
„Punk ist nicht so deins?"
„Das ist mir zu hart. Mein Punk sind Sachen wie Die Ärzte."
„Die magst du?"
„Manchmal."

„Die hab ich nicht da."
Kevin wirft die CD aus und kramt im Fach unter dem Player herum. Meine Mutter dreht durch, wenn jemand beim Autofahren irgendwas anderes macht, als das Lenkrad festzuhalten, aber Kevin dreht den Kopf nicht von der Straße weg. Er findet eine CD und legt sie ein.
„Vielleicht magst du das. Is verträglicher."
sing us a song of the century
it's louder than bombs and eternity
Green Day. Song of the Century. Erster Track auf 21st Century Breakdown.
„American Idiot höre ich manchmal beim Laufen."
„American Idiot is 'n klasse Album, aber das find ich noch besser. Da sind Sätze dabei, die versteh ich gar nicht. Vielleicht steh ich auch nur so drauf, weil ich damals dabei war, als sie die Songs in San Francisco das erste Mal live gespielt haben. Und dann hab ich sie noch in Belfast gehört."
Los Angeles. Berlin. Amsterdam. Reno. San Francisco. Belfast.
„Du bist schon ganz schön rumgekommen."
„Oh ja."
Wie Kevin das sagt, bringt mich dazu, still zu sein, bis wir bei Last Night on Earth den Parkplatz erreichen. Noch hält sich der Andrang in Grenzen. Wir nehmen unser Zeug und gehen zur Kassa.
„Zwei Tagestickets."
„Kommt nicht in Frage."
„Wasn?"
„Dass du zahlst."
„Ich hab dich eingeladen, also zahl ich."
„Du hast gefragt, ob ich mitkomme. Vom Zahlen war keine Rede."
„Das soll jetzt nicht überheblich oder so klingen, aber ich hab genug Geld, und ich geb's lieber für sowas aus als für irgendwelchen Shit, also lass mich zahlen."
Wir sehen uns an. Die Frau im Kassenhäuschen wird ungeduldig.
„Was nun?"

Ich schaue zur Seite.
„Okay. Aber nächstes Mal zahle ich selber."
„Woher weißt du, ob du überhaupt wieder mit mir losziehen willst?"
Ich komme mir blöd vor, strecke ihm die Zunge raus. Kevin lacht.
„Irgendeine Ermäßigung?"
Ich zeige meinen Schülerausweis her.
„Zweiundsiebzig vierzig bitte."
Die Frau legt zwei Skipässe hin. Kevin zahlt, ohne mit der Wimper zu zucken, mit einer Kreditkarte.
„Danke."
„Anytime."
Wir kriegen allein eine Gondel. Ich betrachte durch die Scheibe Kevins Snowboard. Schwarz mit einem roten Animal aus den Muppets vorn drauf.
Die Muppet Show. Puppenserie von Jim Henson und Frank Oz. Produziert von 1976 bis 1981. Animal ist der Schlagzeuger der Band. Kermit der Frosch moderiert das Varieté, Miss Piggy haut ihm ständig eine rein. Fozzie hat Komplexe, weil ihn keiner witzig findet. Gonzo explodiert bei jedem seiner Stunts. Und Statler und Waldorf kommentieren alles vom Balkon aus. Mit den niedlichen Muppet Babies, die ich als Kind manchmal gesehen habe, haben die echten Muppets nicht viel zu tun. Die Show ist Kult, damals haben sich die Promis für Gastauftritte angestellt. Bob Hope. Elton John. Sylvester Stallone. Liza Minelli. Roger Moore.
„Wie alt bist du eigentlich?"
„Im März werde ich siebzehn."
„Und du gehst noch zur Schule?"
„Mmh. Letzte Klasse Gymnasium."
„Hast mit siebzehn nicht noch 'n Jahr?"
Oh verdammt.
„Ich ... hab eins übersprungen."
„Wann?"
Ich zögere.

„Im Kindergarten."
Kevin pfeift durch die Zähne.
„War's dir dort zu fad?"
„So ähnlich."
Kevins Blick verrät, dass ich damit nicht durchkomme.
„Ich bin ... begabt. Darum haben sie mich früher eingeschult."
„Bist du 'n Genie oder so?"
„Ach was. Ich bin einfach gut mit Zahlen, und ich merk mir alles ziemlich schnell."
„Hast du so 'nen IQ-Test gemacht?"
„Mmh."
„Und?"
„Hundertsechsunddreißig."
„Was haben denn Normalos?"
„So um die Hundert."
„Nicht schlecht. Bist du so wie der Kerl aus Malcolm in the Middle?"
Malcolm mittendrin. Comedyserie des US-Senders Fox TV, einhunderteinundfünfzig Folgen über sieben Staffeln, ausgestrahlt von 2000 bis 2006. Frankie Muniz als hochbegabter Malcolm, mittlerer von vier, später fünf Brüdern. Jane Kaczmarek und Bryan Cranston, der dann mit Breaking Bad groß rausgekommen ist, sind die überforderten Eltern Lois und Hal, sie Marke Kontrollfreak, er der emotional instabile Sexsüchtige. Malcolm versucht, seine Hochbegabung irgendwie in ein normales Leben als Jugendlicher zu integrieren, allein schon wegen seiner durchgeknallten Familie ein harter Job. Ich mag die Serie, weil mir mit Malcolm das erste Mal jemand untergekommen ist, dessen Schwierigkeiten mit seinem Talent ironisch gebrochen werden.
„Na ja, wir sind nicht so schräg. Meine Eltern sind harmlos, und ich hab nur einen Bruder, Benni, der ist ganz normal. Und Malcolms IQ ist viel höher, der hat einen von einhundertfünfundsechzig."
Kevin lacht. Es ist angenehm, dass er es einfach amüsant findet, nicht so ein Theater darum macht wie andere Leute.
„Euer Haus is auch nicht so verlottert."

Meine Eltern würden sich noch mit vierzig Grad Fieber abquälen, bevor sie zulassen würden, dass unser Vorgarten so aussieht wie der von Hal und Lois. Meine Eltern haben aber auch sicher nicht zweimal täglich Sex. Sie mit denen von Malcolm zu vergleichen, bringt mich zum Lächeln, Kevin bemerkt es, seine Augen blitzen strahlendblau. Das ist interessant. Vorhin an der Kassa, als wir wegen der Bezahlung diskutiert haben, waren sie viel heller. Und im Auto, als ich erwähnt habe, wie viel er schon rumgekommen ist, waren sie fast schwarz.
„Na gut, also keine Freaks. Aber rechnen kannst du wie der Blitz?"
„Schon."
„Rechnen konnt ich nie leiden."
„Was konntest du denn leiden?"
Kevin denkt lange nach. Dann grinst er.
„Die Pause."
Ich lache. Die Gondel fährt in die Bergstation ein.
Im Vorjahr war ich nur einmal hier, aber ich finde sofort wieder rein. Ich merke gleich, dass Kevin sich mir anpasst. Ohne mich wäre er wahrscheinlich doppelt so schnell. Wir fahren alle drei Pisten hinunter bis zur Talstation. Auf dem letzten Stück kurz vor der Gondel hat man ein paar Rampen gebaut. Er zischt über die höchste drüber, die Hand am Snowboard, als würde er skaten. Ich traue mich nur kerzengerade über die kleinste und bin heilfroh, dass ich den Sprung stehe.
Als wir wieder hinauffahren, studiert Kevin die in der Gondel hängende Karte.
„Sollen wir auf der andern Seite runter? Da is 'n Schlepplift, sieht so aus, als wär da 'n Waldweg."
„Das ist nur der Zauberwald."
„Was?"
„So eine Strecke für Kinder. Mit kleinen Hügeln und Märchenfiguren, durch die man durchfahren muss."
„Oh cool, können wir das machen?"
Der Tag vergeht wie im Flug. Beim Schlepplift fliegen wir einmal hinaus, weil ich keine Übung habe, wie man mit einem Snowboar-

der fährt. Das ist mir so peinlich, aber Kevin zerkugelt sich vor Lachen. Wir setzen uns in den Schnee und essen die Sandwiches. Ich bin beeindruckt. Nicht einfach Schinken und Käse, sondern Salat, Speck, Tomaten, Cheddar, Senf. Ein richtiges Kunstwerk.
Am Nachmittag nimmt das Getümmel zu. Als wir mal wieder zur Gondel kommen, steht dort eine lange Schlange.
„Lassen wir's für heut?"
Ich nicke, ziemlich dankbar. Schön langsam geht mir die Kraft aus.
Als wir losfahren, kämpfen sofort drei Autos um unseren Platz.
„Schau mal ins Handschuhfach, da is Schokolade."
Zwei Packungen M&Ms. Ich reiße eine auf. Kevin nimmt sich eine Handvoll.
„Ich steh auf M&Ms. Aber nur auf die echten."
„Ich mag auch die Nüsse."
„Nope, geht gar nicht."
„Die Nüsse sind so schön knackig."
„Das is ja der Punkt. Man muss die mit Schoko ganz lang im Mund lassen, bis das Innere weich is, und im letzten Moment die Schale knacken. Das geht mit den Nüssen nicht."
Die Verkehrsnachrichten gehen an. Kevin wirft Green Day aus und kramt wieder im CD-Chaos unter dem Player.
„Jetzt haben wir uns ausgepowert, jetzt is Zeit für 'nen Cooldown."
Eine Männerstimme nuschelt einen Satz, den ich nicht verstehe, weil ich noch nicht aufmerksam genug zugehört habe. Applaus. Eine Live-Aufnahme.
„Der kommt mir bekannt vor, wer ist das?"
„Johnny Cash. At Folsom Prison."
„Ah, genau. Walk the Line."
„Nö, das is da nicht drauf."
„Ich meine den Film."
Walk the Line habe ich mit dreizehn das erste Mal gesehen, mit Anna. Kurz bevor sie wegziehen musste, ein Übernachtungsabend mit allem, was wir damals gut fanden, da gehörte Joaquin Phoenix als tragischer Countrystar dazu. Wir haben geheult wie die Schlosshunde.

„Den kenn ich nicht."
„Wirklich nicht? Der ist spitze."
Walk the Line. Filmbiografie von 20th Century Fox, von 2005. Regie: James Mangold. Joaquin Phoenix als J.R. Cash. Reese Witherspoon als June Carter. Drei Golden Globes. Fünf Oscarnominierungen, den für die beste Hauptrolle hat Reese Witherspoon bekommen. Phoenix und Witherspoon singen alle Songs im Film selbst, nur ganz am Ende beim Abspann hört man bei Long-Legged Guitar Pickin' Man den echten Johnny und die echte June.
I Walk the Line ist einer der bekanntesten Songs von Johnny Cash. Seine erste Millionensingle, von 1956. *I walk the line. Ich beherrsch mich.* Hat er für seine erste Frau Vivian geschrieben, die Angst hatte, er würde sie mit seinen Groupies betrügen. Geholfen hat es nichts, am Ende hat er sie trotzdem verlassen und doch June Carter gekriegt. Aber das muss man durchgehen lassen. Johnny und June findet man im Wörterbuch, wenn man Liebe nachschlägt.
„Wenn du das sagst, werd ich ihn mir wohl mal anschaun müssen."
Dann hören wir einfach zu, bis Kevin in seiner Garage parkt.
„Ali von Almuth, ich hatte Riesenspaß. Willst morgen wieder mit?"
Fast sage ich Ja, dann fällt es mir ein.
„Ich kann nicht. Ich hab meiner Mutter versprochen, mit ihr einkaufen zu gehen. Sie braucht Schuhe."
„Und da geht ihr Mädels 'n bissl shoppen?"
„Na ja, so spannend ist es nicht. Sie kauft ihre Schuhe beim Bandagisten."
„Wegen dem Morbusdingsbums."
„Bechterew. Genau."
„Dann Sonntag?"
Ich bin die totale Enttäuschung.
„Da müssen wir meine Tante und ihre Familie besuchen. Die wohnen drei Stunden von hier, das sind immer streng kalkulierte Termine. Meine Mutter wäre sauer, wenn ich nicht mitkäme."
„Na, das wollen wir nicht riskieren. Sonntag soll eh mieses Wetter sein. Was is mit Montag?"

„Gern."
„Klingl einfach so gegen acht."
Kevin zieht sein Handy raus.
„Sag mir mal deine Nummer, dann schick ich dir meine."
„Nullsechsneunnullachtzweifünfsiebenfünfdreifünf."
„Coole Nummer."
„Die Summe der Ziffern ist genau fünfzig."
Kevin schaut mich groß an. Ich werde rot. Solche Sachen platzen manchmal aus mir heraus, ohne dass ich es verhindern kann.
„Hast du das nachgerechnet?"
„Das weiß ich, wenn ich die Nummer sehe."
Mein Handy brummt.
„Nullsechsviervierachtzehndreiundsechzigfünfundvierzigzwei."
„Dreiundvierzig."
„Is das gruslig."
Ich halte ihm die halbleeren M&Ms hin. Er winkt ab.
„Och nimm sie. Ich hab genug Nachschub."
„Danke."
„Ich sag danke. Bis dann."
Meine Eltern sitzen vorm Fernseher. Meine Mutter bügelt. Vierschanzentournee, da sieht sich mein Vater sogar das Training an.
„War's schön?"
„Sehr schön."
„Viele Leute?"
„Erst ab Mittag. Montag wollen wir wieder gehen."
„Du hast doch dieses Projekt für Biologie?"
„Sie hat Ferien, Jürgen."
„Ist fast fertig."
„Na dann."
Als ich dusche, piept das Handy.
Und, wie war's? ;-)
Schön. Montag wieder.
Go for it! :-)

Wenn ich schon mit meiner Mutter im Einkaufszentrum bin, kaufe ich gleich neue Funktionsunterwäsche. Ich schwanke kurz zwischen der roten und der gelben, dann nehme ich die schwarze. Ich bin nicht gut darin, mir Kleidung auszusuchen, nehme meistens am Ende die unauffälligen Teile. Ihre Schuhe hat meine Mutter schnell besorgt. Beim Bandagisten ist die Auswahl nicht berauschend.
Es ist Nachweihnachtseinkaufssamstag, sogar in dem Laden voller Gehhilfen stehen die Leute an. Während meine Mutter zahlt, warte ich vor der Tür und begutachte die Auslage des Schuhgeschäfts nebenan.
Meine Mutter schließt die Ladentür hinter sich und atmet tief durch.
„So ein Gedränge. Gehen wir zum Auto?"
„Ich würd da gern noch rein."
„Ehrlich?"
Ich probiere die Schuhe, die mir draußen aufgefallen sind. Graublaue Stiefel, unten Glattleder, oben Rauhleder, breiter Absatz. Dafür, dass ich keine Übung mit Absätzen habe, sind sie sehr bequem.
„Seit wann magst du solche Schuhe?"
„Sind mich einfach angesprungen."
Ich ziehe sie aus, schaue auf das Schild. Hundertneununddreißig neunzig. Aua. Meine Mutter sieht meinen Blick.
„Du hast doch das Geld von Oma und Opa. Und von der Post. Heuer hast du dir außer dem Schnorchelset noch gar nichts Besonderes gekauft."
„Ich weiß nicht ..."
„Du zahlst die Hundert, ich den Rest."
„Ach nö."
„Als letztes Weihnachtsgeschenk."
Bevor ich widersprechen kann, geht meine Mutter mit dem Karton zur Kasse.
„Mama, das muss nicht sein."
„Müssen tut nichts."

Meine Mutter drückt mir vierzig Euro in die Hand.
Morgen muss ich zweimal drei Stunden Autofahrt mitmachen, um dazwischen meine beiden anstrengenden kleinen Cousins auszuhalten. Meine verspannte Tante Lotte und ihren zwangslustigen Mann mit seinen blöden Kommentaren, *Na Ali, schon das Rad neu erfunden?* Ich sehe das Geld mal als Entschädigung.
„Danke, Mama."
„Ich bin ja froh, wenn du dich mal für was Normales interessierst, so wie andere Mädchen auch."

Am Montag ziehe ich die Stiefel an, die Skischuhe klemme ich unter den Arm. Ich rede mir erfolgreich ein, dass es einfach angenehmer ist, gleich nach dem Skifahren in leichtere Schuhe schlüpfen zu können. Ich lade meinen Kram vor der Haustür ab und klingle.
„Is offen."
Kevin ist in der Küche.
„Kaffee?"
„Nein danke, ich hab daheim gefrühstückt."
„Kein Grund, 'nen zweiten Kaffee abzulehnen. Oder 'nen dritten."
„Zu viel Koffein macht mich ganz zappelig."
„Wär interessant."
Ich stehe in der Tür und sehe mich um. Das letzte Mal war der Raum finster und muffig. Braunes Holz, fettige Luft. Jetzt steht da eine L-förmige Küchenzeile, hellgrau, mit einer Arbeitsplatte aus hellem Holz. Schöner Gasherd. Riesiger Kühlschrank, wie in einem Film aus den Fünfzigern. Große Kaffeemaschine. Links eine Vitrine, weiß, Glas, drinnen buntes Geschirr. An der hinteren Wand, wo die Kargls eine dunkle Sitzecke mit Herrgottswinkel hatten, steht kein Tisch, sondern eine hohe graue Bar mit geschwungenen Hockern.
„Tolle Küche."
„Tolle Stiefel. Vom Bandagisten?"
Werde ich schon wieder rot?

„Vom Geschäft daneben."
Kevin stellt seine Tasse in den Geschirrspüler. Auf der Küche steht Tupperware. Frische Sandwiches.
„Warst du gestern snowboarden?"
„Nö, hab 'ne lange Runde mit Juno gedreht. Und dann hab ich überlegt ... magst mal 'n Board versuchen?"
„Was?"
„Snowboard. Ich hab noch eins."
„Echt?"
„Vielleicht willst du was Neues ausprobieren. Machst ja gern Sport, oder?"
„Schon. Macht irgendwie den Kopf leer."
Kevin grinst.
„Von den ganzen Handynummern?"
„Zum Beispiel."
„Und, willst du?"
„Dann kommst du ja gar nicht zum Fahren, wenn ich ständig umfalle."
„Wenn ich's nicht okay fänd, hätt ich's nicht angeboten."
„Dann gern."
„Spitze."
Kevin geht an mir vorbei zur Haustür. Jetzt erst sehe ich, dass an der Garderobe ein Snowboard lehnt. Hellgrün, mit Edelweißblüten drauf.
„Ist das witzig."
„Is 'n bissl kleiner als meins, müsst dir passen. Nur die Boots ... was hastn für 'ne Größe?"
„Neununddreißig."
„Dann wird das mit meinen Vierundvierzigern nix."
Kevin kratzt sich am Dreitagebart.
„Da war doch 'n Skiladen bei der Gondel, oder?"
„Ja."
„Na dann."
Meine Skisachen bleiben gleich da. Kevin packt die Boards auf den

Dachträger. Als er startet, geht At Folsom Prison wieder an. Während sich das Tor öffnet, holt er aus seinem Rucksack eine neue CD. Drumsticks schlagen aneinander. Schwungvolle Musik.
Punk ist ...
Die Ärzte. 13. Ihr achtes Studioalbum. Die Ärzte wurden 1982 gegründet, von Farin Urlaub, dem Sänger und Gitarristen, und Bela B, dem Schlagzeuger. Seit 1993 ist Rodrigo Gonzáles dabei, meist am Bass, aber Farin Urlaub und er spielen die Instrumente auch manchmal andersrum. Auf 13 sind einige ihrer größten Hits, etwa Männer sind Schweine, Groteskong und Rebell. Die Ärzte sind die beste Band der Welt. Letztes Jahr waren sie in unserer Landeshauptstadt, eines der wenigen Konzerte, die ich bis jetzt besucht habe. Isa musste mich überreden und dann war es einfach toll.
„Is jetzt manchmal?"
„Was?"
„Du hast gesagt, manchmal magst du die Ärzte."
„Ja, jetzt ist manchmal."
Auf dem Parkplatz ist deutlich mehr los. Viele Urlauberbusse. Kevin drückt mir das Edelweißboard in die Hand. Ich laufe hinter ihm her in den Laden neben der Kassa. Ich war noch nie hier. *Geschäfte direkt beim Lift rauben dich nur aus,* sagt mein Vater. Kevin steuert auf einen jungen Verkäufer zu.
„Habt ihr Softboots für sie? Die Schuhgröße is neununddreißig."
„Kaufen oder leihen?"
„Kaufen."
„Leihen."
Der Verkäufer schaut zwischen uns hin und her.
„Was denn nun?"
„Leihen."
„Is doch 'ne gute Gelegenheit."
„Ich hab nicht mal ein Snowboard, da kauf ich mir doch nicht gleich Schuhe."
Der Verkäufer stellt ein Paar schwarze Boots auf den Tisch.
„Siebzehn Euro für den Tag. Dreißig Euro Kaution."

„Kann ich meine Stiefel hier lassen?"
„Ja, natürlich."
Ich schlüpfe in die Boots, der Verkäufer nimmt das Board und passt die Bindung an. Ich gebe ihm meine Stiefel und zahle.
„Schön auf die Dinger aufpassen, die sind neu."
Ich stoße Kevin mit dem Ellbogen an, rot bis unter den Haaransatz. Er lacht nur.
„Wasn? Stimmt doch."
Heute lässt er mich brav selbst mein Ticket bezahlen. Wir nehmen die Gondel zur Bergstation. Kevin zeigt zur hinteren Piste.
„Da rutschen wir jetzt runter, und unten, wo's ganz flach is, versuchen wir's."
Er hilft mir, das Board anzuschnallen. Aufrecht stehen ist eine Herausforderung.
„Geh mehr in die Knie."
Rumms.
Ich kippe vor auf Kevin, er rücklings in den Hang. Wir schlittern ein Stück, ehe er uns bremsen kann. Ich spüre mein heißes, rotes Gesicht, aber er grinst nur.
„So hab ich das mit dem Runterrutschen nicht gemeint."
„Entschuldige."
„Never mind. Füße nach hinten. Kante in den Schnee. Beim Vorlehnen fährst du."
„Hab ich bemerkt."
„Hab ich bemerkt, dass du's bemerkt hast. Nochmal."
Leicht in die Knie.
„Streck den Hintern nicht so raus. Lass den Rücken oben, wie beim Radfahren, wenn's den Berg runter geht."
Kann man noch röter werden? Wenigstens hilft mir der Vergleich weiter.
„Also, wenn du leicht vorkippst, rutschst du. Wenn du stehen bleiben willst, hebst du die Zehen und rein mit der Kante in den Hang."
Rumms.

Diesmal sieht er es kommen und macht samt Board einen Sprung nach unten. Ich klatsche vornüber, Hände im Schnee.
„Leicht vorkippen. *Leicht*, fett gedruckt.“
Ich rapple mich auf. Wie soll das enden, wenn es schon so beginnt?
„Nochmal.“
„Ich bin schief.“
„Stehst eh schön drauf.“
„Ich meine, normalerweise schaut das Brett unter mir in dieselbe Richtung wie meine Füße.“
„Drum isses ’n Board und kein Ski.“
„Sehr hilfreich.“
„Weißt, wie oft ich auf die Fresse gefallen bin, eh ich meinen ersten Kickflip landen konnt?“
„Wenn man es mal kann, redet es sich leicht.“
„Wenn man’s kann? Wenn du den Kickflip stehst, dann lernst du ihn double. Wenn du das kannst, triple. Man kann’s nie, man probiert’s.“
Ich funkle Kevin böse an. Er lacht.
„Hey, du bist ehrgeizig. Is ja süß. Kann dein Geniehirn das nicht irgendwie in Zahlen darstellen, so in Koordinaten vom Berg, damit du die Richtung kapierst?“
Ich strecke ihm die Zunge raus, er grinst nur.
„Nochmal.“
Leicht die Füße nach unten. Das Board kommt ins Rutschen. Ich strecke die Arme zur Seite, kriege einen Drall nach links. Da rüber will ich nicht.
„Bremsen.“
Kevin, mir gegenüber, einen Meter tiefer, rutscht nach.
„Bremsen!“
Wie war das, Kante in den Schnee. Ich kippe nach hinten.
Rumms.
Ich lande auf dem Hintern, mein Board kracht in seins, er bleibt irgendwie stehen.
„Nicht an mir.“

„Witzig."
„Indeed. Nochmal."
Ich hieve mich hoch.
„Du musst ein bissl hin und her wackeln. Als würdest du aufm Rad im Stand balancieren."
Noch ein hilfreicher Vergleich. Leicht die Füße nach unten. Das Board rutscht. Wackeln.
„Gut. Und jetzt bremsen."
Ich reiße die Zehen hoch.
Rumms.
Ich falle mit Wucht nach hinten. Der Helm dämpft den Aufprall.
„Hast dir wehgetan?"
„Geht schon."
„Wenn du nach hinten knallst, bleib ich wenigstens verschont. Nochmal."
Leicht die Füße nach unten. Das Board rutscht. Wackeln. Langsam Füße hoch.
„Viermal bis zum ersten erfolgreichen Meter. Guter Schnitt. Also –"
„Ja, ich weiß schon. Nochmal. Das ist hier so steil."
„Das is 'ne blaue Piste."
„Stimmt nicht."
Rumms.
„Nochmal."
Für die kurze Strecke brauchen wir eine halbe Stunde. Irgendwann rauscht ein Kind, das vielleicht acht Jahre alt ist, auf einem Snowboard an mir vorbei. Kevin grinst. Unten angekommen, hundert Mal dasselbe. Kurven üben. Abschnallen. Raufstapfen. Runterkurven. Abschnallen. Raufstapfen.
Dann geht es. Linksbogen, Rechtsbogen, Linksbogen. Ich überrasche mich selbst, reiße die Füße wieder zu stark hoch.
Rumms.
„Gut. Jetzt versuchen wir's von oben."
„Alles raufstapfen?"
„Gibt doch 'nen Lift."

Ich schaue auf den Schlepplift. Wie schnell der ist, ist mir noch nie aufgefallen.
„Das ist nicht dein Ernst."
„Wie willst du snowboarden, wenn du nicht Lift fahren kannst?"
Ich schnalle den hinteren Fuß los und rutsche hinter Kevin her. Bei ihm sieht das so leicht aus. Mein rechter Fuß will ständig in eine andere Richtung als mein linker mit dem Board.
Die meisten Touristen nehmen die Gondeln, am Schlepplift ist wenig los. Drei Reihen vor uns stehen zwei Snowboarder. Sie stellen sich einander gegenüber, schnappen den Bügel, klemmen die Seitenteile des Bügels zwischen die Beine, stellen den hinteren Fuß zwischen die Bindungen aufs Board, fahren los. So viele Bewegungen in einer Sekunde.
„Hast du's gesehn? Stell dich hin. Ich nehm den Bügel. Halt dich einfach am Mittelteil fest und bleib locker, sonst reißt's uns raus."
Bleib locker.
„Ich will wieder rutschen."
„Feig."
Wir kommen einen Meter weit.
Rumms.
Mein Gesicht glüht. Kevin hilft mir hoch und schiebt mich zur Seite, die Skifahrer hinter uns ziehen elegant vorbei. Das könnte ich auch. Der Liftwart winkt uns zu.
„Nehmt's den nächsten."
„Was hast falsch gemacht?"
„Bin nach vorn gekippt."
„Richtig. Konzentrier dich auf's Board und auf's Anhalten. Den Rest mach ich."
Zwei Meter.
Rumms.
Ich will weg, weit weg.
Der Liftwart hat Mitleid und dreht den Lift auf die langsamste Stufe. Und dann fahren wir. Ein paar Leute in der Schlange klatschen. Weit, weit weg. Kevin lacht.

Der Weg kommt mir endlos vor. Wir scheren aus, kommen in den tiefen Schnee.
„Nicht zappeln. Lockerlassen."
Kevin lenkt uns zurück.
„Passiert ständig. Die Spur ist nur für Skier, schau nicht auf die. Nur auf's Board."
Ich versuche, das Snowboard einfach laufen zu lassen.
„Schön langsam kriegt meine Hand echt kein Blut mehr ab."
Ich drehe den Kopf, jetzt bemerke ich erst, dass ich die ganze Zeit meine Finger in Kevins linken Unterarm gekrallt habe. Mit bestimmt dunkelrotem Gesicht ziehe ich sie weg, versuche, auch ohne ihn das Gleichgewicht zu halten.
„Entschuldige."
„Wenn's dir hilft, kannst dich gern anhalten. Nur vielleicht nicht ganz so fest."
Ich starre auf die Snowboards hinunter. Aus dem Augenwinkel sehe ich, wie Kevin grinst, aber er starrt genauso nach vorn.
Der Bügel drückt in meinen Oberschenkel. Ich kriege einen Krampf und bin heilfroh, als der Ausstieg in Sicht kommt. Dann wird mir klar, dass ich keine Ahnung habe, wie man den Bügel loswird.
„Äh, Kevin ..."
Rumms.

Später sitzen wir im Schnee und essen die Sandwiches. Frischkäse, Schinken, Rucola, Tomaten. Mir tut alles weh, aber ich habe den Hang zweimal bezwungen. Zweieinhalbmal, wenn man den Versuch mitrechnet, bei dem wir mittendrin aus dem Lift geflogen sind.
„Können eigentlich alle Skater snowboarden?"
„Nö. Is zwar ähnlich, aber das machen längst nicht alle. Können ja nicht alle Shaun White sein. Ken zum Beispiel gar nicht. Der is aus Kalifornien, der kann's nicht ausstehn, wenn's kalt is, der geht lieber surfen. Andre können's halt, so wie Hunter und Luis. Die haben's mir beigebracht."

Hunter Hansley. Der Große mit den Dreads. Und Luis Egas. Der kleine Spanier.
„Ehrlich?"
„Yep. Dabei is Hunter aus 'ner Gegend, wo's keinen Schnee gibt. Aber als er skaten konnt, wollt er unbedingt auch snowboarden. Und wenn Hunter sich was einbildet, dann schafft er's auch. Er hat seine Eltern genervt, bis sie ihn in so Skicamps für Kinder geschickt haben. Als wir uns getroffen haben, hat er's gar nicht fassen können, dass ich's nicht kann. Hunter hat keinen Tau von Geografie, aber er weiß, dass es in Bayern Berge gibt. War unpackbar für ihn, dass 'n Bayer nicht Ski fahren kann."
Mein Vater hat Benni und mir gezeigt, wie man Ski fährt, als wir kleine Kinder waren. Ich kenne eigentlich niemanden, bei dem es nicht auch so war. Kurz überlege ich, ob ich Kevin fragen soll, wieso es bei ihm anders gewesen ist, aber er erzählt schon weiter.
„Und Luis, der is sowieso die Härte. Der hat 'nen Vater, der irre gern Ski fährt. Der hat's ihm beigebracht, da war Luis vielleicht drei. Die sind im Winter ständig in der Sierra Nevada. Dann wollt Luis lieber 'n Snowboard. Aus dem wär sicher auch 'n Snowboardpro geworden. Aber er wollt lieber skaten. Trotzdem kann er's, dass dir die Luft wegbleibt. Alle Tricks, die ich kann, hab ich von ihm."
Kevin grinst. Nicht, weil irgendetwas lustig ist. Sondern weil er mit seinen Gedanken weit weg ist, in der Vergangenheit, wo es schön gewesen sein muss.
„Immer, wenn wir wo unterwegs waren, wo's Schnee gab, haben Hunter und Luis die Boards mitgeschleppt. Und einmal, in Copper Mountain, da haben sie mich in aller Früh ausm Bett geschmissen und erklärt, dass ich's auch lernen muss. Und bei sowas widersprichst du ihnen besser nicht, also sind wir los und haben mir Zeug ausgeborgt, und so hab ich's gelernt. Also sie haben losgelegt und erwartet, dass ich nachkomm. Erst hab ich nur Schnee gefressen, aber das Skaten war schon 'ne Hilfe. Gleich dort hab ich mir dann mein erstes Snowboard besorgt, das da, das du jetzt hast. Ich wollt ja 'n andres nehmen, aber Hunter und Luis haben das entdeckt und

dann ging's nicht anders, wenn man so 'n Edelweißzeugs ausgerechnet in Amerika findet."
Copper Mountain kommt mir bekannt vor, aber ich kann es nicht einordnen.
„Wo ist denn Copper Mountain?"
„In Colorado."
In meinem Hirn klickt es. Colorado, der achtunddreißigste Staat der Vereinigten Staaten von Amerika, mitten in den Rocky Mountains, benannt nach dem größten Fluss, der dort verläuft, mit der alten Goldgräberstadt Denver als Zentrum. In Copper Mountain gibt es öfter Wintersportveranstaltungen, die mein Vater im Fernsehen verfolgt.
„Ist es schön dort?"
„Irre schön. Das Skigebiet is riesig. Und die haben dort 'nen gigantischen Indoorpark für Snowboarder, aber auch für Skater. Wenn du in den USA skatest, kommst du an Woodward nicht vorbei. Die Megaramp is der Hammer."
Reisen stresst mich. Eine neue Umgebung, fremde Menschen, zwischen Start und Ziel verliere ich immer das Gefühl dafür, wo ich gerade bin, kann mich an nichts Vertrautem orientieren. Als Baum wäre ich eine Kiefer, ich muss mich tief verwurzeln können. Kevin ist wohl eher so etwas wie die Birken in seinem Garten, deren Wurzeln sich weit verzweigt ausbreiten. Wie man das nur aushält, ständig unterwegs zu sein.
„Was ist eigentlich das Weiteste, wohin du gekommen bist?"
„Mal schaun ..."
Kevin überlegt eine Weile.
„Die meisten Sachen sind in Europa oder in Amerika. Einmal war ich in Sidney, da hatte uns 'n Kumpel eingeladen. Und einmal war so 'ne große Show in Tokio, das war das einzige Mal, dass ich in Asien war. Was davon isn weiter weg?"
„Von wo, von hier?"
„Keine Ahnung, sagen wir, von München."
„Sidney. Dorthin sind es circa sechzehntausenddreihundertacht-

undzwanzig Kilometer. Tokio ist nicht so weit, nur so neuntausenddreihundertsiebzig Kilometer. Da ist es sogar nach San Francisco weiter, um etwa fünfundsechzig Kilometer."
Kevin schaut mich an, mit großen hellgrauen Augen, einen Bissen vom Sandwich im Mund, ohne zu schlucken.
„Woher weißt du denn das?"
Jetzt werde ich wieder rot.
„In der ersten Klasse Gymnasium hat uns die Mathelehrerin verschiedene Luftlinien aufgeschrieben, von unserer Landeshauptstadt zu vielen anderen Hauptstädten. Damit wir ein Gefühl für Distanzen kriegen."
„Und du hast dir die ganzen Zahlen jahrelang gemerkt?"
Ich nicke. Dass ich manchmal einfach nicht rechtzeitig den Mund halten kann.
„Aber die Landeshauptstadt hier is doch nicht mal München."
„Von da nach München sind es nur knappe hundertfünfzehn Kilometer, das muss man nur addieren."
„Addieren ..."
Kevin trinkt einen Schluck aus seiner Flasche.
„Dein Hirn is ja wie 'ne Festplatte. Mit verdammt viel Arbeitsspeicher."
Ich muss grinsen. Als Computer mit vielen Verzeichnissen, aus denen immer wieder Pop-ups aufspringen, stelle ich mir meinen Kopf auch manchmal vor.
„Fahren eigentlich alle Skateboarder immer an dieselben Orte? Wie bei einer Tour von einer Band?"
„Nee. Nicht so ganz. Es gibt überall auf der Welt verschiedene Contests und Shows. Kleine und große. Die X-Games zum Beispiel sind was Großes oder die Streetleague in den USA. Wenn deine Sponsoren bei 'nem Bewerb viel Kohle reinstecken, musst du dich dort blicken lassen. Ansonsten fährst du rum, wie's die Teams planen. Drehst Material für Skatevideos, machst Demos für Fans. Manche Teams sind mehr unterwegs, andre weniger."
„Und du, warst du viel unterwegs?"

„Schon. Vor allem mit Castor&Pollux. Clive nimmt das total ernst, kümmert sich echt drum, dass seine Leut was zu tun haben."
„Wohin hast du denn deine Post gekriegt?"
Kevin lacht.
„Na ja, zu meinen Großeltern. Und seit die tot sind, zu meiner Ma. Aber so viel Post krieg ich nicht. Das Zeug vom Skaten kam immer an die Teams."
„Wie oft warst du so zu Hause?"
„Zweimal. Beim Tod von meinem Opa und beim Tod von meiner Oma."
Zwei Besuche zu Hause in fünf Jahren. Ich will fragen, was mit Weihnachten war oder mit Geburtstagen, aber seine Augen sind plötzlich dunkel und ich lasse es. Wie tourt einer jahrelang durch die Welt, immer in Action, und dann igelt er sich in einem Haus in einer Kleinstadt ein und tut gar nichts mehr?
„Darf ich dich was fragen?"
„Kommt drauf an."
Er sieht mein Gesicht, lacht, seine Augen sind wieder blitzblau.
„Schau nicht so verschreckt. Kannst alles fragen."
„Wieso bist du hier?"
„Weil 'n tolles Wetter zum Boarden is."
„Ich meine, wieso bist du hier in dieser Stadt? Im Karglhof?"
„Mein Haus heißt Karglhof?"
„Nach der Familie, die da gewohnt hat."
Es dauert lange, bis Kevin antwortet. Wenn man ihn von der Seite ansieht, bemerkt man den kleinen Knick, wo seine Nase gebrochen war.
„Erst war ich nach meinem Slam drei Wochen im Krankenhaus. In Amsterdam haben sie mich notoperiert, weil mein Fuß sonst nicht genug Blut abgekriegt hätt. Dann haben sie mich nach München geflogen. Nach der zweiten OP war klar, dass ich's nie wieder aufholen werd. Dann war ich fünf Wochen auf Reha. Dann nochmal zwei im Krankenhaus, weil sie mir das Gestell ausm Fuß geholt haben. Dann nochmal drei Wochen Reha. 'N Kollege hat mir angeboten, in

seiner Skateschool zu unterrichten. 'Ne Firma, die mich gesponsert hat, wollt mich als Betreuer für andre Pros. Ich hatte sowas von keinen Bock auf das alles."
„Wieso bist du nicht dahin zurück, wo du aufgewachsen bist?"
„Alching? Nicht um viel Geld ..."
„Wohnt deine Familie nicht mehr dort?"
„Meine Ma is auf Ibiza."
„Ehrlich?"
„Yep. Seit drei Jahren. Hab ihr dort 'ne Wohnung gekauft. Sie sagt, Berge machen sie depressiv. Lebt mit 'nem netten Kerl zusammen."
„Und dein Vater?"
„Is kein Thema."
Der letzte Satz war hart. Mir fällt ein, was ich gelesen habe, dass seine Mutter bei seiner Geburt so jung war. Wahrscheinlich hat die Beziehung seiner Eltern nicht lange gehalten.
„Die Psychologin bei der ersten Reha hat gefragt, was ich jetzt machen will. Und ich hatte keine Lust auf diesen Therapiescheiß und hab gesagt, ausreiten und meine Ruh haben. Da hat sie gesagt, ich soll mir 'n Pferd kaufen und mir Ruhe suchen. Erst hab ich gedacht, die spinnt, aber es is mir nicht ausm Kopf gegangen. Also hab ich gegoogelt, wo man 'n Pferd kriegt und 'n Haus kaufen kann. Da hab ich das Inserat gesehn, und dass 'n Wald dabei is. Irgendwo, wo mich kein Mensch kennt. Fand ich gut. So 'nen harten Schnitt zu machen."
„Was machst du die ganze Zeit?"
Ich höre die Stimme meiner Mutter in meinem Kopf, die mir sagt, dass ich aufhören soll, neugierige Fragen zu stellen, aber Kevin stört es nicht.
„Pause. Musik hören. Am Computer zocken. Mich um Juno kümmern. Kochen lernen, das macht echt Spaß. Und üben, wie man Unterhosen wäscht. Wie man nicht jedes zweite Teil im Trockner auf Babygröße schrumpft."
„Hast du keine Putzfrau?"
Alle Leute mit genug Geld haben doch Putzfrauen. Meine Mutter könnte auch eine brauchen, aber sie will nicht.

„Mein Haus, meine Unterhosen. Ich will keine fremden Leute da haben."
Das sagt meine Mutter auch immer.
„Fehlt dir die Tourerei?"
Kevin zuckt mit den Schultern.
„Die Leut schon. Aber dass man nimmer weiß, wo man letzten Monat gewesen is, ich weiß nicht. Ich hab fünf Jahre nirgends gewohnt."
Er gibt meiner Schulter mit seiner einen Schubs.
„Und man lernt ja auch neue Leut kennen."
Ich werde wieder rot. Kevin springt auf.
„Jetzt fahren wir. Mutprobe, die Abfahrt bei der Gondel runter."
„Das ist ein Witz."
„Nope."
Die Abfahrt gibt mir den Rest. Ich schürfe mir das Handgelenk auf und krache fast in einen Kinderskikurs, Kevin erwischt mich gerade noch an der Kapuze. Beim Bremsen vor der Talstation geben meine Knie nach.
Rumms.
„Ich glaub, für heut isses genug."
„Oh danke."
„Hast du gut gemacht. Hätt ich nicht gedacht, dass du hier runterkommst."
„Schön, dass du mich dann gezwungen hast."
Wir bringen die Schuhe zurück. Als ich in die Stiefel steige, zittern meine Knie. Absätze, blöde Idee. Kevin lehnt an der Kassa, die Snowboards neben sich. Der Verkäufer stellt drei Paar Boots auf den Tisch.
„Ihr Freund meinte, Sie wollen vielleicht jetzt über einen Kauf nachdenken."
Ihr Freund ... Ich werde rot, schon wieder. Kevin grinst.
„Oder willst echt nie wieder mit mir losziehn?"
„Schon, aber ich weiß nicht."
„Hast du Blasen an den Füßen?"
„Nein."

„Tut dir was weh?"
„Alles."
„Ich mein, an den Füßen."
„Hier, unterm Knie."
„Hab ich befürchtet. Du brauchst 'nen festeren Halt."
Der Verkäufer zeigt auf ein graues Paar.
„Die haben eine gute Schale. Bis morgen im Angebot. Hundertneunundsiebzig neunzig statt Zweihundertdreißig."
„Probier mal."
Der Verkäufer hilft mir in die Schuhe, lässt mich rumlaufen und hüpfen. Ich merke sofort, dass sie viel besser sind als die gebrauchten aus dem Verleih.
„Gut?"
„Schon, aber –"
„Dann kauf ich sie dir."
„Kevin ..."
„Diskutier nicht mit mir, das is 'ne würdige Belohnung für's Durchhalten."
„Aber –"
Kevin hält dem Verkäufer die Schachtel hin.
„Einpacken."
Ich stapfe hinter ihm her zum Auto und weiß nicht, ob ich beschämt oder wütend sein soll. Wieso bestimmen momentan ständig andere, ob ich teure Schuhe bekommen soll?
Wir fahren vom Parkplatz, Kevin überspringt vier Songs.
Männer sind Schweine.
„Passend?"
„Wieso, willst du mich jetzt noch ins Gebüsch zerren?"
Kevin dreht den Ton weg. Plötzlich ist er kalkweiß im Gesicht.
„So hab ich's nicht gemeint. Hab nur gedacht, wenn du sauer auf mich bist, wär's das beste Lied auf der CD."
Ich bin erschrocken über seine Reaktion.
„Ist schon okay. Ich hab es ja nicht wirklich falsch verstanden. Ich wollte nur ... weil sie halt singen ..."

Kevin starrt mit schwarzen Augen auf die Straße. Ich versuche, irgendwie aus der unerwartet unangenehmen Situation rauszukommen.
„Das war ein blöder Witz, entschuldige."
Er beißt auf seiner Unterlippe herum, fährt sich mit der Hand durch die Haare.
„Nein, ich sag sorry. War mein dümmster Witz ever. Ich wollt nur, dass du nicht mehr sauer bist. Aber es war echt nicht lustig, tut mir leid."
„Mir war es nur so unangenehm, dass du bezahlt hast."
Kevin dreht den Ton wieder an und ein Lied weiter.
Liebe und Schmerz.
Er verzieht das Gesicht, schaltet weiter.
Nie gesagt.
Nach ein paar Versen dreht er das Radio ab.
Eine Weile ist es still. Ich starre aus dem Fenster und bin mit der Situation überfordert. Ich trage in mir kein Gen für Diskussionen. Ich tue mir oft schon schwer damit, am Gesichtsausdruck eines Menschen seine Stimmung zu erkennen. Und ich habe keine Übung. In meiner Familie wird nicht gestritten. Meine Mutter schweigt. Mein Vater hält Monologe. Mein Bruder mault einen ausfälligen Satz und schlägt seine Tür zu. Und Leuten in der Schule mit einem Talent für verletzende Worte, Leuten wie Manu oder Flo, gehe ich aus dem Weg.
Kevin räuspert sich.
„Wenn's dich so stört, geb ich die Boots zurück."
„Das ist es nicht. Es ist nur ... ich zahle sonst alles selber. Man muss sich die Sachen doch erarbeiten."
„Sagt wer?"
„Mein Vater."
„Und, glaubst du das auch?"
„Irgendwie schon. Man kann sich doch nicht von anderen aushalten lassen. In der Schule gibt's auch ein paar, die schnorren sich durch. Das finde ich furchtbar."
„Aber du hast ja nicht geschnorrt. Ich hab's dir angeboten. Und du

hast sie dir erarbeitet, weil du gut gefahren bist. Ein Geschenk is nicht schnorren."
„Trotzdem."
Dann ist es wieder still. Kevin scheint intensiv nachzudenken, auf seiner Stirn bildet sich eine steile Falte.
Er fährt das Auto in die Garage, stellt es ab und dreht sich zu mir. Seine Augen sind hell, er sieht aus, als hätte er sich seine Worte genau zurechtgelegt.
„Weißt du Ali, bevor ich achtzehn war, hatt ich 'ne Million aufm Konto. Ich bin nur mitm Skateboard rumgefahren, weil's das Einzige war, was mir Spaß gemacht hat. Und dafür haben mir die Leut das Geld reingesteckt. 'Ne Firma gibt dir fünfzigtausend Dollar, damit du ihre Klamotten anziehst, dabei machst du das sowieso. Keine Ahnung, ob das überhaupt als Arbeit durchgeht. Aber ich steh nicht auf Autos, ich brauch keine Villa in Schwabing. Auf Rumfahren hab ich keine Lust mehr. Und sonst is auch keiner da, der was davon hätt. Ich find's schön, dass ich mit dir was unternehmen kann. Und ob ich was zahl, nehm ich nicht so genau. Aber ich versprech, wenn's dich stört, mach ich's nie wieder. Ich will auf keinen Fall, dass ich irgendwie gönnerhaft rüberkomm. Ich würd nur gern mit dir snowboarden, aber mit guten Boots."
Seine Worte machen mich sehr verlegen.
„Ich will nicht, dass du glaubst, dass ich es drauf anlege, weil du reich bist."
Kevin lacht, leise, trocken.
„Die Leut erkenn ich mittlerweile."
„Dann ist es okay."
„Morgen?"
„Da ist Silvester."
„Und?"
Wieso eigentlich nicht.
„Ja gern."
Ich nehme mein Zeug und verabschiede mich. Meine Eltern im Wohnzimmer, im Fernseher Langlaufen.

„War es schön?"
„Ja."
Ich bringe die Skisachen in den Keller und stecke meine Wäsche in die Maschine. Dann sitze ich auf meinem Bett und betrachte meine neuen Boots. Aus irgendeinem Grund, den ich nicht greifen kann, bin ich traurig.

Am nächsten Morgen scheint die Sonne. Ich fühle mich besser. Der morgendliche Ablauf ist fast vertraut. Seine Tür ist offen. Kevin in der Küche. Ein Rucksack mit Sandwiches. Die Snowboards in der Garage. Wir fahren los.
Diesmal ziehe ich eine CD raus.
I know he's blood but you can still turn him away
you don't owe him anything
„Oh, die is auch gut."
„Hast du sie auch mal gesehen?"
„Nope, die hab ich bis jetzt verpasst."
„Ich würde sie so gern mal live sehen."
„Kann ich verstehn."
„Isa hat mir alle ihre Alben mal zu Weihnachten geschenkt."
Alanis Morissette. Sängerin, Songwriterin. Geboren am ersten Juni 1974 in Ottawa, Kanada. Supposed Former Infatuation Junkie. Ihr viertes Studioalbum. Alle Welt kennt ihr drittes, Jagged Little Pill, aber ich finde, Infatuation Junkie ist ihr bestes. Als Isa Alanis in meine Welt brachte, war ich knapp vierzehn und auf einmal konnte ich verstehen, wozu es Musik gibt.
„Wer isn Isa?"
„Meine beste Freundin. Aus der Schule."
„Wieso nimmst du sie nicht mal mit?"
„Isa macht keinen Sport. Außerdem ist sie mit ihren Eltern im Urlaub."
„Wo denn?"
„Südtirol, Skifahren."
„Is jetzt irgendwie unlogisch, oder?"

„Dazu wird sie gezwungen. Freiwillig käme sie nie mit."
Heute ist weniger los, trotzdem müssen wir an der Gondel anstehen. Als wir hinauffahren, schaue ich auf den Hang hinunter und spüre meinen Muskelkater.
„Fangen wir mit dem Schlepplift an?"
„Wenn du magst."
Nach zwei Stunden habe ich das Board im Griff. Ich bin zwar noch langsam, falle aber kaum mehr hin. Kevin fährt öfter vor, nimmt die Kuppen und Hügel am Rand mit. Es ist kalt, aber sonnig, der Schnee perfekt. Wir stoppen nur kurz für die Sandwiches, Erdnussbutter, habe ich noch nie gegessen.
Kurz nach zwei sind wir am Fuß der Abfahrt. Ich bin stolz, weil sie mir keine Angst mehr macht. Einer überforderten Touristin im Schneepflug weiche ich gekonnt aus. Kevin steuert die große Rampe an. Ich bleibe stehen und überlege, ob ich ganz vorsichtig die kleinste ausprobieren soll.
Kevin springt, dreht sich, dann staubt es. Mittlerweile habe ich ihn mehrmals stürzen sehen, immer war er sofort lachend zurück auf den Beinen. Diesmal bleibt er liegen. Ich werde nervös, fahre zu ihm.
„Kevin?"
Er hat das Board losgemacht.
„Shit ..."
Ich schnalle mich los.
„Alles okay?"
„Hab mitm Fuß gebremst."
Ich frage mich, was dran falsch gewesen sein soll, da sehe ich, dass er sein linkes Bein hält.
„Soll ich dir aufhelfen?"
„Nein, nein. Gib mir 'ne Sekunde."
Kevin streckt das Bein, zieht es an. Streckt es wieder. Dann stemmt er sich hoch. Belastet das Bein, verzieht das Gesicht.
„Fuck."
Er sieht mich enttäuscht an, mit dunklen Augen.

„Ich fürcht, wir müssen Schluss machen."
„Kein Problem. Kannst du laufen?"
„Geht schon."
Er ist langsam, stützt sich aufs Board. Im Auto streckt er den linken Fuß aus.
„Bin ich froh, dass das 'ne Automatik is."
Ich sehe, wie er mit der linken Hand den Unterschenkel gleich unterm Knie hält. An seinen Boots sind die Schnürsenkel ganz locker gemacht.
„Eigentlich kann ich mich nicht beschweren. Der erste Arzt, in Amsterdam, hat gleich gemeint, dass ich froh sein kann, wenn ich wieder normal laufen kann. Hunter hätt ihm fast eine reingehaun. In München waren sie netter, aber trotzdem hat keiner geglaubt, dass es so schnell so gut wird. Aber dann merk ich halt, dass es nimmer geht wie früher."
Ich erinnere mich an das Video. Wie hart er auf der Kante aufschlägt.
„Du musstest dreimal operiert werden?"
„Einmal, damit der Fuß dranbleibt. Zwei Tage später haben sie stundenlang alle Knochenteile zusammengefizzelt. Der eine da war zerbröselt."
Er zeigt auf die Seite vom Wadenbein. Fibula. Der dünnere Röhrenknochen des Unterschenkels. Der andere ist das Schienbein, Tibia.
„Da haben sie dieses Gestell eingesetzt."
„Fixateur externe."
„Bingo! Folterinstrument. Und nach der ersten Reha haben sie's wegoperiert. Hab noch vier Schrauben drin. Die müssen irgendwann raus."
Die CD schaltet auf den nächsten Song.
that I would be good even if I did nothing
that I would be good even if I got the thumbs down
„Du hast doch technisch was drauf, oder?"
„Was meinst du?"
„Na, Mathe und so."

„Ja."
„Kennst du dich auch mit Computern aus?"
„Kommt drauf an."
„Kannst 'ne Website retten?"
„Das hängt vom Software Stack ab. Ich kenne nicht alle."
„Sagt mir nix. Meine Website is offline. Und die Mails funktionieren auch nicht. Die Teams haben das immer betreut."
„Ich kann mal schauen."
„Das wär toll."
Diesmal hole ich die Boards vom Dachträger. Ich gehe mit ins Haus, weil es mir falsch vorkommt, ihn nicht zu begleiten, obwohl ich nur daneben stehe, während er langsam ins Wohnzimmer humpelt. Kevin stützt sich auf die Lehne, als er langsam aus der Skihose steigt, hat eindeutig Schmerzen. Er lässt sich aufs Sofa fallen und legt das Bein auf den Couchtisch. Er legt es nicht einfach drauf, sondern nimmt es mit den Händen und hebt es hoch, holt aus der Ablage unterm Tisch eine Bandage. Er zieht das Hosenbein der Trainingshose hinauf, über seinem Knöchel beginnt ein Tattoo, grünschwarze Ornamente, die sich um den Schenkel winden, gerade dass sie von der Verletzung unberührt geblieben sind. Unterm Knie sind die roten Punkte, wo die Drähte hineingebohrt waren. Neben dem Schienbein verläuft eine lange dunkelrote Narbe. Ich möchte meiner Beobachterposition unbedingt entkommen.
„Brauchst du was?"
„Nö danke."
„Eine Tablette oder so?"
„Nö."
„Man muss kein Indianer sein."
Das sagt meine Mutter immer, wenn uns etwas wehtut.
Kevin lacht trocken, mit schwarzen Augen.
„Ali, ich war drei Monate lang auf Morphin. In der ersten Woche hab ich durchgekotzt. Dann hab ich in 'ner Packung Watte gelebt, wie 'n Vorhang zwischen mir und der Welt. In der zweiten Reha haben sie mich davon runtergeholt, da hab ich zwei Wochen lang

durchgezittert und jede Nacht Scheiße geträumt, wie mir der Fuß abreißt und noch schlimmeres Zeugs. Ich nehm nur was, wenn's gar nimmer geht."
„Okeeh..."
„Jetzt schau nicht so verschreckt."
Kevin lächelt mich an. Ich suche einen Grund, seinem Blick auszuweichen.
„Soll ich mich gleich um die Website kümmern?"
„Wie du magst."
„Okay."
Kevin deutet auf die Tür links hinter sich.
„Nimm dir aus der Küche, was du willst."
Ein kleines Arbeitszimmer, ein Fenster zum vorderen Hof. Ein wunderschöner alter Jugendstilsekretär. Davor steht kein normaler Schreibtischsessel, sondern ein bequemer großer Ledersessel. An der Wand ein rotes Billy von Ikea mit Aktenordnern und Kisten.
„Wo hast du den Schreibtisch her?"
„Auf 'nem Flohmarkt gefunden."
Ich mache den PC an. Ein nagelneues, tolles Teil. Sechsundzwanzig Zoll Monitor. Neben der Maus liegt eine zweite, Benni hat dieselbe, zum Computerspielen.
„Der will ein Passwort."
„Ah ja. No-Comply-360."
„Wie?"
„Großes N-o Bindestrich großes C-o-m-p-l-y Bindestrich 3-6-0."
Das Desktopbild zeigt zwei Snowboarder, von unten beim Sprung fotografiert, der Schnee staubt in alle Richtungen, der Himmel, in den sie hineinzuspringen scheinen, knallblau. Beim linken erkenne ich die Unterseite von Animal. Kevin. Auf dem Snowboard des anderen sind viele kleine gelbe Fische.
„Wo bist du da, auf dem Foto?"
„Aufm Veleta, in der Sierra. War zu Weihnachten 'n paar Tage bei Luis, solang sie halt Juno im Reitstall hier nehmen konnten. War echt schön, hab mal wieder alle vier Homies vom Team getroffen,

hab die tolle Jacke von ihnen gekriegt. Ken und Tony mussten gleich zurück nach L.A., aber Hunter, Luis und ich waren noch 'n bissl im Schnee, eh sie auch wieder rübergeflogen sind."

„Ist das Luis neben dir?"

„Nope, das is Hunter."

Schon wieder Hunter und Luis. Mit denen er Weihnachten verbracht hat, nicht mit seiner Mutter. Er und seine Teamkollegen müssen wirklich enge Freunde sein.

„Wo sind die Dateien?"

„Aufm Desktop."

Ein Pop-up fragt mich, ob ich in ein Computerspiel einsteigen will. *Nein danke.*

Ein Ordner, Homepage.

„Du solltest die Zugangsdaten nicht gerade in einem Dokument mit dem Namen Passwort aufbewahren."

„Okidoki ..."

Ich öffne den Link.

„Das sollte sich richten lassen."

„Cool."

Ich bin eine Weile mit den Quellcodes beschäftigt, werde nicht recht schlau draus. Keine URL ist vollständig.

„Weißt du, was da passiert ist?"

„Ich hab dran rumgepfuscht."

Ich schrecke hoch. Kevin steht neben mir und stellt mir ein Glas Orangensaft hin. Er hat das grüne Funktionsoberteil gegen ein normales Shirt getauscht, dunkelgrün, mit einem Schriftzug auf der Brust, C&P – Sons of Zeus.

„Du sollst doch das Bein hochlegen."

„Musste sowieso auf's Klo."

„Was hast du denn machen wollen?"

„Updaten. Stand immer noch drauf, wo ich skaten soll. Die Computertechnikerin vom Team hat mir das vor Monaten mal erklärt, aber ich hab's nicht kapiert, und dann war alles hin."

„Hast du eine Sicherheitskopie?"

„Glaub schon."
Ich durchsuche den Ordner.
„Da ist eine Kopie vom elften März."
„Wird stimmen. Wie lang wirst brauchen?"
„Schwer zu sagen. Eine Stunde sicher."
„Oh, sorry."
Kevin humpelt zurück zum Sofa. Der Fernseher springt an. Er schaltet vom Skispringen weg und zappt durch. Kurz höre ich einen Dialog, den ich kenne, dann schaltet er weiter.
„Lass das."
Er schaltet zurück.
„Was isn das?"
„Die Spur des Falken, ziemlich am Anfang."
„Is der gut?"
„Ziemlich gut."
„Na dann."
The Maltese Falcon. Deutscher Titel Die Spur des Falken. Verfilmung des Kriminalromans von Dashiell Hammett, Warner Brothers, 1941. Regiedebüt von John Huston. Humphrey Bogart als knurriger Sam Spade. Mary Astor als Femme fatale Brigid O'Shaughnessy. Peter Lorre als zwielichtiger Joel Cairo. Der Detektiv, der seinen ermordeten Partner rächen muss. Drei Oscarnominierungen. In allen Rankings der wichtigsten Filme der Geschichte vorhanden. Schade, dass jetzt natürlich die deutsche Version läuft, in der sie die spannende Filmmusik durch munteren Jazz ersetzt und die Dialoge total ruiniert haben, dass von der düsteren Stimmung überhaupt nichts übrig bleibt.
Ich repariere das Chaos, komme aber kaum voran. Die Mails sind einfach. Der Provider hat den Zugangsmodus umgestellt, das ist schnell eingerichtet. Ich lasse Outlook im Hintergrund laufen und schalte den Ton aus, weil die ankommenden Mails in einem fort piepen. Die Website ist ein Problem. Kevin wollte neue Dinge einfügen und hat lauter falsche PHP-Kommandos eingegeben. Ich arbeite mich durch die Fehler. Als ich den Abspann höre, bin ich

nicht mal halb fertig. Draußen dämmert es. Ich schaue auf die Uhr am PC. Sechzehn Uhr zweiundvierzig.
Kevin liegt auf dem Sofa, die Füße auf dem Hocker.
„War ja wirklich 'n guter Film."
„Auf Englisch ist er um Längen besser. Ich muss jetzt nach Hause."
„Hast es geschafft?"
„Noch nicht. Die Frontpage ist wieder online, aber ich hab mal under construction drauf geschrieben, weil das meiste noch nicht geht."
„So 'n Mist."
„Aber deine Mails sind da."
„Echt? Super."
„Ganze vierhundertdreiundfünzig. Der Provider hatte nur auf SSL umgestellt."
„Ich versteh kein Wort."
„Secure Sockets Layer. Das ist für die sichere Übertragung. Aber in den letzten drei Wochen hast du keine Mails mehr gekriegt, weil kein Speicher mehr da war. Und weißt du, dass dein Virenschutz vor zwei Monaten abgelaufen ist?"
„Is das diese Message, die immer aufpoppt?"
„Genau die. Soll ich das reparieren?"
„Kannst du das?"
„Schon."
„Dich schickt der Himmel."
Kevin steht auf und streckt sich. Er humpelt immer noch.
Ich schlüpfe in die Boots, ziehe die Jacke drüber. Kevin lehnt an der Garderobe.
„Was machstn heut noch?"
Erst verstehe ich die Frage nicht. Dann fällt es mir ein, Silvester.
„Nichts. Bin mit meinen Eltern und meinem Bruder zu Hause. Wir essen immer Fondue und schauen Dinner for One."
Dinner for One. Deutscher Titel Der neunzigste Geburtstag. May Warden als Miss Sophie, die nicht wahrhaben will, dass die vier Stammgäste ihres Geburtstagsdinners längst das Zeitliche gesegnet haben.

Freddie Frinton als Butler James, der ihre Rollen und all ihre alkoholischen Getränke übernehmen muss. Man glaubt, es ist eine englische Produktion, dabei stammt sie vom NDR, von 1963. May und Freddie sind schon lange tot, aber sie haben Fernsehgeschichte geschrieben. Eine der besten Pointen aller Zeiten.
Same procedure as every year.
„Gehst nicht auf 'ne Party oder so?"
Ich schüttle den Kopf. Ohne Isa brächte man mich nirgends hin.
Kevin macht den Mund auf, eine Sekunde, dann macht er ihn wieder zu.
„Und du?"
„Ich les vierhundertfünfzig Mails."
Ich mache den Mund auf, dann wieder zu.
„Na dann schönes neues Jahr."
„Dir auch."
Ich nehme meinen Rucksack und gehe.
Ich kann snowboarden.
Ich werd dich gar nicht wiedererkennen. :-)
Happy New Year.
Dir auch, Liebes.
Für unsere Verhältnisse schafft meine Familie sogar einen richtig lustigen Abend. Mein Vater ist bester Laune, ein *Unsriger* hat die Qualifikation beim Skispringen gewonnen. Er lobt meine Mutter für ihren Salat, blödelt mit Benni rum und will alle Details von meinem Bio-Projekt wissen. Als meine Mutter nach Dinner for One umschaltet, um das Staatsopernballett zu sehen, piept mein Handy.
bei mail 324 angekommen gutes neues jahr
Dir auch.
Nach dem Ballett gehen wir in den Garten, suchen nach schönen Silvesterraketen. Ob Kevin allein an seinem Wohnzimmerfenster steht?
Dann zerfällt die Party schnell. Meine Eltern sind Frühaufsteher und Früheinschläfer. Ich gehe ins Bett.

Bennis Zimmertür steht offen. Er sitzt noch am PC.
„Ist dieses Spiel gut?"
Benni nimmt die Kopfhörer herunter.
„Was?"
„Das Computerspiel da, ist das gut?"
„Der zweite Teil war besser, aber es ist schon ok. Hab es lang nicht gespielt, aber weil jetzt bald ein Add-on kommt, bin ich noch mal reingekippt."
„Ich habe es heute bei wem auf dem Computer gesehen."
„Bei diesem Kevin?"
„Ja."
„Frag ihn nach seinem Accountnamen, dann kann ich ihn mal im Battle.net suchen."
„Ist gut. Schönes neues Jahr, kleiner Bruder."
„Schönes neues Jahr, große Schwester."
Ich stehe schon an meiner Tür.
„Ali?"
„Ja?"
„Ich finds cool, dass du mit dem rumhängst."
„Ehrlich?"
„Total."
„Na dann. Gute Nacht."
„Gute Nacht."
Ich liege mit einem seltsamen Gefühl im Bauch da und betrachte das Poster an meiner Decke. Vor zwei Jahren hatte ich eine Astronomiephase und habe mir ein riesiges Plakat mit den Sternbildern über mein Bett geklebt. Ich fahre mit den Augen die Sterne ab, um zur Ruhe zu kommen. Ich glaube, noch nie hat jemand etwas, das ich gemacht habe, *cool* gefunden. Nicht mal mein kleiner Bruder.

Kevin zeigt mir die Taste auf der Rückseite des Gartentors, mit der man von außen aufmachen kann, ich lasse mich selbst rein. Die offene Haustür, Kevin in der Küche, auf dem Sofa, vor dem PC. Wir fahren snowboarden, ich richte die Website, defragmentiere die

Festplatte und miste ein Dutzend Viren aus, während der Fernseher läuft oder Musik. Ich lerne alle Alben kennen, die Johnny Cash gemacht hat. Auch als die Schule wieder losgeht, ändert sich nicht viel, nur verschieben wir die Ausflüge ins Skigebiet aufs Wochenende. Dass Kevin ohne mich nicht hinfährt, freut mich irgendwie, ohne dass ich es begründen kann.
Mitte Jänner hat eine Tauwetterphase hier im Tal allen Schnee weggeschmolzen. Es ist richtig warm. Kevin ist im Garten, nur mit Shirt, rattert mit dem Skateboard über die Hindernisse. Ich nehme die Hand von der Maus, gehe zur Terrassentür.
„Ich bin fertig."
„Was?"
„Mit dem PC. Alles, wie es sein soll."
Kevin schnalzt das Board hoch, nimmt es unter den Arm.
„Echt? Wow!"
Er setzt sich neben mich auf die Lehne des Ledersessels. Ich zeige ihm die Website mit der neuen Nachricht auf der Startseite, dass es ihm gut geht und er eine Pause macht. Erkläre ihm ohne großen Erfolg, wie er die Sicherungskopie erstellt, wo er an den Server der E-Mails kommt.
„Und dann hab ich noch das gemacht."
Ich klicke durch ein neues Untermenü. Kevins Augen werden groß. Ein Archiv mit all den Fotos, Videos und Infos, die ich kreuz und quer verstreut gefunden habe. Seine Karriere bis zum Unfall. Ich bin aufgeregt, ob es ihm gefällt.
„Wow. Is ja quasi mein Nachruf."
Es gefällt ihm nicht.
„So war es nicht gemeint."
„Is schon klar. Wahnsinn, das is ... einfach toll. Awesome."
Mir fällt ein Stein vom Herzen.
„Schön, dass es dir gefällt."
Ich stelle die neue Website online, stehe auf. Die Situation hängt in der Luft. Ich sollte ja seinen Computer richten, das ist erledigt.
„Ich glaube, ich geh dann mal."

„Och nö. Wünschst du dir was, als Dankeschön? Ohne dich wär der virtuelle Kev auf ewig tot."
Mir fällt nichts ein.
„Mir fällt nichts ein ..."
„Komm mit in den Garten. In der Sonne isses angenehm."
„Okeeh..."
Ich setze mich auf die Bank, auf der ich ihn mit Juno beobachtet habe. Zum Glück weiß er das nicht, jetzt, wo ich ihn kenne, wäre mir das furchtbar unangenehm. Aus dem Wohnzimmer hört man die Chili Peppers, *I'm with You*.
Red Hot Chili Peppers. 1983 gegründet, von damals sind Sänger Anthony Kiedis und Bassist Flea übrig. John Frusciante, dessen Gitarre ihre Hits geprägt hat, hat die Band verlassen, seine Position hat Josh Klinghoffer eingenommen. Dazu Chad Smith am Schlagzeug. *I'm with You*, ihr zehntes und bisher letztes Studioalbum. *Blood Sugar Sex Magik* und *Californication* waren Megaseller.
Neben der Bank liegt ein Basketball. Ich hebe ihn auf, drehe ihn in den Händen.
„Wie bist du zum Skateboardfahren gekommen?"
Kevin kratzt sich am Kopf, als müsse er sich anstrengen, um sich zu erinnern.
„Da war ich fast neun. Aufm Sportplatz haben sie so 'nen kleinen Skatepark gebaut, weil die Leut sich beschwert haben, dass die paar Skater immer durch die Fußgängerzone gerauscht sind. Das waren 'n paar größere Jungs, die fand ich spannend, weil mir mein Opa verboten hatte, hinzugehn. Aber die waren nett, haben's mir gezeigt und mir 'n altes Teil geschenkt. Und zum Geburtstag hat mir meine Ma 'n eigenes Board gekauft, obwohl mein Opa gemeckert hat. Von da an war ich nur mehr damit unterwegs, vor der Schule, nach der Schule, statt der Schule. Und als ich dann in die Mittelschule gekommen bin, musst ich immer mitm Bus in die Nachbarstadt. Da gab's 'ne Skatehalle, mit 'ner echten Halfpipe. Die war 'n Eye-opener, ich wär dort eingezogen, wenn's gegangen wär. Der Typ, dem das gehört, der war früher selber 'n erfolgreicher Pro. Der

hat irgendwie gesehn, dass ich nicht so scheiße war, hat mir ganz viele Sachen beigebracht."
Er beschleunigt und springt auf den länglichen Quader. Im Sprung dreht er das Skateboard unter sich um neunzig Grad und schleift mit der rechten äußersten Unterseite am Quader entlang, dreht sich nach und landet elegant.
„Was war das?"
„Frontside Tailslide."
Kevin steuert auf die Rampe zu. An der Kante stößt er sich ab, zieht die Beine an, das Skateboard dreht sich um die Mittelachse und irgendwie noch gleichzeitig um die Längsachse, dann kriegt er es schön wieder unter die Füße.
„Und das?"
„Treflip. Three Sixty Flip."
„Und was ist das, was du beim Schwungholen machst? Dieser kleine Sprung."
„Ein Ollie. Den sollt man als Erstes können. Du holst dir das Deck hoch, als Vorbereitung für andere Tricks."
„Deck?"
„Das Brett."
Kevin balanciert, den rechten Fuß auf der hinteren Kante. Dann springt er und das Skateboard mit ihm.
„Das war ziemlich hoch, gleich so aus dem Stand."
„Das is der Sinn der Sache."
„Im Internet steht, dass sie dich den King of Pop genannt haben."
Kevin bremst abrupt ab, indem er den Fuß aufs hintere Ende des Decks stellt und es in den Beton rammt. Er grinst.
„Hast mich gegoogelt?"
„Glaubst du, dass irgendwer hier, der unter dreißig ist, dich nicht gegoogelt hat?"
Trotzdem werde ich rot. Aber er lacht nur.
„Wahrscheinlich nicht."
„Wie machst du das, dass das Skateboard nicht runterfällt?"
„Wie meinst du das?"

„Na ja, das Snowboard hat man angeschnallt. Das kommt automatisch mit hoch. Aber wieso geht das Skateboard mit dir mit?“
Kevin denkt nach.
„Kann ich nicht sagen. Is einfach der Move. Du hast den einen Fuß hier, am Ende. Nennt man Tail.“
Er kippt das Board mit dem rechten Fuß nach hinten, geht in die Knie.
„Mit dem andern holst du Schwung, nach vorn, zur Nose, und dann –“
Kevin und das Board tanzen in der Luft, landen.
„– geht's halt.“
„Bring es mir bei.“
Das kam jetzt ganz plötzlich, ich bin genauso überrascht wie er, kann es aber irgendwie verbergen.
„Was?“
„Ich möchte das auch können.“
„Echt jetzt?“
„Du hast gefragt, was ich mir als Dankeschön wünsche. Bring mir bei, wie man Skateboard fährt.“
„Fahren is nicht fahren. Was willst denn können? 'Nen Backflip in der Vert?“
„Was ist denn eine Vert?“
Kevin zeigt auf die Halfpipe hinter sich.
„Das Ding da. Nur halt in ziemlich größer. Das da is nur 'ne Miniramp. 'Ne Vert muss 'nen vertikalen Teil dabeihaben.“
Ich schüttle den Kopf. Davor habe ich zu viel Respekt, obwohl mir klar ist, dass diese hier verglichen mit den Profidingern winzig ist. Aber seit ich gesehen habe, wie Kevin sie mit Karacho gerammt hat, bin ich sicher, dass die Vert und ich nie Freunde werden müssen.
„Nur rumfahren. Diesen Ollie. Vielleicht mal so über die Kante rutschen.“
„Na, ob ich mir das nachm Gewimmer beim Snowboarden nochmal antu ...?“

Ich werfe den Ball nach ihm, verfehle ihn nur knapp.
„Bist du blöd!"
Kevin duckt sich lachend.
„Aber ich sag dir gleich, beim Skaten fängt dich kein Schnee auf. Beton is härter."
Ich bin beim Radfahren ein paar Mal gestürzt und halte mich nicht für wehleidig.
„Das schaffe ich schon."
„Na gut. Ich hab dich gewarnt. Komm mal her."
Kevin stellt mich auf sein Skateboard, es wackelt ziemlich, modelliert an meiner Haltung rum. Dann schüttelt er den Kopf.
„Wart mal."
Er geht ins Haus, kommt mit einem zweiten Skateboard wieder und hält mir Handgelenkschützer hin.
„Anziehn."
„Wieso denn?"
„Damit du dir wenigstens die Hände nicht gleich aufschlägst."
Ich ziehe die Schützer an.
„Was ist mit der anderen Schutzausrüstung?"
„Is nicht cool."
Ich muss grinsen.
„Und aufgeschürfte Ellbogen sind cool?"
„That's the sport, baby. Love it or leave it."
Kevin hält mir das zweite Skateboard hin.
„Das nimmst du. Ich kann das nicht, wenn ich keins zum Vorzeigen hab."
Ich nehme es, drehe es um. Das Deck ist ziemlich zerkratzt, aber das grünweiße Schachbrettmuster und Kevins schwarzes Profil sind trotzdem gut zu erkennen. Jetzt kann ich auch die Schrift lesen, C&P auf der Nose, Lightning mit zwei kleinen Blitzen am Tail.
„Das willst du mir borgen?"
„Wieso nicht?"
Ich könnte ihm sagen, dass ich das Video kenne, aber es ist mir peinlich genug, dass er herausgefunden hat, dass ich ihn gegoogelt

habe. Also stelle ich das Skateboard vorsichtig auf den Boden, auch wenn es mich nervös macht, dass ich es benutzen darf.
Eine halbe Stunde später verfluche ich mein großes Maul. Kevin jagt mich herum. Weil ich gerade snowboarden gelernt habe, kapiere ich schnell, wie man sich richtig draufstellt, antaucht und eine einfache Kurve fährt. Aber stoppen, ohne Kanten, die man in den Schnee drücken kann, geht gar nicht. Ich fahre gerade mal Schrittgeschwindigkeit, aber der Garten ist immer sofort zu Ende. Ich ziehe eine Kurve und werde schneller. Die Wiese kommt auf mich zu.
„Bremsen!"
Ich sollte mit dem rechten Fuß neben dem Skateboard am Boden entlang schleifen, um zum Stillstand zu kommen, aber das Gras ist schneller da, als ich reagieren kann. Ich klappe reflexartig das Board nach hinten. Es schlittert knirschend am Beton entlang, ich verliere das Gleichgewicht, kippe instinktiv mit dem Oberkörper nach vorn, das Skateboard rutscht mit den hinteren Rädern in den Matsch und bleibt stecken. Ich rutsche noch zwei Meter weiter und knalle in unsere Thujen.
„Bist du ok?"
Ich kann nicht antworten, spucke Thujennadeln.
„Was hast du falsch gemacht?"
„Bin hinten reingestiegen."
„Richtig. Nochmal."
„Mir ist kalt."
„Einmal noch rundherum. Und schön bremsen, ohne Hilfe von der Wiese."
Als ich um die Kurve biege, kippe ich vornüber, das Board saust nach hinten weg, ich knalle auf die Hände, die Schützer fangen den Sturz ab, und auf die Knie, die den Sturz ohne Schutz abfangen.
„Aua."
Kevin bremst elegant vor mir ab.
„Schöner Slam. Aber halt nicht der Sinn der Sache. Was hast du falsch gemacht?"

„Keine Ahnung."
„Du schaust nicht aufn Schwerpunkt, du hängst mitm Oberkörper zu weit vorn. Dein Hirn sollt doch dieses geometrische Zeugs ausrechnen können, oder?"
„Das ist nicht nur Geometrie, da geht's auch um Mechanik."
„Aha."
Ich setze mich nach hinten.
„Na super."
Meine Jeans ist an beiden Beinen aufgerissen. Das linke Knie ist nur ein bisschen aufgeschürft, vom rechten hängt die Haut in Fetzen herunter.
Kevin verzieht das Gesicht.
„Ok, das war 'n Versuch zu viel."
„Ich hab doch gesagt, mir ist kalt."
„Du hast schon beim Snowboarden ständig gejammert. Wie soll man wissen, wann's ernst gemeint is?"
Er zieht mich hoch.
„Sorry."
„Kannst ja nichts dafür."
Ich humple ins Haus. Kevin stellt die Boards neben der Tür ab.
„Willst du was zum Desinfizieren?"
„Hast du was?"
„Meinst du die Frage ernst? Das Zeug geht bei mir weg wie Kaffee. Und damit war ich für die andern 'ne Sissy, weil ich's überhaupt verwend."
Ich sinke aufs Sofa. Das Knie abwinkeln tut noch mehr weh. Kevin verschwindet im Bad, bringt mir eine nasse Kompresse.
„Nächstes Mal geb ich dir die ganze Schutzausrüstung. Better safe than sorry."
Ich drücke die Kompresse aufs Knie. Es brennt ein bisschen.
„Eigentlich is das 'ne wichtige Lektion. Sowas passiert ständig, egal, wie gut man is. 'Ne Sekunde nicht drauf geschaut und man liegt da. Wenn du skaten lernen willst, muss dir das egal sein."
Ich wickle die Kompresse in ein Taschentuch und werfe sie in den

Mistkübel neben dem Sofa. Es blutet nicht mehr, aber ich weiß vom Radfahren, dass solche Schürfwunden ewig brennen.
„Also, willst du weitermachen?"
„Heute nicht mehr. Aber sonst schon."
„Na gut. Für Unfälle wird nicht gehaftet."
„Ich glaube, ich geh nach Hause. Ich hab morgen eine Buchdiskussion in Englisch, ich muss noch das Buch lesen."
„Wasn für eins?"
„Pride and Prejudice."
Stolz und Vorurteil. Der berühmteste Roman von Jane Austen, erschienen 1813. Elizabeth Bennet und Fitzwilliam Darcy müssen ihre persönlichen Sturheiten überwinden, um ein Paar werden zu können. Und es geht darum, wie zwei Menschen ihre individuellen Chancen wahrnehmen, obwohl gesellschaftliche Konventionen dagegenstehen. Das zumindest waren die Worte unserer Englischprofessorin, die bei Jane Austen immer ins Schwärmen kommt.
„Klingt nach 'nem Frauenroman."
„Ist es auch, irgendwie."
„Wie viele Seiten hatn das?"
„Hab nicht nachgesehen, hundertfünfzig oder so?"
„Du liest jetzt hundertfünfzig englische Seiten bis morgen?"
„Ja."
Kevin schüttelt den Kopf.
„Spooky."
Ich stehe langsam auf. Morgen wird das Knie erst richtig wehtun.
„Du solltest dir 'ne neue Hose kaufen."
„Habe ich mitgekriegt."
„Ich mein, du solltest dir 'ne andre besorgen. Mit so 'ner Jeans kann man nicht gut skaten, wenn man's erst lernt. Is zu eng, um ordentlich in die Knie zu gehn."
Ich schaue ihn verständnislos an.
„Diese Hosen, die tragen wir nicht nur, weil wir damit so sexy sind. Du musst dich rühren können. Also nimm 'ne Trainingshose oder kauf dir 'ne weitere."

„Mein Vater kriegt einen Herzinfarkt."
„Sie muss dir ja nicht zum Hintern runter hängen. Nur halt nicht grad wieder so 'n Mädchenschnitt."
„Mädchenschnitt?"
„Na das hier. Dieses –"
Er zeigt an mir hinunter.
„– dieses komische enge Röhrenzeugs, das ihr immer anhabt."
„Danke, Prince Charming."

Pride and Prejudice zu lesen macht Spaß. Mir gefällt Jane Austens feiner Humor, ich bestelle mir gleich noch Sense and Sensibility. Der Rest der Klasse, vor allem die Jungs, sieht das anders, kaum einer hat Lust, über den Text zu diskutieren. Die Professorin nimmt Flo in die Mangel, Isa und ich genießen ein paar vergnügliche Minuten. Flo ist ein Arsch. Typ fescher Schwiegersohn, der mit allem durchkommt, aber in Wahrheit ist er ein mieser Sack, der sich auf Kosten anderer wichtigmacht. Unsere Mütter singen im selben Chor, bei den Vorstellungen trabt er hinter seinem Vater her, Anzug und Krawatte, Mamas Liebling, und wir tun so, als würden wir einander nicht kennen.
Ich beuge mich zu Isa hinüber.
„Gehst du nachher noch mit einkaufen?"
„Was denn?"
„Jeans."
„Erst Stiefel, dann Jeans. Was ist nur los mit dir?"
„Meine helle ist zerrissen."
„Wie das?"
„Beim Skaten."
„Soso."
Isa grinst.
„Du bist blöd. Gehst du jetzt mit?"
„Sicher. Wenn du mir verrätst, worauf du hinauswillst."
„Isa, möchtest du deine Gedanken mit uns teilen?"
Die Professorin steht vor uns.

„Etwa über Mr. Darcy. Was fällt dir zu ihm ein?"
„Dass Matthew Macfadyens Mr. Darcy viel schärfer war als der von Colin Firth."
Die meisten Mädchen kichern. Ein paar Jungs verdrehen die Augen.
„Danke, Isa. Du darfst deinen Charaktervergleich bis nächstes Mal auf einer Seite schriftlich darlegen, aber ohne Kategorien wie scharf oder mild und dergleichen."
Später stehen wir vor einer Wand voller Jeans.
„Was für eine willst du denn?"
„Eine ohne Mädchenschnitt."
„Hä?"
„Frag Kevin."
Isa kramt in den Stapeln. Ich bin planlos. So etwas überfordert mich. Es ist total überheizt, ich schwitze. Zwischen den Kleiderständern ist kaum Platz, auch wenn nur wenige Leute im Geschäft sind, ist man sich ständig im Weg.
„Also, worauf willst du hinaus?"
„Was meinst du?"
„Mit Kevin. Findest du ihn süß oder so?"
„Ich weiß nicht. Ich hab noch nicht drüber nachgedacht."
„Ehrlich nicht? Bist du blind? Der sieht doch herrlich aus."
„Woher weißt du denn das?"
„Ich hab ihn gegoogelt."
Wir grinsen uns an. Wer nicht.
„Ich finde ihn heiß. Diese Sportler sind alle so muskulös. Nicht so aufgepumpt wie Bodybuilder, eher so wie Schwimmer, grad richtig."
„Wenn du's sagst."
„Der interessiert dich ehrlich nicht?"
Ich zucke mit den Schultern. Ich habe wirklich nicht darüber nachgedacht. Benni ist der einzige Junge, mit dem ich je näher zu tun hatte, und der ist mein kleiner Bruder. Mir fehlt anscheinend dieses Gen, das die anderen Mädchen haben. Ich kann zwar alle mög-

lichen Sänger oder Schauspieler auswendig aufzählen, aber was den einen scharf macht und den anderen smart, kann ich nicht sagen.
„Es macht einfach Spaß, wen zu haben, mit dem man Sport machen kann."
„Verstehe. Ich bin da ja eher keine Hilfe."
Isa zieht eine Hose raus. Ich schüttle den Kopf.
„Das ist eine für Jungs."
„Ohne Mädchenschnitt, hast du gesagt."
„Welche Größe brauch ich da?"
„Keine Ahnung."
Sie drückt mir drei Hosen in die Hand.
„Probier mal, irgendeine wird schon passen."
Die erste Jeans ist zu groß. Die zweite sitzt. Ganz unten auf der Hüfte, weite Beine, ungewohnt. Sie ist zu lang, ich stülpe sie um und zeige sie Isa.
„Eine Nummer kürzer, aber sonst: Wow!"
„Ehrlich?"
„Mit dem engen Pulli, das sieht spitze aus."
„Ich weiß nicht."
Ich kann mein Aussehen in neuen Sachen nie einschätzen. Ich bin immer zu dünn. Flach. Fad. Wie zwei Tage altes Mineralwasser, wenn Benni die Flasche nicht fest genug zugeschraubt hat.
„Nimm sie. Am besten gleich in zwei Farben, dann hast du eine zum Wechseln."
„Wenn du's sagst."
Dann kaufen wir noch meiner Mutter, die bald vierundvierzig wird, ein Geburtstagsgeschenk, ein rotes Halstuch, vor dem ich sie mal stehen gesehen habe. Ich bin nicht gut darin, mir Geschenke auszudenken, merke mir aber wenigstens alle Hinweise, was Leuten gefällt.
Als ich bei Kevin ankomme, ist er ganz aufgekratzt.
„Hab grad mit Hunter telefoniert, er und Luis kommen in 'nem Monat vorbei. Da sind sie in Prag, von dort isses mit 'nem Auto nicht weit. Sie wollen snowboarden. Hab nicht damit gerechnet, dass ich sie nach Weihnachten so bald wiederseh."

„Schön."
„Das heißt, wir haben Arbeit vor uns."
Kevin schaut an mir hinunter, sieht die Jeans, nickt zufrieden.
„Viel besser. Wirkst gleich nimmer so verspannt."
Ich wirke verspannt?
„Was für Arbeit?"
„Na, skaten. Wenn die mich fragen, was ich so getrieben hab, muss ich ihnen doch was Brauchbares präsentieren."
„Bin ich deine Eliza Doolittle?"
„Wer?"
„My Fair Lady."
Er zieht fragend die Augenbrauen hoch.
My Fair Lady. Ein Musical, von Frederick Loewe komponiert, 1956 uraufgeführt. Der Sprachwissenschaftler Professor Higgins wettet mit seinem Freund, Oberst Pickering, dass er dem ordinären Blumenmädchen Eliza beibringen kann, schön zu sprechen. Und verliebt sich natürlich in sie. Die Verfilmung mit Audrey Hepburn wird bis heute im Sonntagsfernsehprogramm rauf und runter gespielt.
„Vergiss es. Ich kann aber nicht singen. Also nur skaten, bitte."

Ich habe nicht erwartet, dass alles, was über normales Herumfahren hinausgeht, so schwierig ist. Kevin ist erbarmungslos, zwingt mich bei trockenem Wetter jeden Tag in den Garten, egal, wie kalt es ist. Unsere Kommunikation besteht aus seinem *Nochmal* und meinem Gejammer. Er stellt mit einem Schraubenschlüssel die Achsen fester ein, weil ich mir so angeblich leichter tue, ich kann das nur glauben, merke keinen Unterschied.
Ich übe Ollies, meistens ist das Board schon ein Stück gerollt, wenn ich versuche, wieder drauf zu landen, ich erwische es nur mehr schief und kippe zur Seite. Ich soll auf die kleine Rampe fahren, Kevin nennt sie Kicker, und beim Zurückrollen die Nose um hundertachtzig Grad nach vorn drehen, es dauert gefühlt ewig, bis mein Oberkörper und meine Füße das zum ersten Mal gemeinsam schaffen. Ich fahre in der Miniramp hin und her, Kevin steht an

der Wölbung, der Transition, die ich bezwingen soll, um mich aufzufangen, wenn ich beim Turn die Balance verliere, oft genug knalle ich trotzdem hin. Am Anfang verhindern seine Knieschützer, Ellbogenschützer und Handgelenkschützer das Schlimmste, aber bald bin ich grün und blau. Ständig fliegt mir das Board weg, schlittert gegen meine Knöchel, auf meine Zehen. Es ist schwer, seine Kanten verursachen schöne Hämatome. Ich reiße mir über dem Knieschoner die neue Hose auf. Mir tut alles weh, sogar mein Daumen, der vom Griff an das raue Griptape wund wird, ehe er sich daran gewöhnt. Meine Mutter starrt mich an, wie ich schief am Esstisch sitze, weil ich die geprellten Ellbogen nicht ablegen kann, schüttelt den Kopf über meine *Schnapsidee*, wie sie es nennt. Beim Duschen kriege ich kaum die Arme hoch, um meine Haare einzuschäumen. Ich hasse das Skateboard. Und ich kann es nicht lassen. Der Moment, als ich es nach dem ersten winzigen, aber erfolgreichen Ollie richtig unter die Füße bekommen habe, hat mich süchtig gemacht.
Irgendwann steuere ich auf den Quader zu. Kevin hat den Kopf geschüttelt, als ich ihn das erste Mal so genannt habe, Ledge heißt das. Manchmal passiert es ihm, dass er komplett ins Englische fällt, wenn er mir etwas erklären will, und ehe er auf Deutsch weiterspricht, macht er immer für eine Sekunde ein Gesicht, das mir wehtut, weil man spüren kann, wie sehr ihm sein altes Leben fehlt.
Von der Vorstellung, bald einen Tailslide zu schaffen, habe ich mich schnell verabschiedet. Es geht nur darum, das Skateboard hoch aufs Ledge zu bekommen, darauf weiterzufahren und am Ende auf den Boden zurückzufinden. Ich habe es schon gut dreißig Mal versucht, mit nicht wahnsinnig beeindruckendem Ergebnis. Ich bin genervt, kurz davor, für heute aufzugeben. Ich poppe das Board hoch, lande wirklich oben, tatsächlich mit beiden Füßen da, wo sie sein sollen, rolle weiter. Ich lache laut vor Überraschung und Stolz.
Rumms.
Das Board kippt, bleibt auf der Kante hängen, ich krache auf die Knie.

Kevin hat am Flatrail herumgeturnt, jetzt steht er neben mir.
„Der Anfang war gut. Und was hast du dann falsch gemacht?"
„Ich bin zu spät wieder hoch."
„Richtig. Und wieso?"
Ich weiß nicht, was er meint.
„Weil du zu früh geglaubt hast, dass du's schaffst."
„Aber hab ich doch."
„Liegst du am Boden oder nicht?"
„Vorher hast du gesagt, wenn man auf einen Trick zusteuert, muss man überzeugt sein, dass er gelingt."
„Stimmt auch. Aber dass du's echt schaffst, darfst du erst glauben, wenn's vorbei is. Bist du dir mittendrin zu sicher, lässt du nach, und dann rummst's. Immer, wenn ich richtig Dreck gefressen hab, lag's dran, dass ich mir zu früh sicher war."
„Auch in Amsterdam?"
Kevin zögert einen Moment, dann hält er mir den Arm hin und zieht mich hoch.
„Auch in Amsterdam. Nochmal."

Die Woche vor den Semesterferien ist sogar für mich ein bisschen anstrengend. Wir müssen alle Fächer für die Matura bekanntgeben. Rundherum summt es wie in einem Wespennest. *Nutzt-die-Ferien-zum-Lernen*-Vorträge. Manu, zwei Dreier in Mathe und Bio, kaum zu ertragen.
Kevin will mein Zwischenzeugnis sehen, schüttelt den Kopf.
„Hattest du je was andres als Einsen?"
„Nein."
„Wenigstens bei einer Arbeit? 'Nem einzelnen Test?"
„Dritte Klasse Volksschule. Wir sollten einen Text auswendig lernen und aus dem Gedächtnis aufschreiben. Dann ist unsere Katze gestorben und ich habe drauf vergessen. Da hab ich einen Dreier gekriegt."
„Für 'nen Text, den du nicht konntest? Wieso bist du nicht durchgefallen?"

„Ich wusste die Hälfte noch vom ersten Durchlesen."
„Oh Mann Ali, du machst mich fertig."
Es beginnt wieder zu schneien, hört zwei Tage lang nicht auf. Im Garten liegt der Schnee einen Meter hoch. Mein Glück, so muss ich Hunter und Luis nichts vorführen. Stattdessen nutzen Kevin und ich die ersten Ferientage auf der Piste. Dass ich mit den dreien snowboarden soll, stört mich nicht ganz so sehr, das kann ich mittlerweile ganz gut. Eigentlich ist es generell nicht meins, mehrere fremde Leute zu treffen, aber ich finde keinen Grund, um Kevin abzusagen. Immerhin hat er mich extra eingeladen, als wäre es ihm sehr wichtig, dass ich dabei bin. Wenigstens ist am ersten Abend das Geburtstagsessen meiner Mutter und ich habe eine Ausrede, wenn es mir zu viel wird.
Am Mittwoch kann ich spüren, wie sich Kevin freut. Wir sollen Hunter und Luis auf dem Parkplatz treffen, sie kommen direkt von Prag. Auf der Fahrt summt er mit den Ärzten mit, ich habe Runter mit den Spendierhosen, Unsichtbarer! mitgebracht, ihr neuntes Studioalbum, eher unbekannt. Kevin hat es auch nichts gesagt, aber ich mag die ironischen Texte von Bela B, der die meisten Songs geschrieben hat.
Bei N 48.3 lacht Kevin.
„Is ja irre, was denen so einfällt."
„Das nächste ist berühmter, das erkennst du vielleicht."
Das Lied setzt ein, als wir auf den Parkplatz einbiegen. Kevins Gesicht wird ernst, als würde er genau zuhören, wieso Frauen manchmal gern ein bisschen Haue kriegen. Nach dem ersten Refrain schaltet er weiter auf Las Vegas.
„Kennst du es?"
Er schüttelt den Kopf.
„Du musst es bis zum Ende anhören, dann kommt die Pointe."
Kevin parkt ein, dreht den Motor ab und steigt aus. Sicher hat er es eilig, Hunter und Luis zu sehen.
Er montiert die Snowboards vom Dachträger, wir holen die Rucksäcke aus dem Auto, da parkt eine Reihe weiter ein großer schwar-

zer VW ein. Zwei Männer steigen aus, entdecken uns, winken, *Hey bro!* Kevin stößt einen Schrei aus, lässt seinen Rucksack los, rennt hin. Sie fallen einander um den Hals, nehmen sich in den Schwitzkasten, der Große hebt Kevin hoch. Ein seltsames Ritual.

Ich bin nervös, bisher musste ich mich erst selten außerhalb der Schule auf Englisch unterhalten. Ich versuche, eine lässige Figur abzugeben, aufs Snowboard gelehnt, ohne abzurutschen, als sie auf mich zukommen.

„Das is Ali."

„Heeeyyy!"

Der Große packt mich, umarmt mich, mir bleibt die Luft weg, das Snowboard kippt aus meiner Hand.

„Ali, das is Hunter."

„Hey Hunter."

„Schön, dich zu sehn."

„Und Luis."

Luis hebt einfach lächelnd die Hand.

„Hey."

„Hallo."

Hunter gibt mir das Board zurück.

„Kev, is das nich dein altes?"

„Yep. Ali fährt super damit."

„Kann's nich erwarten, das zu sehn."

Hunter Hansley aus Little Rock, Arkansas, USA, ist riesig und schlaksig, große grüne Augen, lange weißblond gefärbte Dreads. Südstaatenakzent. Einnehmendes Lachen. Er ist ein halbes Jahr älter als Kevin, immer in Bewegung. Luis Egas aus Sevilla, Andalusien, Spanien, ist kaum größer als ich, dunkle Augen, schwarzer Bart. Hartes Englisch, rollendes R. Er ist sechsundzwanzig, ruhig, fährt sich oft über die kurzen Haare, lächelt in sich hinein.

Die drei sind wie nahe Verwandte. Sie bewegen sich gleich, reden ähnlich. *Mate, dude, bro. Crazy, gnarly, awesome. Hell, shit, fuck.* Wild bedruckte Helme, grelle Jacken, abgerissene Schneehosen. Sie sind laut, aber nicht so protzig wie die Burschen an meiner

Schule. Sie albern rum, machen sich aber nicht lächerlich. Normalerweise fühle ich mich in der Gesellschaft von mehreren Jungs unwohl, aber hier nicht. Ich mag sie beide, auf den ersten Blick. Jetzt verstehe ich auch, wieso Kevin so oft englische Wörter benutzt. Er hat jahrelang fast nur Englisch gesprochen, wenn er mit ihnen und anderen unterwegs war.
In der Gondel lässt sich Kevin erzählen, wie ihre Reise durch Europa läuft. Ich bin dankbar, dass ich nicht im Mittelpunkt stehe, starre auf die draußen in den Halterungen steckenden Snowboards. Das von Hunter kenne ich vom Foto, die vielen Fische. Luis hat eines mit einer Totenkopfflagge drauf. Ich bin ziemlich nervös, auch wenn sie sehr nett sind. Drei Skateprofis, und dazu ich.
Oben angekommen hat Hunter seine Fische an den Füßen, ehe ich in meine zweite Bindung gestiegen bin. Luis rast lachend hinterher, als Hunter schon mit einem Freudenschrei die erste Kuppe mitnimmt. Ich lasse meine Bindungen zuschnappen. Kevin steht ein Stück vor mir, sieht meinen Blick und streckt grinsend die Hand nach mir aus.
„Komm schon. Die beißen nicht. Die bellen nur ziemlich laut."
Ich zögere, greife nach seiner Hand. Er zieht mich mit Schwung vor, in die Piste. Und es läuft wirklich besser als befürchtet. Sie sind verdammt gut, vor allem Luis, aber ohne Konkurrenzgefühl. Sie haben einfach Spaß. Als wir eine Pause machen und Kevin die Sandwiches auspackt, Senfsoße, Hühnchen, Salat und Ei, gibt es Gejohle. Ich erfahre, dass er immer schon Essen an alle verteilt hat. Wir sitzen im Schnee, zwei Mädchen mit Snowboards fahren vorbei, zwei oder drei Jahre älter als ich. Sie bleiben gleich unter uns stehen, nesteln an ihren Rucksäcken herum, drehen verstohlen die Köpfe zu uns. Ich merke so etwas ja nicht von allein, aber ihre Blicke zeigen mir, wie Hunter, Kevin und Luis auf Frauen wirken. Hunter entdeckt sie, winkt ihnen zu. Die Mädchen kichern und fahren weiter, er schüttelt bedauernd den Kopf.
„Viel zu schnell wieder weg."
Luis schiebt sich die Sonnenbrille hinauf in die Haare.

„Aber gerade von hinten ein sehr netter Anblick."
Kevin steckt seine Trinkflasche ein, gibt Luis einen Schubs.
„Soll ich das Fabiola verraten?"
Luis grinst, setzt die Brille wieder auf.
„Gegen Schaufensterbummel gibt es kein Gesetz."
Wir packen unsere Sachen zusammen und fahren weiter. Sie finden zwischen den hinteren Pisten einen Waldweg, der eigentlich keiner ist, ich kurve langsam ihren Spuren nach, der Schnee rieselt von den Ästen auf mich hinunter. Sie stürmen den Zauberwald, springen über die Märchenfiguren, jagen zwischen ihnen durch. Hunter baggert Dornröschen an. Luis wirft aus Versehen das Rumpelstilzchen um und versucht, die Pappfigur wiederzubeleben. Ich kann mich nicht erinnern, wann ich mich das letzte Mal so amüsiert habe. Sie stecken mich an, ich lache mit, blödle mit Hunter, der mich offen anflirtet, aber es ist mir nicht unangenehm, er nimmt sich selbst nicht ernst.
Als wir später bei Kevin auf den Hof fahren und Hunter und Luis sein Haus sehen, stehen sie mit offenem Mund da.
„Ihr habt was Größeres erwartet, oder?"
„Nich wirklich, Alter."
„Unglaublich, dass dir wirklich ein ganzes Haus gehört."
Ich gebe Kevin das Edelweißboard.
„Ich muss mich verabschieden."
Protestgeheul.
„Wieso willste gehn? Bleib zum Essen!"
Es tut mir ehrlich leid, dass ich nicht bleiben kann. Meine Befürchtungen waren unbegründet.
„Ich kann nicht. Meine Mutter hat Geburtstag, meine Familie geht in ein Restaurant."
Bedauern, Umarmungen, Hunter küsst mich auf die Wange.
„Sehn wir uns dann morgen?"
„Sicher."
„Kev, zeig uns den Weg zum Kühlschrank."
„Oder wo auch immer du das Bier versteckst."

Sie verschwinden im Haus. Noch als die Haustür hinter ihnen zugefallen ist und ich den Hof verlasse, höre ich die *Woohs* und *Aaahs*. Während ich mit meinen Eltern und Benni bei unserem Stammitaliener vor meiner Stammcapricciosa sitze und meine Mutter sich über mein Halstuch, Bennis Halskette und Papas Parfum freut, denke ich ständig daran, wie es bei den dreien zugehen wird.

Als ich am nächsten Morgen die Haustür aufmache, rechne ich fest damit, drei müde, verkaterte Gesellen vorzufinden, aber man hört sie laut lachen. Sie sitzen an der Bar, schon fertig angezogen, Kaffeetassen vor sich. Auf dem Geschirrspüler stehen mehrere leere Flaschen Corona.

„Guten Morgen."

Woohs und *Aaahs*.

Hunter springt auf, zieht mich zur Bar.

„Kaffee?"

„Nein danke."

„Kein Koffeinjunkie?"

„Ich hatte schon einen zu Hause."

„Is doch kein Grund, 'nen zweiten abzulehnen. Oder 'nen dritten."

Ich schaue zu Kevin. Er lächelt.

Am Vormittag ziehen wir über die Pisten, am Nachmittag bleiben wir bei den Hindernissen am Ende der Abfahrt. Mir geht schnell die Kraft aus, ich setze mich auf einen niedrigen Zaun und schaue zu. Ich revidiere meine Meinung, dass das Snowboard alle Tricks mitmachen muss, weil man es angeschnallt hat. Sie haben eine, Luis manchmal sogar beide Bindungen losgemacht, und es fliegt trotzdem mit ihnen mit. Sie rauschen über die Rampen, nebeneinander, übereinander, wie ein einstudierter Tanz. Sie sind ein Team.

Luis steuert die größte Schanze an, überschlägt sich, dreht sich, greift mit den Händen in den Schnee, fällt aber nicht. Applaus. Rundherum sind Leute aufmerksam geworden. Zwei junge Snowboarder neben mir sind völlig perplex.

„Das ist Kevin Donner!"
Ein vielleicht Zwölfjähriger mit einem Board, daneben seine Eltern. Ich erkenne sie, sie wohnen in unserer Siedlung.
Er bittet um ein Autogramm. Ein anderer Junge schließt sich an, kennt auch Hunter und Luis. Stimmengemurmel, *Wer ist denn das?, Skater, Extremsportler*, auf einmal hat sich eine kleine Ansammlung gebildet. Kevin, Hunter und Luis schreiben Autogramme auf Liftkarten, schneiden Grimassen für Handyfotos, machen noch ein paar Tricks. Dann drehen sie sich zum Gehen, Kevin wirft mir einen Blick zu, ich nehme mein Board und stapfe hinterher, Winken, *Have a nice day*, Spätzünder schießen Fotos von den dreien auf dem Weg zum Parkplatz.
Kurz vor Kevins Auto hole ich sie ein. Sie lachen laut.
„Passiert das oft?"
„Manchmal. Wir sind keine Hollywoodstars. Uns kennen nur wenige Leute."
„Is 'n Glück. Überleg mal, wie's wär, wenn dich einer um 'n Autogramm fragt, wennste grad Unterhosen kaufen gehst."
Im Auto wirft Kevin Runter mit den Spendierhosen aus.
„Jetzt mal wieder was von mir."
Die Musik ist härter als Die Ärzte, schneller, nicht so melodisch.
„Wer ist das?"
„Satanic Surfers."
„Kenne ich nicht."
„Aus Schweden. Haben sich schon vor 'n paar Jahren getrennt. Aber ein paar Leut haben die viel gehört, Luis zum Beispiel."
Ich krame im CD-Chaos nach der Hülle, lese mir die Tracklist und die Lyrics im Booklet durch. Ich bemerke, dass Kevin sein linkes Knie hält. Die Schnürung des Stiefels ist wieder ganz offen.
„Geht es deinem Fuß gut?"
„Geht schon. Is der Preis für so 'nen Tag. Aber das war's wert."
Der Schnee fällt immer dichter. Hunter und Luis ziehen mit dem VW an uns vorbei. Kevin schüttelt lachend den Kopf.
„Freaks."

„Findest du, dass du ein Extremsportler bist?"
„Was?"
„Das haben die Leute auf der Piste gesagt."
„Weiß nicht ... Jetzt jedenfalls nimmer."
„Klingt doch seltsam. *Extremsportler* ..."
Track vier, What Ever.

you can say whatever you might have to say 'bout me
but that doesn't mean that I have got to give a shit

„Wenn das, was so in den Nachrichten läuft, normal is, isses mir recht."
Als wir in den Hof einbiegen, bewerfen sich Hunter und Luis mit Schnee.
„Ich gehe schnell duschen."
„Kannst auch bei mir."
Kevins Bad ist auch ein Ikea-Effekt. Matte beige Fliesen an der Wand, schwarze am Boden. Riesiges Waschbecken. Große Wanne unter einem hohen schmalen Fenster, durch das man wahrscheinlich, wenn man in der Wanne liegt, den Himmel sieht. Als ich das erste Mal im Bad war, musste ich über die kleine gelbe Plastikente am Wannenrand schmunzeln. Die Waschmaschine und der Trockner stehen hinter der Tür in einem Gestell aus Holz, auf das mit roter Farbe Do your housework, slowpoke! gesprayt ist. Daneben die gemauerte Dusche, knallgrüne Mosaikfliesen.
Ich stelle mir vor, wie ich da drin stehe, während vor der Tür Kevin, Hunter und Luis herumrennen.
„Ich ... hab keine frischen Sachen dabei."
„Stimmt. Kommst du dann?"
„Sicher."
Als ich zum Gartentor hinausgehe, knallt mir ein Schneeball von Hunter an den Kopf. Ich drehe mich um, Kevin und Luis schmeißen sich gerade auf ihn.

and I hope you're wrong, you say I'm acting like a kid and one day I'll grow out of it

Zu Hause kommen mir meine Eltern in die Quere. Sie treffen zum Geburtstag meiner Mutter ein paar alte Freunde. Ich schlüpfe nach ihr ins Bad, ehe mein Vater aus dem Schlafzimmer kommt, dusche schnell. Die neue dunkle Jeans ist in der Wäsche, also muss ich die helle anziehen, bei der das Knie aufgerissen ist. Meine Mutter wollte es nähen, ich habe es ihr verboten.
Als ich das Bad verlasse, steht mein Vater vor mir.
„Ich wollte da rein."
„Entschuldige Papa, ich hab's eilig."
Er schließt brummend die Tür hinter sich. Meine Mutter steht im Flur, riecht nach ihrem alten neuen Parfum.
„Schau, was dein Vater mir heute noch gebracht hat."
Ein goldenes Armband mit weißen Perlen.
„Schön."
Meine Mutter kämmt sich die Haare, probiert aus, wie sie sich am besten mein Halstuch umbindet. Ich will mir die Stiefel anziehen, aber dann schaue ich ihr kurz zu. So sehe ich sie selten, hübsch hergerichtet, mit roten Wangen.
„Gehst du wieder zum Nachbarn?"
„Ja. Hab nur schnell geduscht."
„Bleib nicht zu lang."
„Sind doch Ferien. Hunter und Luis fahren morgen schon wieder."
„Was sind das für Leute?"
Mein Vater steht oben an der Treppe, frisch rasiert, schlüpft in sein Jackett.
„Kollegen von Kevin. Sie sind auf Besuch. Wir wollen gemeinsam essen."
„Man sieht dich gar nicht."
„Ihr geht ja sowieso weg."
„Und so unordentlich lässt du dich blicken?"
Mein Vater zeigt auf den Riss in meiner Hose. Dass die Hosen von Kevin, Hunter und Luis viel schlimmer aussehen, sage ich wohl besser nicht.
„Jürgen, die Heindls warten schon."

Ich ziehe den Zipp der Stiefel zu.
„Schönen Abend für euch."
Raus hier, ehe er es sich noch anders überlegt.
Als ich das Wohnzimmer betrete, hockt Kevin vor dem CD-Player, mit nassen Haaren, in dem grauen Sweater, den er anhatte, als wir uns zum ersten Mal begegnet sind. Das Holz im Ofen knistert. Luis sitzt auf dem Sofa, gelbes Shirt und Jeans, die nackten Füße auf dem Hocker, blättert in einer Zeitschrift. Auf seinem linken Unterarm macht ein rotes Strichmännchen auf einem blauen Skateboard einen Ollie. Unter dem rechten Ärmel und am Hals blitzt der Rand von einem bunten Muster heraus, was es ist, kann ich nicht sehen.
Ein Hip-Hop-Album setzt ein, zwei Männer werfen sich Worte zu.
vice and virtue
bless you or curse you
Ich kann nicht viel mit Hip-Hop anfangen, aber das hier ist angenehm, nicht so aggressiv wie die meisten anderen Sachen.
„Wer ist das?"
Kevin und Luis antworten gleichzeitig.
„Alert312."
Kevin richtet sich langsam auf, die linke Hand am Knie.
„Das haben wir uns ständig angehört."
Hunter kommt aus dem Bad. Natürlich, zu dritt konnten sie mit dem Duschen nicht schneller fertig sein als ich. Er schlurft nur in Shorts ins Arbeitszimmer, um sich ein Shirt und eine Trainingshose anzuziehen. Hunter ist ein Gemälde. Sein rechter Unterschenkel sieht aus wie ein Bild von Kandinsky. Sein rechter Unterarm ist voll mit verschlungenen Blumen, die vom Handgelenk bis zum Oberarm wandern. Über dem linken Ellbogen beginnt ein großer Scrat aus Ice Age, der ein Skateboard statt seiner Nuss festhält, während viele kleine Eiszapfen von Hunters Schulter auf ihn herabregnen.
Ice Age. Animationsfilm der Blue Sky Studios von 2002. Faultier Sid, einmalig synchronisiert von Otto, und Mammut Manni müssen ein Höhlenmenschenbaby zurück zu seinem Stamm bringen, verfolgt und schlussendlich unterstützt von Säbelzahntiger Diego.

Und Scrat, eine Art Säbelzahneichhörnchen, versucht die ganze Zeit, an eine Nuss zu kommen. Der Film war ein großer Erfolg, mittlerweile gibt es drei Sequels.
Hunter drängt sich lächelnd an mir vorbei, obwohl in der Türöffnung genug Platz ist. Auf seinem Rücken fliegt ein Schwarm Möwen von seinem linken zum rechten Schulterblatt. Unter seinem Bauchnabel dreht sich ein Skateboard um sich selbst, auf dem Deck steht Pop me. Ich werde rot bis unter die Haarspitzen, starre zur Yuccapalme, aber keinem sonst scheint etwas komisch vorzukommen.
Wir sitzen auf dem Sofa, trinken Corona. Sie hängen da, Füße auf dem Couchtisch, Beine über der Lehne, reden. Ich sitze, die Knie angezogen, höre zu. Dann drehen wir die Wii auf, Mario Kart. Das kann ich. Benni hat vor ein paar Jahren eine bekommen, wir haben viel zusammen gespielt. Ich dränge sie von der Straße, lege ihnen Bomben vor die Reifen. Am Ende bin ich Zweite, nur Hunter schlägt mich knapp.
„Was zur Hölle –?"
Luis gibt mir einen freundlichen Schubs.
„Besiegt von einem Mädchen!"
Hunter sieht mich anerkennend an.
„Hätten wir uns denken können. Genie bei der Arbeit."
Er hat es ihnen gesagt.
„Hey Ali, was is dreizehn mal acht?"
„Hundertvier."
Ich wollte irgendwie abwiegeln, aber es hüpft von allein aus meinem Mund. Sie schauen verdutzt. Hunter zuckt mit den Schultern, zieht sein Handy raus, tippt.
„Fuck, is richtig."
„Krass!"
„Zu einfach. Tausendsiebenhundertfünfundvierzig durch dreihundertachtundfünfzig."
Hunter tippt mit. Ich stehe auf. Kevin kriegt seine Falte auf der Stirn.
„Kommt schon, Leute."

Die Hintergrundmusik von Mario Kart nervt mich.
„Siehste, das is ihr zu hoch."
„Vier Komma achtsiebenvierdreinulleinssechssiebenfünfneunacht."
Hunters große Augen werden noch größer.
„Biste irre, is das schräg. *Schräg*, fett gedruckt. Du bist 'n verdammter Rain Man."
Luis nickt anerkennend.
„Nur hübscher."
Kevin hebt die Hände.
„Leute ..."
„Zählste auch Zahnstocher?"
Ich nehme die leeren Flaschen, gehe in die Küche, spüle sie aus. Rain Man. Filmdrama, United Artists von 1988. Regie von Barry Levinson. Der junge Tom Cruise als Charlie Babbitt. Dustin Hoffman als Raymond Babbitt. Charlie entführt seinen autistischen großen Bruder Raymond, um an das hohe Erbe zu kommen, das nur Raymond erhalten soll, und lernt was übers Leben. Dustin Hoffmann hat den Oscar bekommen für seine Leistung. Raymond zählt Zahnstocher und lernt Telefonbücher und alle je passierten Flugunfälle samt Flugnummern auswendig. Als ich Rain Man vor vier Jahren das erste Mal gesehen habe, lag ich danach die ganze Nacht weinend in meinem Bett.
„Ali?"
Kevin in der Tür.
„Wieso hast du ihnen das gesagt?"
„Weiß nicht ... hat sich so ergeben."
„Ich bin doch kein Tanzbär, den man vorführen kann."
„Hab ich doch nicht. Sie wollten wissen, wer du bist."
„Das hättest du nicht dazusagen müssen."
„Ich hab halt noch nie wen getroffen wie dich."
„Natürlich nicht. Mich gibt es kein zweites Mal, also konntest du vorher niemanden wie mich treffen."
„Jetzt red nicht so 'nen Kram, da komm ich nicht mit. Ich mein, is doch was Besondres, da kannst du stolz drauf sein."

Ich stelle die Flaschen hin. Klirr.
„Weißt du, wie oft ich das schon gehört habe? Es kommt mir zu den Ohren raus."
Im Wohnzimmer wechseln Hunter und Luis das Spiel. Kevin dreht sich weg.
„Ich find, du bist was Besonderes."
Ich stehe allein in der Küche. Es wird dunkel. Der Schnee fetzt durch die Luft. Im Wohnzimmer lautes Gelächter. Ich gehe zurück. Wario Ware Smooth Moves. Luis mit wackelndem Hintern vor dem Fernseher, Kevin und Hunter liegen brüllend auf dem Sofa. Luis verliert, drückt mir Controller und Nunchuk in die Hand.
Später wird der Sturm stärker. Der Lieferant, der das Essen vorbeibringt, schlottert. Er bekommt von Kevin zwölf Euro Trinkgeld, zieht fröhlich von dannen.
Tortillas, Empanadas, Fajitas, scharfe Shrimps, Tacos mit Käse, Plastikschüsseln mit Soßen. Die Tischplatte biegt sich fast, ich bin davon überzeugt, dass die Hälfte übrig bleiben wird, aber ich weiß nicht, was sie verdrücken können. Wir sitzen an der Bar, essen mit den Fingern aus den Boxen. Dazu mehr Corona. Im Wohnzimmer laufen die Chili Peppers, Stadium Arcadium, Jupiter, in Dauerschleife. Geschichten von Trips, Contests. Andeutungen, Gelächter, dann Erklärungen für mich. *Der irre Mexikaner, versucht der 'nen Double Backside Flip nach zwei Joints, hat sich zwei Zähne rausgeknallt ... – Erinnert ihr euch, der kleine Kerl mit dem Thousandeighty, so krass?! – Letztes Jahr in Berlin, mit dem riesigen Gewitter am Horizont ...*
Keiner raucht, trotzdem steht die Luft.
„Wo sind die Mädchen?"
„Was?"
„Bei den Wettbewerben. Überhaupt. Das sind lauter Geschichten über Männer. Es muss doch weibliche Skateboarder geben."
Die drei schauen mich an. Synchrones Grinsen.
„Ein paar."
Kevin steht auf, räumt die leeren Boxen weg.
„Elissa zum Beispiel. Elissa Steamer. War die erste Profiskaterin."

Luis nickt.
„Hab sie mal in Tampa gesehen, vor ein paar Jahren. Genial. Oder Alana. Großartige Kleine."
Mir fällt der Taco aus der Hand.
„Kleine?!??"
Kevin stapelt die Boxen neben dem Herd, grinst. Luis gibt Hunter einen Schubs.
„Außerdem gibt's Jessie. Ist doch so, oder Hunter?"
„Ach halt's Maul."
Hunter vergräbt den Kopf in den Armen, dreht die Dreads mit einer routinierten Bewegung zurück auf seinen Hinterkopf, sie fallen ihm sofort wieder ins Gesicht. Kevin und Luis lachen.
„Nachschub."
Kevin stellt neue Flaschen auf die Bar.
„Dem Himmel sei Dank."
Hunter nimmt eine.
„So, Ali, und Kev führt dich in 'n neues Land?"
Kevin klirrt mit den leeren Flaschen. Hunter und Luis grinsen. Ich werde rot, wieso auch immer.
„Was?"
„Ich red vom Skaten. Er bringt's dir doch bei, oder?"
„Oh … ja."
„Was machste so? Nagelst schon 'nen Double Kickflip rein?"
Ich muss lachen.
„Noch nicht. Aber mein Ollie ist sehr ordentlich."
Die drei amüsieren sich, aber es stört mich nicht, es ist nicht böse gemeint.
„Ihr wart sicher jünger, als ihr den Ollie gelernt habt. Aber ich vermute, von euch hat ihn auch keiner beim ersten Versuch geschafft, oder?"
Luis nimmt sich ein neues Corona, schüttelt den Kopf.
„Ich hab fast eine Woche gebraucht. Ziemlich nervig, wenn man acht Jahre alt ist und glaubt, übermorgen Daniel Lebron schlagen zu wollen."

Acht. Kevin war neun. Ich schaue zu Hunter. Er greift nach seiner Flasche.
„Sechs. Und's war nich beim ersten Versuch, sondern beim zweiten oder so."
Hunter lacht, als Luis und Kevin ihn schubsen, verschluckt sich fast an seinem Bier. Ich beobachte sie. Die Skateboards begleiten sie schon den Großteil ihres Lebens. Ich muss an das Video aus dem Wasserpark denken, Kevins Stimme, *You're out there, together, like a family* ... Dann bemerke ich, wie Hunter mich anschaut. Seine grünen Augen blitzen.
„Schad, dasses so 'n mieses Wetter hat. Ich könnt dir auch 'n paar spezielle Tricks zeigen, weißte ..."
Unfassbar, wie groß seine Augen sind. Ich kriege eine Gänsehaut im Nacken, sehe aus dem Augenwinkel, wie Luis uns beobachtet, mit einem breiten Schmunzeln im Gesicht. Ich fühle mich nicht wirklich unwohl, habe aber nicht damit gerechnet, dass er mich so irritieren kann, versuche, aus der Situation möglichst schnell herauszukommen.
„Ich bin sicher, dass du das könntest."
„Brauchst du was, Huntsman?"
Kevin stellt eine Schüssel mit Chips zwischen uns.
„Gar nix, Mann. Ich sag nur, ich könnt ihren Horizont erweitern ..."
Kevin grinst, gibt Hunter einen Klaps auf den Hinterkopf, dass die Dreads fliegen.
„Kein Bedarf, Freundchen."
Hunter dreht die Dreads zurück, schaufelt Chips in sich hinein. Luis lacht ihn aus.
„Total durchgefallen, Alter."
Sie reden über neue Skateboards, Snowboards, Sneakers. Mir schwirrt der Kopf. Ich habe fast drei Corona getrunken. Es ist stickig. Ich stehe auf, gehe aus der Küche, lehne mich auf der Terrasse an die Hauswand. Der Sturm bläst mir die Kälte scharf ins Gesicht, das tut gut.
„Ali?"

Wie er da in der Tür lehnt.
„Habt ihr geklärt, wer Anspruch auf mich hat?"
„Hey, das is nur Hunter, der hat 'nen Knall. Den darfst du nicht ernst nehmen."
„Ich rede auch nicht von Hunter."
„Och komm schon, Ali. Ich hab nur gedacht, dir is das vielleicht unangenehm."
„Oh, ich kriege schon selber den Mund auf."
„Ja, merk ich grad. Wieso bistn jetzt sauer?"
Ich atme tief durch. Im Wohnzimmer beginnt die Gitarre von Snow (Hey Oh).
„Bin ich gar nicht. Nur betrunken. Und müd. Ich geh nach Haus."
„Musst du doch nicht ..."
„Wenn ich jetzt nicht gehe, endet das unschön."
Im Flur riecht es süß. Hunter und Luis haben sich Joints gedreht. Es ist wirklich der richtige Zeitpunkt, um sie allein zu lassen. Das habe ich noch nie versucht, ich will mich vor den dreien nicht komplett zum Affen machen.
„Leute, verabschiedet euch von Ali. Is euch schlussendlich gelungen, sie zu vertreiben."
Beschwerdegeheul, ich soll doch noch bleiben. Großer Abschied. Luis nimmt mich in den Arm. Hunter drückt mich an sich, wenn ich mal richtige Tricks lernen will, kann ich ihn jederzeit anrufen. Ich muss lachen, winke den beiden noch einmal zu, wie sie nebeneinander in der Küchentür lehnen.
Kevin hält mir die Haustür auf.
„Morgen?"
„Sicher."
Ich bin froh, dass mir auf dem Weg von unserer Haustür ins Bett niemand begegnet. Die Sterne am Himmel drehen sich um sich selbst. Die auf meinem Plafond auch. Ich strecke ein Bein unter der Bettdecke heraus und stelle es auf den Boden. Ich habe mal gelesen, dass das hilft. Vielleicht wirkt nur der Placeboeffekt, aber wenigstens kann ich so einschlafen.

Mitten in der Nacht wache ich auf. Der Sturm heult. Irgendetwas hat gekracht. Jetzt ist es still, aber da war ein lautes Geräusch. Ich stehe auf, humple zum Fenster, weil mein kalter linker Fuß eingeschlafen ist. Nichts. Unser Kirschbaum wird vom Wind gebeutelt. Vielleicht war es im Wald.
Ich muss aufs Klo. Habe irrsinnigen Durst. Stehe im Bad, lasse Wasser in meine Hände rinnen, trinke gierig. Kippe zurück ins Bett und schlafe gleich wieder ein.

Als ich aufwache, ist es nach zehn. Der Sturm hat aufgehört, die Sonne scheint. In mir ist ein pelziges Gefühl, von meiner Zunge bis in den Magen. Ich war erst einmal betrunken, eine Nacht bei Isa letzten Sommer, erste Staffel Downton Abbey.
Downton Abbey. Britische Kostümserie. Bisher vier Staffeln. Maggie Smith als alte Gräfin Violet Crawley. Hugh Bonneville als Graf Robert Crawley. Elizabeth McGovern als Gräfin Cora Crawley. Jim Carter als Butler Charles Carson. Phyllis Logan als Haushälterin Elsie Hughes. Die Herrschaft im Obergeschoß kann nicht ohne die Dienerschaft im Untergeschoß und umgekehrt. Ich liebe die bösartigen Kommentare von Maggie Smiths Rolle. Niemand könnte das so spielen wie sie.
Ich dusche lange, drehe auf eiskalt und springe kreischend raus. Besser.
Vor der Badezimmertür steht Benni.
„Was machst du denn da drin?“
„Aufwachen.“
Ich nehme mir sicherheitshalber nur eine leere Semmel, mein Bauch grummelt etwas. Mein Vater ist auf der Terrasse, meine Mutter an der Tür. Benni und ich drängen uns vorbei.
Der Sturm hat den toten Ast vom Kirschbaum gerissen und der hat den Querbalken vom Klettergerüst erwischt. Die Schaukeln liegen im Schnee.
Mein Vater kratzt sich am Kopf.
„Na ja, es war wohl schon morsch.“

Meine Mutter macht ein trauriges Gesicht.
„Was machen wir denn jetzt damit?"
„Kleinholz. Und dann fahre ich es auf die Deponie."
„Schade drum."
„So ist das halt."
Mein Vater zuckt mit den Schultern.
„Ich habe jetzt einen Termin, aber ich kann um zwei zu Hause sein. Dann mache ich es gleich, wer weiß, wie das Wetter noch wird. Wer hilft mir?"
Benni winkt ab.
„Ich hab Fußballtraining bis vier."
„Ich kann dir helfen."
Mein Vater nickt mir zu.
„Dann um zwei."
Ich gehe hinten rum. Es ist kalt, aber schön. Wir haben gar nicht abgemacht, ob wir snowboarden wollen, das ginge sich nicht aus. Ich rechne damit, dass Kevin im Garten ist, aber der Schnee liegt zu hoch. Ich gehe ums Haus, da macht er gerade die Garage zu. Converse, grüne Jacke. Anders.
„Was ist denn mit dir passiert?"
„Wo kommstn du her?"
„Von hinten."
Dann sehe ich es.
„Was ist mit deinen Haaren?"
„Ach das. Hatte sie satt. Wie findest es?"
Die langen Haare sind weg. Stattdessen kurz, strubbelig. Nur an der Seite stehen noch Koteletten, gehen in den Viertagebart über. Wie er da so vor mir steht, poppt ein Bild in meinem Kopf auf. Gale. Die Tribute von Panem. Englisch The Hunger Games. Bestsellertrilogie von Suzanne Collins, grandios verfilmt. Jennifer Lawrence, die für Silver Linings einen Oscar bekommen hat, ist Katniss Everdeen. Josh Hutcherson spielt Peeta Mellark. In den Nebenrollen ist das Who's Who von Hollywood versammelt. Woody Harrelson, Donald Sutherland, Elizabeth Banks, Philip Seymour Hoffman, Amanda

Plummer, sogar Lenny Kravitz. Und Liam Hemsworth, der kleine Bruder von Thor-Darsteller Chris Hemsworth.

„Du schaust irgendwie aus wie ein zerzauster Liam Hemsworth."

„Wer?"

„Der aus Die Tribute von Panem. Über diese grausamen Spiele in einer kaputten zukünftigen Welt, wo sich die Jugendlichen gegenseitig umbringen müssen, als Show für die Bewohner der Hauptstadt. Der zweite Teil war grad erst im Kino."

„Ah, weiß schon. Und wer is Liam Hemsworth? Der, der mit ihr bei den Spielen is?"

„Nein, das ist Josh Hutcherson. Peeta. Liam Hemsworth ist Gale. Der Freund, den sie zu Hause hat."

„Der, den sie auspeitschen?"

„Genau der."

„Na danke schön."

„Ich mein ja nur, wegen der Haare."

„Und is das jetzt gut oder nicht?"

Eigentlich steht es ihm.

„Mir gefällt's."

„Na dann."

„Sind Hunter und Luis weg?"

„Yep. Nachm Frühstück gefahren. Ich soll dir nochmal Grüße sagen."

„Wie geht es deinem Fuß?"

„Viel besser. Ich hab gedacht, ich muss dringend wieder Juno bewegen, die langweilt sich schon. Das Wetter is auch schön. Hast du Lust, mitzukommen?"

„Wie, gemeinsam reiten?"

„Klar. Oder hast du Angst vor Pferden?"

„Nein, aber schafft Juno das?"

„So viel wiegst ja nicht."

Ich werde rot. Mal wieder.

„Okeeh ..."

Wir gehen zum Stall. Kevin fährt sich durch die Haare.

„Liam Hemsworth ... irgendwie bist du schon Wikipedia, oder?"

Juno tänzelt nervös auf und ab, nach zwei Tagen im Stall begierig auf einen Ausritt. Kevin legt ihr das Zaumzeug an.
„Hast du sie eigentlich so genannt, Juno?“
„Nope. So hieß sie schon. Aber ich fand’s schön. Is ’ne Göttin, oder?“
„Ja. Die wichtigste Göttin der Römer.“
„Coole Sache. Passt zu ihr.“
Kevin nimmt Juno an den Zügeln und geht zur Stalltür.
„Kein Sattel?“
„Is nur unangenehm zu zweit.“
Ich bin noch nie ohne Sattel geritten. Ich bin auch noch nie zu zweit auf einem Pferd gesessen. Schon gar nicht mit Liam Hemsworth.
Wir führen Juno durch das Gartentor hinterm Haus. Kevin springt auf, als wär das nichts. Hält mir die Hand hin. Ich stelle ein Bein auf den Sockel vom Zaun, er zieht mich hoch. Steuert den Fußweg an, den ich immer entlangradle, Juno fällt in leichten Trab. Ich versuche, das Gleichgewicht zu halten. Als wir oben auf der Kuppe ankommen, bleibt er stehen.
„Willst du runterfallen?“
„Wieso?“
„Weil du so rumzappelst. Halt dich ordentlich fest, ich geh schon nicht kaputt.“
Ich lege die Arme um seinen Körper. Verknote meine Finger ineinander. Bin mir selbst im Weg. Wohin mit meinem Kopf, links, rechts? Juno zieht an, nur im Schritt, ich bin mit mir beschäftigt. Kevins Hinterkopf vor mir, die kurzen Haare, ganz fremd. Unter meinen Händen spüre ich, wie er die Muskeln anspannt, wenn er Juno lenkt, kleine Nuancen an seinem Brustkorb. Ich sitze unbequem, rutsche schließlich doch näher an ihn ran. Ich bemerke sein Aftershave. Irgendwas mit Lavendel. In meinem Kopf rotiert es, ich muss mich sehr bemühen, um meine Dateien zu Pferden, Liam Hemsworth und Lavendel in den richtigen Ordnern zu verstauen. Es dauert, bis ich wahrnehme, dass wir schon weit im Wald sind.

Juno trabt vor sich hin, die Blätter unter ihren Hufen rascheln. Dann fällt sie in den Schritt, wandert gemütlich den Weg entlang. Es ist still, nur ganz weit weg hört man eine Säge, die nicht stört. Hin und wieder singt kurz ein Vogel, alle brechen nach ein paar Lauten ab, als wäre ihnen zu kalt. Zwischen den Bäumen kommen ein paar Sonnenstrahlen durch, der Schnee leuchtet.
„Ist das jetzt nicht dein Wald?"
„Ja. Bis zum Fluss, und da drüben bis zu den Feldern, samt der Wiese. Und auf der andern Seite bis zum Forstweg."
„Was machst du denn damit?"
„Gar nix. Die, die mir alles verkauft haben, haben's schon seit Jahren an 'nen Bauern verpachtet. Das war 'ne Bedingung, dass der das weiter nutzen darf. So isses auch praktisch."
Beim Fluss steigen wir ab, gehen den Weg entlang hinunter zu den Feldern. Juno trinkt das kalte Wasser, schüttelt sich, niest.
„Gesundheit."
Von uns beiden gleichzeitig.
„Seit wann reitest du?"
„Seit ich mal mehr als zwei Monate bei Hunter gewohnt hab, in dem ersten Sommer, gleich als wir uns bei Castor&Pollux kennengelernt hatten. Hunters Familie hat 'ne Farm mit Pferden. Wir haben 'n bissl Cowboy gespielt."
Ich stelle mir Hunter samt Dreads mit Cowboyhut vor und muss schmunzeln.
„Und woher kannst du's?"
„Ich hatte mal Reitunterricht."
„Und Ballett und Geige?"
Kevin grinst.
„Was?"
„Na ja, wie das Klischee vom braven Mädel, das ins Ballett geht, reiten lernt und schön Geige spielt."
„Ach so. Ballett nein. So ein Röckchen wollte ich nie. Ich kann gar nicht tanzen. Geige nein, dafür Klavier. Da habe ich aber vor zwei Jahren mit dem Unterricht aufgehört."

„Ich würd gern 'n Instrument spielen. Gitarre, so wie Johnny Cash. Gab's aber nicht bei uns."
Wir sagen eine Weile nichts. Kevin dreht die Zügel in seinen Fingern.
„'Tschuldige."
„Was denn?"
„Na das mit dem braven Mädel. Ich hab's nicht so gemeint, dass du vielleicht glaubst, ich würd mich über dich lustig machen."
„So ist es gar nicht angekommen."
Kevin schaut erleichtert aus.
„Ich mein nur, du bist so ... so wie man sich's halt vorstellt. Wie 'n paar Nachbarsfamilien, da, wo ich aufgewachsen bin. So mit gezupftem Rasen und braven Kindern."
Bin ich so? Ich habe unsere Familie noch nie groß in Frage gestellt. Aber natürlich, die Thujenhecke, der Kombi, mein Vater und sein Schuhputztick, meine Mutter, die ständig mit dem Besen läuft, wenn auf dem Gehsteig vorm Haus ein paar Blätter liegen ... Für jemanden wie Kevin wirken wir sicher wie die klassisch ordentliche Durchschnittsfamilie. Wahrscheinlich, weil wir eine sind.
„Warst du kein braves Kind?"
„Echt nicht."
Kevin schaut irgendwohin, auf einen unsichtbaren Punkt zwischen den Bäumen.
„Ehrlich, is ja nicht das Schlechteste. Wenn man klein is, isses sicher schön, wenn alles so läuft, so ... Vater-Mutter-Kind."
Ich möchte fragen, wie es bei ihm so gelaufen ist, aber ich erinnere mich an sein Gesicht, als ich seinen Vater erwähnt habe, und lasse es.
„Ich fühl mich hier fremd. Ich mein, ich find mein Haus echt toll, und den Garten und den Wald. Aber trotzdem."
Kevin macht eine Handbewegung, als würde er auf die Gegend rund um uns zeigen, aber ich verstehe, dass er nicht den Ort meint, sondern das Gefühl, das damit verbunden ist.
„Drum war's echt schön, dass Hunter und Luis da waren. Hab mich mal wieder wie daheim gefühlt."

Daheim ist für mich ein Ort, das gelbe Haus in unserer Straße in dieser Stadt. Aber für Kevin scheint *daheim* an Menschen zu hängen.
„Ich fand sie sehr nett."
„Sie sind absolute Freaks. Hunter is kurz nach mir zu Castor&Pollux. Auf einmal war da einer, mit dem konnt man alles machen, der hatte immer Ideen. Zwischen zwei Demos mitm Auto vier Stunden irgendwohin fahren, drei Stunden snowboarden und wieder vier Stunden zurück. Das is Hunter. Er hat sich mal den Knöchel aufgeschlagen. Man konnt den Knochen sehn. Der Arzt hat ihm bestätigt, dass es kein Bruch is, dann hat er weitergemacht und gewonnen. Wenn er was macht, dann hundert Prozent. Nur Jessie hat ihm das Herz gebrochen, auch wenn er's nicht zugibt. Da war er echt verknallt. Aber sie is einfach zu gut für ihn."
Kevin grinst, nur für sich. Irgendwas hat dieser Besuch von Luis und Hunter verändert, nicht nur an seinen Haaren. Ich kann es nicht benennen, aber ich finde es schön. Ich will, dass er weitererzählt.
„Und Luis?"
„Luis ... Der wirkt so brav, weil er immer so still is. Aber wenn du ihm was zum Fahren unter die Füße stellst, geht er ab. Der hat mal 'n Video gemacht mitm Titel Machine Gun, seither nennen ihn die Leut so, weil er die Tricks nur so raushaut. Aber er is so 'n ruhender Pol. Als ich neu im Team war, hab ich viel Zeit mit ihm verbracht, hab mich irgendwie sicher bei ihm gefühlt. Und er interessiert sich für alles, Politik, Geschichte, technische Details von Sportzeugs und Fotografie. Kennst ja das Bild aus Reno und das mit Hunter auf meinem Computer. Die hat Luis geschossen. Er hat 'ne tolle Freundin, Fabiola, die is Physiotherapeutin, die hat ihn damals gerettet, als er sich den Knöchel gebrochen hat. Die sind sicher schon drei Jahre zusammen."
Kevins Augen blitzen. Es gefällt mir, wie er strahlt.
„Wieso ist dein Spitzname Lightning?"
„Ach das. In München war so 'n Contest. 'N Freund hat mich an-

gemeldet, weil er wollt, dass ich zeig, was ich kann. Erst wollt ich nicht, da waren so viele Leut, das war mir zu krass. Aber die andern haben mich angesteckt. ’N paar Wochen vorher hab ich zu arbeiten angefangen, mein Opa hat mir ’nen Job besorgt, da, wo er gearbeitet hat. Ich fand’s furchtbar. Aber sonst hatt ich auch keinen Plan. Und beim Contest war’s auf einmal so, keine Ahnung, so richtig. Alle waren ganz aufgedreht. Wollten mit meiner Ma reden, dass sie mir erlaubt, weiter zu skaten. Dann sind wir nach Leipzig. Draußen gab’s ’n Gewitter. Ich wollt was Neues machen, bin dreimal auf die Fresse geflogen. Als ich den Trick endlich festgenagelt hab, hat’s draußen gekracht wie bei ’nem Bombeneinschlag. Der Ansager hat geschrien, *Kevin Donner schlägt ein wie der Blitz*. Und dann war’s so. Aber ehrlich, das steht nur auf ’n paar Decks, ich bin einfach Kev.“
„Muss komisch sein, wenn sich das Leben so verändert, von heute auf morgen.“
Mir würde so etwas wahrscheinlich den Boden unter den Füßen wegziehen. Aber bei Kevin klingt es so, als hätte er dadurch erst den richtigen Boden für seine Füße gefunden. Oder eher für die Wheels. Er lacht.
„War’s auch. Aber einfach irre gut. Plötzlich bin ich durch die Gegend gefahren, bis dahin war ich noch nie in ’nem Flugzeug, und auf einmal die ganze Zeit. Das erste Mal in den USA, das war wie ’n Traum. Dann kam gleich Clive, wollt mich bei Castor&Pollux. Ich hab gedacht, ich bin am Gipfel, dabei war’s erst der Anfang. Da war grad so ’n Umbruch, zwei Pros gingen weg, sein alter Partner hat was Eigenes angefangen. Ken und Luis gab’s schon, Tony is zum Pro aufgestiegen. Ich war schon als Amateur so happy, aber gleich nach ’n paar Monaten schickt Clive mir ’n Video, wie ich in ’ner Vert ’nen lustigen Slam bau, und drunter steht Welcome Pro, und dass er’s grad online gestellt hat und ob ich eh einverstanden bin. Hab fast ’nen Herzinfarkt gekriegt. Ich bin ihm so dankbar, dass er mir ’ne Chance gegeben hat. Dann hat er Hunter ’ner andren Company abgeschwatzt, und der hatte uns noch gefehlt, der Freak.“

Kevin lacht, mit leuchtenden blauen Augen. Mir fällt ein, was in seinem Wikipedia-Eintrag steht, wie Hunter die fünf Skater aus dem Wasserpark getauft hat. Mad Squad. Jetzt, wo ich Kevin, Luis und Hunter live erlebt habe, weiß ich, wieso.
„Wie wird der denn genannt?"
„Huntsman. Wie's is. Hunter jagt. Den besten Trick. Den größten Kick. Die Mädels."
Ich muss lächeln. Kevin grinst. Es ist schön, hier spazieren zu gehen.
„Als ich euch zusammen gesehen habe, hab ich mir gedacht, ihr wirkt wie eine eigene Spezies. Wie ihr euch anzieht. Wie ihr redet. Und diese Tattoos."
„Die gehören irgendwie dazu. Ich bin da 'n Schisser, ich mag die Nadel nicht. Für die meisten andern isses 'n Hobby. Hunter zum Beispiel, der bastelt an dem Ding auf seinem Unterschenkel sicher schon zwei Jahre rum."
„Seine Tattoos sehen ziemlich beeindruckend aus."
Kevin lacht.
„Dabei hast nicht mal alle gesehn."
Ich frage mich, wo Hunter noch ein Tattoo verstecken könnte. Denke an den dunklen Fleck auf Kevins Hüfte, von dem ich nicht weiß, was es ist. Ich atme tief durch, weil mir die Farbe ins Gesicht steigt. Aber Kevin merkt nichts, er schaut wieder in die Bäume.
„Sie sind meine Familie. Nicht nur Hunter und Luis. 'N paar andre auch. Aber die zwei am meisten. Clive sagt immer, *die drei Musketiere*. Schwer zu erklären."
Die drei Musketiere. Roman von Alexandre Dumas, veröffentlicht 1844. Die drei edlen Beschützer des Königs und der junge Wilde d'Artagnan, der es ihnen gleichtun will. Für jede Generation gibt es die passende Verfilmung, viele berühmte Schauspieler haben sie verkörpert, Douglas Fairbanks, Gene Kelly, Richard Chamberlain und Oliver Reed, Charlie Sheen und Kiefer Sutherland, John Malkovich und Gérard Depardieu, Matthew Macfadyen.
D'Artagnan hat wirklich existiert, nach seinen Memoiren hat

Dumas die Geschichte erfunden. Aramis ist ruhig, zurückhaltend, ein Denker. Das wäre wohl Luis. Porthos ist impulsiv, laut, ein Kumpeltyp. Das passt zu Hunter. Bleibt Athos. Der introvertierte Athos, der seine wenigen Worte mit Bedacht wählt, geheimnisvoll, grüblerisch. Wieso sehe ich Kevin manchmal an und frage mich, was in seinem Kopf vorgeht?
„Ich glaube, ich weiß, was du meinst. So wie ich und Isa. Sie ist die einzige, mit der ich zusammen sein kann, ohne ständig das blöde Gefühl zu haben, dass mir ein Essensrest zwischen den Zähnen hängt."
„Genau das mein ich. Und selbst wenn du was zwischen den Zähnen hättst, wär's bei den Leuten egal."
Wir schweigen. Die Bäume lichten sich. Wir kommen mehr in die Sonne, es wird wärmer. Juno schüttelt sich, zieht an den Zügeln.
„Hast du das bei mir auch?"
„Was?"
„Na das blöde Gefühl mit dem Zeug in den Zähnen. Weil du gesagt hast, bei allen außer Isa ..."
Ich bleibe stehen. Das ist mir noch gar nicht aufgefallen.
„Nein. Eigentlich nicht. Am Anfang schon, aber jetzt nicht mehr."
Wir sind am Waldrand angekommen. Die Wiese breitet sich aus wie ein großes weißes Meer. Weit links kann man klein die hohen Holunderbüsche sehen, hinter denen die Siedlung liegt.
„Da rauschen wir jetzt drüber."
Kevin steigt auf einen Baumstumpf, springt auf Junos Rücken.
„Mitten über die Wiese? Darf man das?"
Er hält mir die Hand hin.
„Ich schon. Is ja meine."
Junos Hufe trommeln auf der gefrorenen Erde. Der Schnee spritzt hoch bis in unser Gesicht. Sie hebt den Kopf, wiehert. Kevin lacht laut. Der Gegenwind ist bei dem Tempo eisig, ich verstecke den Kopf in seinem Rücken. Zu schnell sind die Holunderbüsche ganz nah und Juno bremst von allein ab. Sie und Kevin haben das wohl schon öfter gemacht.

Wir bringen sie in den Stall, reiben sie ab, geben ihr Wasser und Futter, tätscheln ihr den Hals. Dann stehen wir da. Kevins Finger spielen mit dem Zaumzeug.
„Das war cool."
„Ja."
„Kommst noch mit rein was essen?"
„Danke, aber ich muss –"
Scheiße.
„Oh verdammt, wie spät ist es?"
Kevin zieht das Handy aus der Jackentasche.
„Kurz nach drei."
„Oh Scheiße!"
„Was is denn?"
„Ich hab die Zeit übersehen. Ich habe meinem Vater versprochen, ihm bei was zu helfen, ich hätte um zwei daheim sein sollen."
Ich renne los, raus aus dem Tor, drei Schritte auf der Straße, gar nicht ins Haus rein, außen rum in den Garten. Die Säge steht an der Hecke. Wo das Klettergerüst war, liegt ein Haufen Holzstücke im Schnee.
Meine Mutter sitzt auf dem Sofa. Der Fernseher läuft, ihre Talkshows.
„Mama?"
„Da bist du ja. Ist alles in Ordnung?"
„Es tut mir so leid. Wo ist Papa?"
Ein Geräusch auf der Treppe. Mein Vater kommt herunter, in Mantel und Stiefeln, den Hut in der Hand.
„Papa, es tut mir leid. Ich war bei Kevin und da habe ich die Zeit übersehen. Ich werde alles aufräumen, ehrlich."
„Du hast mich sehr enttäuscht. Ich wusste gleich, dass dieser Junge einen schlechten Einfluss haben wird. Ich will gar nicht wissen, was ihr gemacht habt, dass du vergessen hast, auf die Zeit zu achten."
Mein Bauch verkrampft sich, meine Hände zittern, werden Fäuste. Nicht Fäuste, um anzugreifen. Fäuste, um sich einzurollen, wie eine Raupe, die man anstupst.

„Das hat doch nichts mit Kevin zu tun."
„Jürgen, sie hat sich ja entschuldigt ..."
Die Stimme meiner Mutter aus dem Wohnzimmer.
„Misch dich nicht ein, Marianne. Almuth und ich klären das schon. Mit wem soll es sonst zu tun haben? Du läufst mit zerrissenen Hosen herum. Skifahren ist dir nicht mehr gut genug. Dafür diese Schnapsidee mit dem Skateboard, als ob es nicht genug schöne Sportarten für Mädchen gibt. Wenn ich mit deiner Mutter telefoniere, heißt es immer, du bist da drüben. Und jetzt das."
„Ich hab doch gesagt, es tut mir leid. Ich mache es fertig."
„Dafür ist es zu spät. Deine Mutter hat mir schon geholfen."
Der letzte Satz ist die Ohrfeige. Die unausgesprochenen Sätze dahinter: *Deine Mutter. Mit ihrem kaputten Rücken. Jetzt tut ihr alles weh. Und du bist schuld.*
Mein Vater schlägt die Haustür hinter sich zu. Ich stehe im Flur und friere in meiner Jacke.
So ist es immer. Mein Vater schreit nicht, beschimpft einen nicht. Er wird nicht mal wirklich laut. Sein Strafgericht ist schnell. Der Delinquent hört zu. Keine Widerrede. Dann geht er, spazieren, Rad fahren, werweißwohin. Wenn er wiederkommt, ignoriert er einen eine Weile. Sein Urteil ist gesprochen, fertig.
Ich nehme den Autoschlüssel vom Schlüsselbrett. Hole die Scheibtruhe, lade sie mit Holzstücken voll, fahre damit zur Garage, lege den Kofferraum vom Auto mit einer Decke aus und staple die Holzstücke hinein. Ich sehe aus dem Augenwinkel, wie meine Mutter im Wohnzimmer am Fenster steht und mir zuschaut.
Mein Handy piept.
is alles ok?
Nein
oh sorry was ist denn passiert?

Was soll ich schreiben? Was sprengt nicht das Ausmaß jeder Message?
erzähls mir doch

Ich stecke das Handy ein. Es piept noch einmal.
Ich muss fünfmal hin- und herfahren, um alle Holzblöcke zum Auto zu bringen. Sie sind nicht schwer, aber unhandlich. Als ich zum letzten Mal in die Garage komme, bleibe ich mit dem Reifen an der Bodenkante hängen, rutsche ab. Die Scheibtruhe kippt, die Holzstücke kullern auf den Garagenboden.
„Scheiße."
Da bücken sich zwei andere Hände danach.
„Lass mich."
Benni.
Ich wische mir übers Gesicht, ziehe den Rotz hoch. Das Geheul reizt meine Kontaktlinsen, aber ich kann nicht ganz damit aufhören. Wir räumen die letzten Stücke gemeinsam ein.
„Hat er sich wieder aufgeregt?"
„War blöd von mir. Ich hab die Zeit übersehen."
„Hätte er halt gewartet."
„Mama hat ihm geholfen."
„Hätte sie ja nicht müssen."
„Du weißt doch, wie sie ist."
„Und? Da kannst du auch nichts dafür."
Piep.
„Dein Handy."
„Ich weiß."
„Willst nicht nachschauen?"
Ich ziehe das Handy heraus. Zwei Nachrichten von Kevin.
Eine von vorhin: red doch mit mir
Und die von jetzt: wenns dir hilft ich fühl mich jetzt auch beschissen
Benni macht den Kofferraum zu.
„Weißt, Ali, manchmal kann man auch 'nen Fehler machen."
Ich muss lächeln. Jetzt hat er geklungen wie Kevin.
„Echt?"
„Glaub mir, ich hab da genug Erfahrung."
„Danke, kleiner Bruder."
„Schreibst du mir dafür einen Aufsatz?"

„Nie im Leben."
Ich dusche heiß. Draußen dämmert es. Mein Vater kommt nicht zurück. Also ein langer Spaziergang inklusive Einkehr im Stadtbeisl. Dann wird er sich das Skispringen, von dem er heute früh geredet hat, gleich dort ansehen. Ich renne im Haus herum, finde nirgends einen guten Platz. Sollte meine Spezialgebiete zusammenschreiben, bringe keinen Satz heraus. Kann mich nicht überwinden, Isa anzurufen. Gehe meiner Mutter aus dem Weg, obwohl ich weiß, sie sitzt allein im Wohnzimmer und kann auch nichts dafür, aber ich will sie jetzt nicht sehen.
Piep.
da läuft wieder ein film mit dem typen aus dem krimi aber in farbe er is käptn auf einem schiff
Ich überlege kurz.
Muss er eine Frau mitnehmen, mit der er nur streitet?
yep
African Queen
African Queen. Abenteuerfilm, United Artists, 1951. Regie von John Huston. Humphrey Bogart als Flussschiffer Charlie Allnutt. Katharine Hepburn als Missionarin Rose Sayer. Charlie ist versoffen und verschroben, Rose verkrampft und altjüngferlich. Sie müssen im Ersten Weltkrieg zusammen auf einem alten Kahn durch den afrikanischen Dschungel tuckern. Fetzen und verachten sich, und am Ende kriegen sie einander. Dafür hat Bogart endlich den Oscar bekommen.
ja das isser
Ich sitze auf dem Bett, beiße meinen Daumennagel ab. Dann ziehe ich mich an.
„Was tust du?"
Meine Mutter, in der Wohnzimmertür.

„Ich gehe rüber. Ich hab Kevin vorhin einfach stehen lassen, ich will das klären."
„Du kannst doch mit ihm telefonieren."

„Und ich kann auch einfach rübergehen."
„Almuth bitte, bleib doch daheim."
Ich stehe in der offenen Haustür, den Schlüssel in der Hand.
„Wozu denn?"
„Vielleicht kannst du nachher noch mit Papa reden."
„Oh bitte, als ob das im Programm vorgesehen wäre."
Ich mache die Tür zu. Es tut mir weh, dass ich sie so stehen lasse. Aber wenn mein Vater schon überzeugt ist, dass Kevin meine Moral ruiniert, kann er das gleich dazu auf seine Liste schreiben.
Aus dem Wohnzimmer dringen Fernsehgeräusche.
„Ali?"
„Ja!"
Kevin hat den Ofen eingeheizt, es ist sehr warm. Ich ziehe nicht nur die Jacke, sondern gleich auch den Pulli aus. Setze mich neben ihn aufs Sofa.
Der Film ist schon halb durch, sie reparieren gerade die Schiffsschraube. Schade, ich hätte gern die Szenen gesehen, in denen sie noch ständig streiten.
„Hast du keine Angst, dass mal irgendwer reinspaziert, wenn du immer die Haustür offen lässt?"
„Wer soll denn reinspazieren? Horden von Groupies?"
„Meine Mutter würde das nervös machen."
„Wenn ich nicht da bin, sperr ich eh ab. Und wenn ich da bin, bin ich eh da."
Wir schauen den Film fertig. Wie sie am Ende von den Deutschen gehängt werden sollen und vom Kapitän verlangen, dass er sie vorher verheiratet, ist immer wieder einmalig. Als die Schlingen um ihre Hälse straffgezogen werden, zappelt Kevin nervös, aber dann fährt das deutsche Schiff doch noch auf die Torpedos der gesunkenen African Queen auf und sinkt, Charlie und Rose schwimmen singend ins Happy End.
Kevin seufzt erleichtert.
„Hab schon geglaubt, das geht jetzt doch noch schlecht aus ..."
Er dreht den Fernseher ab.

Es dämmert. Jetzt ist mein Vater sicher zurück. Ich will nicht nach Hause. Kevin scheint meine Gedanken zu lesen.
„Hattest du großen Ärger?“
Ich zucke mit den Schultern.
„Die Inquisition, wie immer.“
„Warn das die mit den Hexen?“
„Zum Beispiel.“
Meine Stimme bricht. Oh, nicht weinen, bitte nicht. Vielleicht gehe ich doch besser.
„Ali, lauf doch nicht weg.“
„Ich sollte nach Hause. Den Scheiterhaufen hinter mich bringen.“
Kevin sieht überfordert aus, fährt sich nervös durch die Haare. Kommt auf mich zu, dann nimmt er mich in den Arm.
„Oh bitte heul nicht. Tut mir so leid, dass du meinetwegen Ärger hattest.“
„Aber das war doch nicht deinetwegen.“
Ich wische mir mit dem Ärmel übers Gesicht. Wenigstens schaffe ich es gleich, zu heulen aufzuhören.
„Ich kann schließlich selber seit dreizehn Jahren die Uhr lesen.“
Es ist schön an Kevins Schulter.
„Du hast mit drei Jahren die Uhr gelernt?“
„Dreidreiviertel.“
„Mann, bist du creepy.“
Ich kann lachen, das hilft. Ich nehme mir ein Taschentuch vom Couchtisch, schnäuze mich, ziele, treffe den Mistkübel.
Kevin nimmt mein Gesicht in beide Hände.
„Na, wieder gut?“
Ich nicke, irritiert.
Er lässt nicht los.
In meinem Bauch blubbern ganz plötzlich viele, viele kleine Bläschen.
Seine Augen, ganz hellgrau.
„Shit, jetzt eier ich hier schon ewig rum.“
Und dann küsst er mich.

Seine Hände wandern hinunter an meinen Hals, die Fingerspitzen an die Ohren. Ich stehe ganz starr. Spüre seine Zungenspitze an meinen Lippen. Im letzten Moment kriege ich die Kurve und reagiere. Seine Zunge in meinem Mund. Seine Hände gleiten über meinen Rücken, er zieht mich an sich. Ich lege die Arme um seinen Nacken. Jetzt küssen wir einander.
Irgendwann lässt Kevin los, macht einen Schritt zurück, legt die Hände an den Kopf, fährt sich mit den Fingern durch die Haare.
„Wenn ich jetzt 'n Board hätt, würd ich 'nen Thousandeighty schaffen."
„Ist das gut?"
„Weltklasse."
Ich kann lachen. Kevin ist ganz zappelig, macht einen Schritt nach rechts, zwei nach links, einen auf mich zu, wieder zurück. Er fasst mich an der Hüfte, lässt gleich wieder los, zupft an meinem Kragen, fährt sich durch die Haare.
„Ich überleg seit Wochen, ob ich mich trauen soll. Eigentlich seit Silvester. Weißt noch, als ich dir vom Morphin erzählt hab, da bist du auch hier gestanden, hast so 'n Gesicht gemacht, da wollt ich aufstehn und dich küssen. Du bist am Computer gesessen und ich hab diesen Krimi geschaut und ich wollt nur rein zu dir und dich küssen. Ich – ich muss was trinken. Willst auch was?"
Er wartet nicht auf meine Antwort, verschwindet aus dem Zimmer. Ich bleibe stehen. Der Druck von Kevins Armen ist noch auf meinem Körper. Ich lecke mir mit der Zunge langsam über die Unterlippe. Lavendel.
Kevin kommt zurück, hält mir ein Glas Orangensaft hin. Wir trinken, setzen die Gläser gleichzeitig ab. Er nimmt mir meines ab, stellt beide auf den Couchtisch.
„Ich ... du ... wollen wir – nochmal!"
Er zieht mich zu sich, diesmal küsse ich von Anfang an mit. Später landen wir auf dem Sofa, küssen, machen Johnny und June an, reden über Lieblingsfilme, küssen, lachen, schweigen, küssen.

Föhnwind kommt auf, taut den Schnee weg. Man könnte fast meinen, dass Mitte Februar der Frühling kommt.
Mein Vater ist noch zwei Tage zu Hause und bleibt, wie erwartet, ein Eiszapfen. Ich spreche ihn nicht an. Ich habe kein Bedürfnis danach. Er wirft mir gelegentlich einen Blick aus dem Augenwinkel zu. Es scheint ihn sehr zu irritieren, dass ich grinsend durch die Gegend laufe, normalerweise bestätigt es ihn, dass die Verurteilten eine Weile ein trauriges Gesicht machen. Aber er weiß ja nicht, welchen Gefallen er mir getan hat. Und in Sotschi laufen die Olympischen Winterspiele, irgendeine *Unsrige* gewinnt den Super-G, das lenkt ihn ab.
Meine Mutter versucht, bei den wenigen Gelegenheiten, an denen die Familie zusammensitzt, ein Gespräch herzustellen. Schiebt am Mittagstisch bemüht die Schüsseln hin und her.
„Jürgen, weißt du schon, dass Almuth für ihr Bio-Projekt eine Eins bekommen hat?"
„Hmpfmh."
Als ob etwas anderes wahrscheinlich gewesen wäre.
„Almuth, du solltest deinem Vater die Unterlagen zeigen."
„Ich glaube nicht, dass Bilder von Schimmelbakterien zum Essen passen."
Benni verschluckt sich an der Suppe. Der Rest des Essens verläuft schweigend.
Montag, mein Vater reist ab. Schulstart, letztes Semester.
Isa wartet an der Straßenecke auf mich. Ich habe es ihr noch nicht gesagt, obwohl wir am Sonntag kurz telefoniert haben. Ich weiß auch nicht, wieso. Es war schön, dass es kurz mein Geheimnis war.
„Gibt's was Neues?"
„Am Freitag hat Kevin mich geküsst."
„Was??!! Und dann?!"
„Dann hab ich zurückgeküsst."
„Und dann?!"
„Haben wir einander geküsst."
„Deine Platte steckt, soll ich dir eine reinhauen?"

„Nicht doch. Mehr kann ich dir nicht bieten. Nur dass wir es am Samstag auch gemacht haben, sogar auf dem Sessellift. Nur nicht beim Schlepplift, das kann ich noch nicht."
„Mein Gott, bist du blöd. Kannst du einem sowas nicht normal erzählen?"
„Es ist ja auch nicht normal."
Da bleibt Isa stehen, wir sind schon am Schultor. Sie nimmt mich in den Arm.
„Ich find es toll, ehrlich. Du strahlst so. Das gönne ich dir total."
„Danke."
Das ist mir ein bisschen peinlich, ich werde rot.
„Sollen wir das irgendwie feiern, eine Einladung zur Maniküre, oder so?"
„Nicht, wenn du nicht willst, dass ich dir eine reinhau."

Dann wird es normal. Wenn ich morgens aufstehe, ist es bei Kevin noch ruhig. Manchmal schaue ich bei Juno rein, gebe ihr ein erstes Frühstück. Ich sitze in der Schule, das Gewusel rund um mich ist angenehm gedämpft. Ich komme nach Hause, esse das Mittagessen meiner Mutter, gehe zu ihm rüber. Wir sehen fern, hören Musik, dann ist es mal warm genug zum Skaten, aber wir sind nicht wirklich konzentriert. Einmal kommt Isa vorbei, damit ich ihr was in Bio erkläre, ich nehme sie kurz mit rüber. Sie mögen sich. Dann sind wir wieder allein. So vergeht die Woche. Bis Samstag. Sonnenschein. Endlich wieder snowboarden.
„Soll ich die Sandwiches einpacken oder nicht?"
„Ich hab jetzt schon Hunger."
„Dann essen wir sie halt hier und nehmen nur die Äpfel mit."
„Okay."
„Hast du alles?"
„Ja. Und du?"
„Hmmm, nope. Das fehlt noch."
Kevin schnappt mich, drückt mich an die Garderobe.
„Wir sind jetzt schon spät dran, dann ist wieder so viel los."

„Ich werd's überleben."
Von mir aus können wir auch hier stehen bleiben und uns küssen. Seine Hände sind auf meinem Rücken. Dann plötzlich unter meinem Pulli, unterm Shirt. Am BH entlang. Ich spüre seine Erregung an meinem Oberschenkel.
Flash. Juni, Schulwoche in Budapest. Alle am letzten Abend im großen Zimmer der Jungs, sowas wie eine Party, von den Lehrern gnädig ignoriert. Klebrigsüße Alkopops, Wahrheit-oder-Pflicht, Flaschendrehen. Irgendwann geht Isa aufs Klo, kommt nicht wieder, weil ihr schlecht ist und sie sich hinlegen muss, aber das erfahre ich erst später. Meine Flasche zeigt auf Stefan, ich muss ihn küssen. Zucke zurück, weil er mir in der Sekunde, die das dauert, fast die Zunge in den Mund schiebt. Auf einmal stürmt jemand ins Zimmer, *Kommt mal mit, da vor dem Hotel prügeln sich welche!,* die ganze Meute raus, ich bleibe sitzen. Stefan ist auch geblieben, als einziger, auf einmal ist er neben mir, an mir, küsst mich wieder. Ich lasse ihn, eigentlich mag ich es nicht, er schmeckt nach Zigaretten, aber das muss doch mal sein, sechzehn und noch ungeküsst, mach gefälligst mit, wenn dich endlich einer anfasst. Wir liegen unten in einem Stockbett, seine Hände an meinem BH, machen ihn auf, er hängt lose unterm Shirt, stört mich, Stefan knetet an meinen Brüsten rum, irgendwie interessant, irgendwie unangenehm. Dann knöpft er seine Jeans auf, schiebt meine Hand rein. Eine enge Boxershorts, die mir im Weg ist. Ich habe keine Ahnung, was ich tue, seine Zunge in meinem Mund irritiert mich. Er führt meine Hand, so fest macht man das, so grob? Er lehnt sich zurück, stöhnt, dann höre ich auf dem Gang ein Geräusch, ziehe die Hand weg, renne raus, er schreit mir nach, *He, blöde Kuh, was soll das?* Zwei Wochen später fällt er durch und wechselt die Schule, so muss ich ihn nie wieder sehen.
„Ali?"
„Was?"
Kevin vor mir, seine Hände auf meinen Hüften. Wir küssen uns ja gar nicht mehr.

„Was ist denn?“
„Ich bin hier irgendwie der Alleinunterhalter.“
„Entschuldige.“
„Hab ich dich gestresst?“
„Nein. Na ja, nicht direkt. Ich – du hast da was in mir in Gang gesetzt.“
„Na, das hoff ich doch mal ...“
„Nein, nicht so. Ich hab mich an was erinnert, an was Blödes.“
„Das gibt mir jetzt zu denken.“
Ich muss lachen.
„So meine ich es nicht. Es ist – manchmal passiert das. Ein Stichwort, irgendwas, dann geht in meinem Hirn ein Film an, von dem ich nur schwer loskomme.“
„Und was war diesmal das Stichwort?“
Ich werde rot.
„Deine Hände.“
„Versteh.“
Kevin steht verlegen vor mir, kratzt sich am Hals.
„Wollen wir mal was essen?“
Ich folge ihm dankbar in die Küche. Das ist einfach. Abbeißen, kauen, schlucken.
Ich sollte Stefan irgendwie von meiner Festplatte löschen. Die Erinnerung ist es nicht wert, sie zu behalten. Vielleicht, wenn Kevin das nochmal macht, überschreibe ich Stefan mit Kevin, dann ist er weg.
Ich stelle mir Kevins Hände an mir vor, ohne BH. Ohne Slip. Schon die ganze Woche habe ich seine Befangenheit bemerkt. Ich würde mich nie zu fragen trauen, aber er ist sicher ein anderes Tempo gewohnt. Er ist fast einundzwanzig, mit Hunter, Luis und den anderen Kerlen beim Skaten hat er bestimmt nichts anbrennen lassen. Ich habe auch keine Angst davor. Es ist schön, wenn er mich küsst, ich mag seine Berührungen. Aber es ist so fremd. Wie soll ich die trockenen Fakten, die ich kenne, auf uns übertragen? Wann fängt Sex überhaupt an? Wenn man es irgendwie zu Ende bringt, ist das

schon Sex? Oder muss erst einer irgendwie im anderen drin sein?
Sex …
Sex. Von Lateinisch Sexus, Geschlecht. Die praktische Ausübung von Sexualität. Sexuelle Handlungen zwischen mindestens zwei Partnern. Oft synonym für penetrierenden Geschlechtsverkehr. Beischlaf. Koitus. Beiwohnung. Begattung. Miteinander schlafen. Liebe machen. Es tun. Bumsen. Ficken. Pudern. Einlochen. Knallen. Rammeln. Drübersteigen. Es treiben. Nageln. Schnackseln. Flachlegen. Einparken. Vernaschen. Poppen.
„Defragmentierst du deine Festplatte?“
„Wie bitte?“
„Ich kann's in deinem Schädel rattern hören.“
„Entschuldige. Ich … da kommt irgendein Reiz, und dann bleibt das in meinem Kopf kleben. Quasi die Zusammenfassung von allem, was ich dazu weiß.“
„Wie Liam Hemsworth?“
„Manchmal viel schlimmer.“
Kevin grinst.
„Wie bei Rain Man?“
„Als ich Rain Man das erste Mal gesehen habe, musste ich weinen.“
Kevin ist erschrocken.
„Wieso denn?“
Die einzige Person, der ich in den letzten Jahren davon erzählt habe, ist Isa. Ich spreche nicht gern darüber. Andererseits, wenn ich es ihm sage, hält er meine gelegentlichen Stromausfälle vielleicht für weniger verrückt.
„Am Anfang in der Schule, da war ich richtig überfordert. Ich konnte sofort alles. Als die Lehrerin das Einmaleins erklärt hat, habe ich alle Multiplikationen bis zehn aufgesagt. Wenn wir als Hausübung zwei Reihen mit As schreiben sollten, hab ich das Heft vollgeschrieben, zwanzig Seiten mit schönsten As. Ich habe ständig gestört, wenn was gefragt wurde, hab immer sofort geantwortet, auch wenn wer anderer dran war. Wenn wir die Landeshauptstadt sagen sollten, habe ich gleich alle anderen Städte,

die ich wusste, dazugesagt. Ich hab nicht verstanden, wieso die nicht dazugehören. Die Eltern der anderen haben sich schließlich beschwert, weil sie Angst hatten, dass ihre Kinder meinetwegen nichts lernen. Lesen konnte ich sofort, dann habe ich nicht mehr geschlafen, weil ich nur gelesen hab. Wenn meine Eltern es mal geschafft haben, mich ohne irgendeinen Text ins Bett zu bringen, bin ich stundenlang wach gelegen und hab was aufgesagt, was ich mir gemerkt hatte."

Kevin macht Augen so groß wie Suppenteller.

„Dann bin ich zu einer eigenen Förderlehrerin gekommen. Eigentlich war's eine Psychologin. Sie hat mir geholfen. Hatte eigene Übungen. Und sowas wie autogenes Training hat sie auch mit mir gemacht. Wir haben in meinem Hirn Schubladen gebaut, in die ich Informationen legen kann, damit ich lerne, Wichtiges von Unwichtigem zu unterscheiden. Damit ich lerne, Sachen zu filtern. Und mich einigermaßen normal benehme."

„Wie haben's die andern Kinder vertragen, dass du immer besser warst als sie?"

„Na ja, Beliebtheitswettbewerb hätte ich wohl nie einen gewonnen. Ich hatte schon immer eine Freundin, erst Anna, die hat hier gegenüber gewohnt, und jetzt eben Isa. Aber das war es auch."

Kevin nickt langsam.

„Ging mir nicht anders, hab auch nie richtig Anschluss gefunden."

Das wundert mich. Mit Hunter und Luis konnte man doch sehen, dass Kevin gut mit anderen auskommt.

„Wieso denn nicht?"

Kevin starrt mit dunklen Augen auf die Tischplatte, dreht den Rest von seinem Sandwich zwischen den Fingern.

„Ich war nicht das Kind, mit dem die Leut ihre Kids spielen lassen wollten."

„So schlimm kannst du doch nicht gewesen sein."

Kevin fährt sich mit der Hand durch die Haare, dann dreht er den Kopf zu mir und lächelt ein kleines Lächeln, seine Augen werden langsam heller.

„Das sieht halt jeder anders. Ich hab oft allein gespielt, hab's auch überlebt."
Er isst sein Sandwich auf. Ich zucke mit den Schultern.
„Es hat mich auch nicht so belastet. Nur manchmal. Ich muss nicht viel unter Leute. Eine Freundin wie Isa reicht mir. Damals ging es darum, dass ich mit dem Lernen zurechtkomme, mich an das Tempo der anderen gewöhne. Das wurde dann bald besser. Heute hab ich es im Griff. Nur wenn mich was stresst, meistens bei was Neuem, kommt's wieder hoch."
„So wie vorhin bei der Garderobe?"
„Mmh."
„Versteh."
Kevin schaut mir fest in die Augen. Wie ein Cockerspaniel.
„Ich versprech, wir machen ganz langsam."
Ich nicke. Bin sehr froh, dass ich alles ausgesprochen habe. Kevin atmet tief durch, gibt der Situation einen Schubs nach vorne.
„Und jetzt los, sonst kommen wir nie in die Gänge."

Und dann sitzen wir im Auto. Ich habe den Soundtrack vom letzten Tribute von Panem-Film mitgebracht. Kevin hört genau hin.
„Die Stimme kenn ich irgendwie, wer isn das?"
„Coldplay."
Coldplay. Britische Pop-Rock-Band, die von Sänger Chris Martin, Gitarrist Jonny Buckland, Bassist Guy Berryman und Drummer Will Champion 1996 als Studentenband gegründet wurde. Bisher fünf Studioalben, Parachutes aus dem Jahr 2000 hat den Durchbruch bedeutet. Chris Martin macht durch seine Beziehung mit Hollywoodschauspielerin Gwyneth Paltrow öfter Schlagzeilen, aber eigentlich ist er einfach nur ein Sänger mit einer tollen Stimme.
„Echt? Wie heißtn der Song?"
„Atlas."
„Atlas? Wie die Landkarte in der Schule?"
Ich muss lachen.
„Wie der Titan aus der griechischen Mythologie. Atlas wollte

mit seinen Brüdern die Götter im Olymp stürzen, und als Strafe muss er bis in alle Ewigkeit den Himmel tragen. Es gibt beeindruckende Kunstwerke von ihm, wie er die Weltkugel auf den Schultern hält."
„Das is ziemlich cool."
heaven we hope is just up the road
Ich fühle mich so wohl in diesen paar Quadratmetern Auto, dass alles in mir sich wünscht, dass wir einfach weiterfahren. Aber natürlich kommen wir bald auf dem Parkplatz an und gehen zur Gondel, und der Tag auf der Piste ist genauso schön. Am Ende der letzten Abfahrt lande ich Gesicht voran im Schnee. Durch das Tauwetter ist es schon mehr Matsch. Als wir in die Garage fahren, kleben meine Haare immer noch.
„Ich geh mal duschen."
„Kannst ja bei mir."
Kein Luis oder Hunter vor der Tür, nur Kevin.
„Ich hab nichts Frisches zum Anziehen."
„'N Shirt und 'ne Jogginghose werd ich auftreiben."
„Okeeh ..."
Es gibt kein Shampoo für mich, nur das von Kevin. Und auch keinen Föhn. Oder Bodylotion. Anscheinend brauchen Männer das alles nicht. Ich sehe das Shirt, das Kevin mir hingelegt hat. Blau, ein Druck mit den Umrissen von John Travolta und Samuel L. Jackson. Darunter, And you will know My name is the Lord when I lay My vengeance upon thee.
Pulp Fiction. Gangsterfilm, Miramax von 1994. Regie und Drehbuch Quentin Tarantino. John Travolta als Vincent Vega. Samuel L. Jackson als Jules Winnfield. Uma Thurman als Mia Wallace. Bruce Willis als Butch Coolidge. Ving Rhames, Christopher Walken, Harvey Keitel, Tim Roth, Amanda Plummer, das Cast der beeindruckenden Schauspieler ist endlos. Goldene Palme in Cannes. Kult. Ich mag keine gewalttätigen Filme, aber Tarantino dreht Szenen, die nicht nur gut auszuhalten, sondern einfach genial sind. Dazu der beste Twist aller Zeiten.

Ich greife nach meiner Unterwäsche. Irgendwie besitze ich nur langweilige Sachen. Diese Spitzendinger von den Plakaten, mögen Männer das wirklich? Wenigstens habe ich heute zwei zusammenpassende Teile an. Rosa-weiß, ausgerechnet. Dafür keine Blumen oder so drauf.

Kurz bleibe ich vor dem Spiegel stehen. Was sieht Kevin, wenn er mich betrachtet? Dieselben knochigen Knie? Diesen kleinen langweiligen Hintern? Meinen Bauch mag ich, schön flach vom Sport, und die Arme sind auch okay, aber die Schultern stehen genauso spitz vor wie die Knie. Mein Gesicht sehe ich eigentlich ohne gröbere Probleme. Die Lippen könnten etwas voller sein, die Augen größer. Aber es ist in Ordnung. Das dunkle Dreieck zwischen meinen Beinen. Ich mag es nicht, mich komplett zu rasieren, dieser Pornostil, als wäre man ein kleines Mädchen. Ob Kevin diese Haare mag? Und dann meine Katzenbrüste. Ich war vierzehn, als sie sich endlich nach vorne bewegt haben, dann waren sie so erschrocken, dass sie es gleich wieder gelassen haben. Dabei wäre ich nicht gierig, hätte gerne nur ein bisschen mehr, damit sie besser zu mir passen. Ich bin irgendwie zu groß für das, was ich habe. Ich könnte auch ohne BH gehen. Aber ich benutze einen, seit meine Mutter mich kurz vor meinem fünfzehnten Geburtstag, als ich meine erste Periode bekommen hatte, zum Einkaufen mitgenommen hat. Ich fand das ziemlich komisch, aber ihr schien es sehr wichtig zu sein.

Ich atme tief durch, ziehe die Unterwäsche an. Ich gehe jetzt raus. Jetzt oder nie. Da wächst heute ohnehin nichts mehr.

Kevin hat auch frische Sachen an, sitzt auf dem Sofa, die nackten Füße auf dem Couchtisch, die M&Ms in der Hand. Wo er die immer bunkert. Im Fernseher laufen die Simpsons. Lady Gaga zieht gerade ihr Fleischkleid an, während Homer die Steaks auf ihrem Rücken mit dem Bunsenbrenner grillt.

Die Simpsons, Staffel dreiundzwanzig, Episode zweiundzwanzig. Lisa wird gaga. Saison 2011/12. Lady Gaga fährt mit ihrem pinkfarbenen Zug durch Springfield und versucht, Lisa zu helfen, die un-

glücklich ist, weil niemand sie mag. Jetzt streiten die beiden, Gaga läuft weg und weint dabei kleine Diamanten. Kevin lacht.
Lady Gaga. Eigentlich Stefani Joanne Angelina Germanotta, geboren am 28. März 1986 in New York. Als Lady Gaga hat sie 2008 mit ihrem Debütalbum The Fame den Durchbruch geschafft, bisher drei Studioalben. Neben ihren millionenfach verkauften Alben ist sie vor allem für ihre Outfits berühmt. Ihre Musik ist nicht mein Fall, aber irgendwie bewundere ich ihr Selbstbewusstsein.
„Im englischen Original spricht sie ihre Rolle selbst. Machen viele Gaststars bei den Simpsons."
Kevin sieht mich in der Türöffnung stehen und kriegt diese Suppentelleraugen. Dreht den Fernseher ab.
„Öhm – passen dir die Sachen nicht?"
„Ich hab sie noch nicht probiert."
„Willst du was andres?"
„Nicht unbedingt."
Ich gehe zu ihm, setze mich neben ihn. Wahrscheinlich wirke ich total albern. Wenn er nur was machen würde, aber er hat anscheinend auch das Atmen eingestellt. Also muss ich mit dem Küssen anfangen.
„Öhm Ali, ich hab ja gesagt, wir machen ganz langsam."
„Machen kann man doch immer was, auch wenn man langsam macht."
„Das is mir jetzt zu hoch ..."
Wir liegen auf dem Sofa, unsere Hände da und dort. Kevin knipst einhändig meinen BH auf, scheint nichts Besonderes an meinen Katzenbrüsten zu bemerken, küsst sie, bis mein ganzer Körper mit Gänsehaut überzogen ist. Ich taste mich vorsichtig an ihn ran, er lässt mich in Ruhe machen, das fühlt sich gut an. Er hilft mir, ihm das Shirt auszuziehen. Das Tattoo an seiner Hüfte ist ein gezacktes Muster, zwei ineinander fahrende Blitze. Ich muss lächeln. Lightning. Ich kitzle es mit den Fingerspitzen, Kevin atmet aus und spannt die Muskeln an. Dann gleitet seine Hand in meinen Slip, seine Finger sind weich, er kommt an einen Punkt, den ich manch-

mal unter der Dusche berühre, der die Bläschen in meinem Bauch aktiviert. Er spürt, wie ich zittere, lässt seine Hand dort. Es ist schön, aber ich bin zu aufgeregt, meine verdammte Festplatte spult alle Lady Gaga-Singles ab. So geht es mir auch oft, wenn ich es allein versuche. Mein Hirn harmoniert nicht mit einer Sache, bei der man das Denken einstellen muss. Ich drehe mich zu ihm, die Hand an seinen Shorts. Er zuckt überrascht zurück.
„Ali, das muss nicht –"
„Müssen tut nichts."
Ich muss Stefan nicht mit Kevin überschreiben. Es geht ganz von allein. Wie er daliegt, den Kopf an meiner Schulter. Die Augen halb geschlossen. Sein Zittern unter meinen Händen. Wie er mich küsst und grinst. Ich zurückgrinsen kann. Wie er die Decke über uns wirft und den Fernseher wieder andreht, damit wir gemeinsam die zweite Folge Simpsons fertig schauen können.

Es fällt mir schwer, nicht ständig an ihn zu denken, während ich in der Schule sitze. Die Zeit dort kommt mir noch sinnloser vor. Dass Isa die Grippe kriegt, macht das Ganze nicht leichter. Ich rede gelegentlich mit Johanna, aber eigentlich ist Isa mein einziger Bezugspunkt in der Schule, sie fehlt mir.
Mal sitze ich in einer kurzen Pause am Klo, als die Tür sich öffnet und das Geschnatter einfällt. Aylin hat auch die Grippe, aber Manu und Jasmin reichen aus. Sie nehmen den Raum ein.
„Wenn ich ihn nur nicht ständig sehen müsste."
Jasmin. Anscheinend hat Niko sich in den Semesterferien von ihr getrennt.
„Er müsste sich ja nicht so beschissen benehmen."
Ich finde, Niko wirkt so ruhig und harmlos wie immer. Irgendwas sieht Manu wohl an ihm, das mir nicht auffällt.
„Und dafür hab ich den ganzen Scheiß mitgemacht."
Zweifache Klospülung.
„Was bin ich froh, dass ich mit dem nicht Sex hatte. Der hätte das gar nicht gewürdigt."

Klappernde Lippenstifte.
„Wie er mich dabei immer festgehalten hat. Ich konnte mich nicht mal rühren."
Jasmin heult.
„Da tut man 'nem Typen so einen Gefallen und dann macht er einfach Schluss. Der hat mich doch nur ausgenutzt."
„Aber wirklich, das Arschloch."
Es klingelt. Bio, der Prof ist immer reichlich pünktlich und nervt, wenn man zu spät kommt. Mir wird das Ganze zu blöd. Ich spüle. Gehe raus, dränge mich neben die verdutzte Manu ans Waschbecken.
„He, was soll das?"
„Es hat geläutet. Ich hab keine Lust, zu warten, bis ihr fertig seid."
Mein Herz klopft bis zum Hals, ich hasse solche Auseinandersetzungen.
„Kannst du nicht ein bisschen Rücksicht nehmen?"
„Ist ja nicht euer Zimmer, müssen auch andere her."
„Musst dich ja nicht so reindrängen. Wir besprechen hier wichtige Sachen."
„Sind nicht zu überhören."
Jasmin zieht Rotz durch die Nase auf.
„Was geht's dich an?"
„Gar nichts. Aber ich kann mich schlecht vorübergehend taub machen."
„Nun hör mal, du blöde Kuh. Jasmin macht grad einiges durch. Sie hat es sich mit dem Typen echt nicht leicht gemacht, und er behandelt sie so mies."
„Selbst schuld. Deshalb geh ich sicher nicht ohne Händewaschen hier raus."
Ich mache die Tür hinter mir zu. Mein Herz klopft, aber ich bin stolz, dass mir brauchbare Antworten eingefallen sind. Jasmin schluchzt eindrucksvoll los. Ich höre noch Manu, zornig.
„Das kriegst du zurück, Schlampe."
Manu und eine rotäugige Jasmin schaffen es gerade noch mit dem

Prof in die Klasse. Manu zeigt auf mich, formt lautlos Worte, ich kann sie erkennen, *Mach dich auf was gefasst.* Für den restlichen Tag bin ich in Alarmbereitschaft, aber abgesehen von einem Übungszettel, den die Müllerin als Vorbereitung für die dreistündige Schularbeit verteilt, passiert nichts. Auch als Aylin am nächsten Tag wieder da ist, lässt Manus Rache auf sich warten. Normalerweise geht das immer sehr schnell, wahrscheinlich vergisst ihr kleines Hirn sonst darauf.
Dann wird der Übungszettel besprochen. Am Ende hat die Müller eine Fleißaufgabe beschrieben, ein Integral, das nur durch partielle Integration lösbar ist. Mit solchen Beispielen will sie die Klasse dafür begeistern, wie weit Mathematik gehen kann. Praktisch können eigentlich nur Isa und ich etwas damit anfangen, und manchmal noch Paul, der Rest ist hilflos. Isa ist noch krank, also wird es darauf hinauslaufen, dass die Müller mich oder Paul aufruft.
Wir gehen den Zettel durch, unter vielen *Uuhs* und *Äähs* der Schülerschaft. Die große Arbeit ist wohl sowas wie der erste Schuss vor den Bug, damit die Leute für die Matura genug lernen. Dann kommt das letzte Beispiel. Paul starrt konzentriert auf seine Tischplatte. Bei Fleißaufgaben blamiert die Müller niemanden, also ich.
„Almuth, lies doch deinen Lösungsweg vor, ich schreibe für alle mit."
Ich blättere um. Schaue auf eine leere Seite. Blättere zurück. Die Seite mit dem Integral fehlt. Ich hatte den Block die ganze Zeit hier liegen, habe mir in der Pause etwas zu trinken gekauft.
Ich schaue zu Manu. Sie winkt mit einem Blatt, zerknüllt es, grinst triumphierend.
Also sage ich den Rechenweg auf. Ich habe ihn erst gestern gelöst, er steht vor mir wie auf Papier. Die Müller schreibt, kriegt nicht mal mit, dass ich nicht ablese.
„Danke, Almuth. Keine Angst, so etwas wird es bei der Arbeit nicht geben. Ich möchte nur, dass ihr euch ein Bild macht, was möglich wäre."

Manu ist ganz weiß im Gesicht. Ich winke freundlich zurück, *Mach dir ein Bild.*

Mein Vater kommt mit einer Bronchitis nach Hause. Damit sie nicht ständig die Treppe rauf und runter muss, quartiert meine Mutter ihn auf dem Sofa ein, wo er, den Laptop auf den Beinen und seine Unterlagen überall ausbreitend, unter einer Decke vor sich hin hustet und gelegentlich ein weinerliches *Mariaaannneee* von sich gibt, wenn ihm der Tee ausgeht. Krank mutiert mein Vater zum hilflosen Kleinkind. Benni ist auch so, genauso wie Isas Vater und ihr Bruder. Ob das etwas mit dem Ypsilon-Chromosom zu tun hat? Ich bin vorsichtiger, wenn ich zu Kevin gehe, weil ich noch nicht soweit bin, mit irgendwem aus meiner Familie ein *Ich-habe-einen-Freund*-Gespräch zu führen. Aber mein Vater bemerkt nichts. Nach vier Tagen geht es ihm wieder gut, er wird stressig, weil er wichtige Vorarbeiten für die nächste Geschäftsreise verpasst hat. Über unseren Streit verliert er natürlich kein Wort mehr. Bevor er los muss, klopft er an meine Tür.
„Almuth?“
Bei uns gilt die Regel, dass ein Zimmer mit geschlossener Tür nur betreten wird, wenn der Zimmerinhaber zustimmt. Meine Eltern sind da sehr fair.
Ich habe gerade meine neue Unterwäsche angezogen – schwarz, aber keine Spitzen, darin war ich einfach nur lächerlich – und schlüpfe schnell in den Pulli, ehe ich Ja rufe. Auch wenn er nicht wissen würde, dass sie neu ist, mag ich meinem Vater nicht mehr in Unterwäsche gegenüberstehen.
„Ich habe da etwas für dich.“
Er legt mir ein schmales Buch auf den Schreibtisch.
Studienführer Medizin. Fakten, Antworten, Adressen.
„Von meinem Kollegen Herbert. Du weißt ja, sein Sohn studiert Medizin. Ich habe mit ihm darüber geredet, dass das für dich auch in Frage kommt, da hat er mir das mitgebracht. Nett von ihm, oder?“

Ich schlage das Buch auf. Lehrplan erstes Semester, ein Bild von einem Skalpell in einer behandschuhten Hand, die sich gerade anschickt, in etwas hineinzuschneiden, das nach menschlicher Haut aussieht. Übungen wie das Sezieren vermitteln von Anfang an einen praxisnahen Zugang zur menschlichen Anatomie.
„Ja, sehr nett."
„Das Thema Medizin ist doch noch nicht abgehakt, oder?"
Mein Handy läutet. Ich wäre nicht überrascht, wenn sich gleich einer mit *Hallo, hier ist dein Schutzengel* meldet.
„Ich hab ja gesagt, ich will mir das auf der Uni anschauen."
Ich hebe ab. Mein Vater nickt zufrieden, verlässt das Zimmer.
„Hast was gut bei mir."
„Wieso?"
„Hast mich vor einer unangenehmen Diskussion mit meinem Vater gerettet."
„Für sowas sind Freundinnen doch da."
„Was gibt's denn?"
„Samstag hat Dominik ein Spiel. Vielleicht willst du kommen, oder auch Kevin?"
Isas Bruder ist drei Jahre älter als sie. Er studiert in der Hauptstadt Wirtschaftsinformatik, spielt aber noch in seinem alten Basketballteam. Ein paar Mal war ich schon mit, die Matches machen Spaß.
„Ja, eigentlich gern. Ich frag ihn."
Als ich Kevin davon erzähle, während wir in der Küche Zutaten seiner Wahl in Sandwiches stapeln, ist er nicht begeistert.
„Ich weiß nicht, ich zieh grad nicht so gern um die Häuser."
„Zum Sportzentrum, dort Hot Dogs essen und nachher wieder heimfahren, ist für dich um die Häuser ziehen?"
„Verglichen mit dem, was ich momentan so mach, schon. Ich weiß, ich bin doof, aber ich genieß das grad, nicht unter Leut zu müssen."
Ich bin enttäuscht. Ich hätte es schön gefunden, gemeinsam mit ihm auf der Tribüne zu sitzen. Kevin sieht mein Gesicht.
„Bitte nicht bös sein. Soll 'n mieses Wetter sein, ich mag nicht. Wann isn das Spiel?"

„Um vier."
„Da kannst du doch nachher zu mir kommen und wir machen uns 'nen schönen Abend, oder?"
Ich schmolle noch ein bisschen. Kevin stellt den Senf weg und umarmt mich.
„Och bitte, ich überrasch dich auch."
„Womit denn?"
„Keine Ahnung. Werd schon was finden."
Cockerspanielaugen.
„Okeeh. Aber nächstes Mal gehst du mit."
„Indianerehrenwort."

Also mache ich mich allein auf den Weg. Als ich im Stadion ankomme, steckt mich die gute Laune der Leute an. Dominiks Team hat es ins Finale der Regionalliga geschafft, es ist viel los. Isa winkt mir mit einer riesigen Handschuhhand. Ihre Eltern, etwas jünger als meine, zwei gemütliche Leute, die ich sehr mag, umarmen mich zur Begrüßung, Isas Mutter drückt mir einen Hot Dog in die Hand. Wir jubeln, wenn Dominiks Mannschaft einen Korb wirft. Bis zum dritten Viertel führt sein Team, aber am Ende gewinnen knapp die anderen. Die Menge, die sich einen Weg zum Ausgang bahnt, schnattert trotzdem fröhlich. Wir lassen uns mitschieben bis zu den Radständern. Isa und ihre Eltern verabschieden sich. Während des Spiels haben sich dunkle Wolken über der Stadt gebildet. Die anderen Besucher merken es auch, der Parkplatz leert sich schnell. Obwohl ich nur zehn Minuten fahren muss, schaffe ich es nicht, bevor der Regen einsetzt. Als ich nach Hause komme, bin ich nass bis auf die Haut und schlottere.
„So ein Wetter. Hat es dich erwischt?"
Meine Mutter in der Küchentür. Ich hebe demonstrativ die Arme. Es tropft aufs Linoleum. Was für eine Frage.
Ich bin nass, muss mich umziehen. Bin gleich da.
Ich würde am liebsten eine Stunde duschen, drehe die Temperatur hinauf, bis meine Haut sich rötet. Als ich mich einseife, piept das

Handy. Ich will mich beeilen, greife aber doch zum Rasierer und nehme mir die fünf Minuten. Beim Abtrocknen lese ich nach.
kanns nicht erwarten hab was für dich
Ich creme mich schnell ein, hole mir frische Wäsche. Ich föhne mir die Haare nur halbtrocken, für den kurzen Weg geht es auch so. Aus dem Wohnzimmer hört man Johnny und June.
save my love through loneliness
save my love through sorrow
Kevin lächelt mir entgegen.
„Machen wir einen Country-Abend?"
„So ähnlich."
Auf dem Couchtisch Orangensaft, eine Schüssel Popcorn, eine Packung M&Ms.
„Hier riecht's nach Rauch."
„Hab fast alles abgefackelt, der Ofen hat nicht gezogen, wegen dem Regen."
Kevin dreht die Musik ab und schaltet den Fernseher an. Ich lasse mich aufs Sofa fallen und nehme mir die Decke. Die Kälte will nicht aus mir verschwinden. Kevin dreht das Licht ab, setzt sich zu mir, gibt mir einen kleinen Kuss.
„Wer hat gewonnen?"
„Die anderen. War trotzdem lustig. Also, was hast du für mich?"
„Überraschung."
Kevin drückt auf Play.
Die Signation von 20th Century Fox. Kevin schnappt sich die M&Ms.
Als ich den Beat höre und die Gefängnismauer ins Bild kommt, weiß ich, was das ist. Represa, California, 1968. Das Schild, Folsom.
„Ooooh!"
„Hab ja gesagt, muss ich mal schaun."
Also schauen wir Walk the Line.
Bis zum Schluss halte ich durch. Normalerweise erfindet man sowas für Filme, aber Johnny Cash hat June Carter wirklich auf der Bühne vor tausend Leuten gefragt, ob sie ihn heiratet. In Ontario,

Kanada, am 22. Februar 1968. Zum ungefähr hundertsten Mal. Und dieses Mal hat sie Okay gesagt. Ich schaffe es, mir das anzusehen, ohne loszuheulen. Dann kommt der Abspann.

For the next 35 years, they raised their children, recorded music, toured and played the world together.

Nicht weinen, Ali, das ist doch albern.

June passed away in May, 2003. Four months later, John followed.

Schluchz.

Wie komme ich unauffällig an ein Taschentuch?

Kevin hält mir eine Serviette hin.

„Meine Kontaktlinsen."

„Ja klar."

„Das Ende erwischt mich immer."

„Ich heul bei König der Löwen."

Ich lache mit nassen Augen.

„Der ist aber auch traumatisch."

Wir starren auf den Abspann. Johnny und June singen noch eine Weile, dann kommt eine Gitarre. Dann ist es still, bis auf das Knacken im Ofen. Draußen knallt wieder der Regen an die Scheiben. Ich lehne an seiner Schulter, seine Hand auf meinem Rücken. Unsere Beine übereinander auf dem Couchtisch. Ich ziehe mit meinem linken Fuß langsam seine Trainingshose hoch bis zum Knie, streiche mit den Zehen über die Narben. Kevin schließt die Augen. Meine Hand wandert unter sein Shirt. Ich muss den Kopf nur ein wenig drehen, damit meine Lippen seinen Hals berühren. Er grinst.

„Was machstn da?"

Seine Stimme, ganz tief.

„I walk the line."

„Glaub ich dir nicht."

Kevin küsst zurück. Ich ziehe ihm das Shirt aus, er mir meines, eine Bewegung. Ich knie über ihm, er knöpft meine Hose auf, sein Mund an meinem Bauch. Ich sitze blöd, er kriegt die Jeans nur bis zu den Oberschenkeln. Ich drehe mich, helfe ihm, lege mich

neben ihn aufs Sofa. Mein BH ist weg, wie, habe ich nicht mitgekriegt.
„Is dir kalt?“
„Was?“
„Hast ’ne Gänsehaut. Willst ’ne Decke?“
Mir ist nicht mehr kalt.
„Nein, so ist es gut.“
Leise, als würden wir mit lauten Stimmen unsere eigene Courage vertreiben.
Kevin halb auf mir, schmeckt salzig nach Popcorn, süß nach M&Ms, rauchig nach Kachelofen, herb nach Lavendel.
„Was grinstn so?“
„Ich hab nur gedacht, bei dir ist für jeden Geschmack was dabei.“
„Muss ich mich verarscht fühlen?“
„Bloß nicht.“
Seine Lippen auf meiner Brust, seine Hand zieht meinen Slip runter. Ich lege ein Bein zur Seite. Spüre ihn an meiner Hüfte. Als meine Hand in seine Shorts fährt, atmet er scharf aus. Dann schiebt er sich weg, irritiert mich.
„Was tust du?“
„I walk the line.“
„Bloß nicht.“
Ich will nicht, dass er aufhört. Ich rutsche hinterher, dränge ihn an die Lehne, küsse sein Gesicht, greife nach seinen Hosen und ziehe sie runter.
„Ali –“
Ich küsse seinen Widerspruch weg. Sein Zwiespalt ist unübersehbar, dann lässt er sich berühren, erst sanft, dann fester. Seine Hand findet zurück zwischen meine Beine, plötzlich sind seine Finger in mir, vorsichtig, machen mich weich und weit. Ich sehe ihn an, seine Augen sind hell, er erwidert meinen Blick, ernst, verunsichert mich ein bisschen, dann breitet sich langsam ein Lächeln in seinem Gesicht aus. Auf einmal, ich rechne überhaupt nicht damit, dreht er sich weg.

„Was denn?"
„Gleich wieder da."
Seine Silhouette wandert durchs Zimmer.
„Kevin?"
„Alles okay."
Er nimmt etwas vom Sideboard, seine Geldbörse, holt etwas raus. Da kapiere ich. Erinnere mich an die alberne Schulstunde vor zwei Jahren, Aufklärungsunterricht mit einer älteren, bemüht auf jugendlich getrimmten Psychologin. *So früh wie möglich das Kondom anlegen.* Sie hatte einen komischen ungarischen Akzent.
„Was grinstn schon wieder so?"
„Ich hab nur gedacht, wie verantwortungsbewusst du doch bist."
„Bist du wohl still ..."
Er sagt es zart, so zärtlich, wie er sich wieder zu mir legt. Sein Kuss trägt die Unterbrechung fort. Er liegt neben mir, dann auf mir, seine Ellbogen an meinen Schultern. Ich spüre ihn an den Oberschenkeln, immer näher, ganz langsam.
Dann stockt er. Sieht mich an, als hätte er Angst. Aber warum sollte er, wenn, müsste doch ich Angst haben. Habe ich aber nicht. Ich will es, hier, jetzt, mit ihm. Ich nicke ein kleines Nicken, hebe die Beine etwas und mache ihm Platz.
Es tut weh. Ein scharfer Stich, der sich für einen Moment in mir ausbreitet. Als Kevin innehält, ist es schon vorbei.
„Ali?"
„Alles okay."
„Oh sorry ..."
„Bist du wohl still."
Ich fasse ihn am Nacken, ziehe ihn zu mir und küsse ihn, er soll weitermachen. Langsam bewegt er sich. Ich suche einen Platz für meine Hände, eine an seinem Hals, eine auf der Hüfte, das ist gut. Hebe die Beine etwas mehr, Kevin rutscht tiefer, atmet wieder scharf aus, legt seine Stirn auf meine. Ist es das? Anders, als ich es erwartet habe. Aber was habe ich erwartet? Keine Ahnung. So ist es, und so ist es richtig.

Er wird schneller, drückt den Rücken durch. Er macht ein kleines Geräusch, eines, das ich noch nie gehört habe. Dann liegt er zitternd bei mir, sein Kopf neben meinem, sein Atem an meinem Ohr, ich halte ihn fest.
Viel zu früh rollt er zur Seite, sucht mit einer Hand auf dem Couchtisch nach einer Serviette, findet die, die er mir vorhin gegeben hat, wischt damit das Kondom runter. Ich drehe mich zu ihm, lege mein Bein auf seine. Da soll kein Abstand zwischen uns sein. Er erwischt die am Boden liegende Fernbedienung. Johnny und June beginnen von vorne.
It Ain't Me Babe. Der absolute Anti-Lovesong. Ich schiele zu Kevin rüber. Er grinst.
„Bist du blöd."
Er nimmt mich lachend in den Arm und hält mich ganz fest.

Irgendwann steht Kevin auf und zieht seine Shorts an. Der Regen hat aufgehört. Er geht in die Küche, die Kaffeemaschine braust los. Mittlerweile ist es wirklich dunkel. Ich setze mich auf und mache die Stehlampe an. Ohne seinen warmen Körper wird mir kalt, ich krame die Decke unter mir heraus und wickle mich ein. Die Uhr an der Stereoanlage steht auf neun vor zehn.
„Willst du auch?"
„Wenn ich jetzt einen Kaffee trinke, hänge ich bis morgen früh an meiner Zimmerdecke."
„Ich kann heut sowieso nicht schlafen."
Er setzt sich vor mir auf den Couchtisch, ein kleines Lachen im Gesicht.
„Ich muss nach Hause, es wird zehn."
„Ich weiß."
Kevin hebt meine Kleider auf. Die Serviette mit dem Kondom ist draufgelegen und fällt aufs Sofa. Er nimmt sie, will sie wegwerfen, schaut nochmal hin. Kleine rote Flecken. Mein Blut.
Ich weiß, dass das passieren kann, aber für einen Augenblick bin ich überfordert. Ich schaue an mir runter. Auf der Decke sind auch

ein paar Punkte, ganz wenige. Mehr wäre unangenehm gewesen, aber so finde ich es nicht schlimm.
Dafür aber Kevin. Er ist kalkweiß im Gesicht.
„Shit Ali, tut mir leid ..."
„Das gehört halt dazu. Ist nicht schlimm."
„Ich hab dir wehgetan, das wollt ich nicht ..."
Ich nehme ihm die Serviette aus der Hand und werfe sie in den Mistkübel.
„Hey, hör auf! Sei sofort still. Das war nur eine Sekunde. Glaubst du, in zehn Jahren werde ich mich an diese Sekunde erinnern?"
Kevin kriegt langsam wieder Farbe. Zieht sein Shirt an und steht auf.
„Sorry. Ich wollt's nicht kaputtmachen. Ich hab mich nur erschrocken. Und ehrlich, ich war kein Mönch, aber so ... so war's noch nie. Das hab ich nicht erwartet."
Er lehnt am Fenster, die Tasse in der Hand. Ich ziehe meine Sachen an, aber dann bleibe ich sitzen, schlinge meine Arme um die Beine.
„Erzähl mir von deinem ersten Mal."
„Was? Oh nein, das willst du nicht wissen."
„Sonst hätte ich nicht gefragt."
Kevin fährt sich durch die Haare. Grinst ein bisschen.
„Wolltest nicht gehn?"
„Dafür hab ich noch Zeit."
Kevin schüttelt lachend den Kopf.
„Wie war ihr Name?"
„Weiß ich nicht."
„Na das ist mal was anderes."
„Ich weiß es ehrlich nicht. Wir waren in Barcelona, meine erste Tour nach Europa mitm Team von Castor&Pollux, kurz bevor ich Pro geworden bin."
„Wie alt warst du?"
Kevin rechnet nach.
„Knapp noch nicht sechzehn."
„Und sie?"

„Keine Ahnung. Älter. Vielleicht zwanzig?"
„Und?"
„Was und?"
„Wie hattest du Sex mit ihr, ohne ihren Namen zu kennen?"
„Ich glaub, das passiert ganz schön oft auf der Welt."
Ich werfe ihm einen Blick zu, er grinst.
„Wir hatten 'ne Demo, und abends war 'ne Party in 'nem großen Club. Du musst nicht glauben, dass wir Orgien gefeiert haben, aber rundgegangen isses schon. Ich war der Rookie, alles ging so schnell. Mich hat's überfordert, so viele Leut, Englisch hab ich noch kaum verstanden. Irgendwann war mir sauschlecht vom Gras und ich bin aufn Hinterhof verschwunden. Hab mich aufn Boden gehockt und versucht, aufrecht an der Wand lehnen zu bleiben. Und auf einmal war sie da."
„Wie sah sie aus?"
Lange Pause, als müsste sich Kevin anstrengen, sich zu erinnern.
„Blond. Ziemlich klein. Aufgetakelt. Eigentlich gar nicht mein Typ. Ich hab sie schon beim Skaten gesehn, da stand sie ganz vorn und hatte so 'n komisches gelbes Kleid an."
„Und sie ist dir einfach nach?"
„Wahrscheinlich. Hat sich auf mich draufgesetzt und mir die Zunge in den Mund gesteckt. Hat mir die Hose runtergezogen, 'nen Gummi drauf geschoben, ihr Kleid hochgehoben und losgelegt. Ich war völlig fertig, hab sie einfach machen lassen."
„Klingt nicht sonderlich romantisch."
„Romantisch ... Bevor ich überhaupt kapiert hab, dass ich in 'ner Frau steck, war's vorbei. Ich weiß noch, dass sie gekichert hat, dann war sie weg."
„Du bist entjungfert worden von einer Wildfremden, die dich in betrunkenem, eingerauchtem Zustand im Hinterhof eines Clubs auf dem Boden überfallen hat?"
„Irre, oder? Kann man mal den Enkelkindern erzählen."
Kevin schaut in seine Tasse, als läge dort der Schlüssel zur Seligkeit.

„Ich würd ganz schön was geben, dass es anders gewesen wär. So wie heut, zum Beispiel."
Die Uhr springt auf zwei nach zehn.
Ich gehe zu ihm, fahre mit den Händen unter sein Shirt, drücke mich an ihn.
„Ich muss. Meine Mutter kommt sonst noch rüber."
Kevin hält mich fest. Kurz stehen wir am Fenster, dann lasse ich los, gehe aus dem Raum, ziehe Stiefel und Jacke an und verlasse das Haus. Dass Johnny und June gerade Help Me Make It Through the Night singen, ist geradezu albern kitschig.
Beim Aufsperren schicke ich ein Stoßgebet zum Himmel, dass meine Mutter nicht im Flur wartet. Aber das Haus ist dunkel. Ich schleiche ins Zimmer, lasse meine Sachen fallen und schlüpfe unter die Decke. Morgen werde ich duschen, aber heute Nacht will ich Kevins Geruch auf meiner Haut behalten, salzigsüßrauchigherb.

Irgendwann weckt mich eine hysterisch zwitschernde Amsel. Ich mache die Augen nicht auf, wenn ich es tue, wird gestern Abend endgültig vorbei sein. Ich versuche, Kevin in mir zu spüren.
Die Amsel überschlägt sich fast. Ich gebe auf, greife zum Handy. Sieben Uhr einundvierzig. Ich suche Isas Nummer.
Bist du wach?
Kurze Pause.
Oh Gott ja, jetzt schon. >:(
Dreh dein Handy ab, wenn du deine Ruhe willst.
Was ist denn?
Ich hab mit ihm geschlafen. Oder er mit mir. Keine Ahnung, wie rum.
Ist ja irre! Und?
Schön war's.
Jetzt aber Maniküre, oder? :-)
Untersteh dich.
Jetzt bin ich wach und fühle mich mutig. Ich dusche ausgiebig, summe Jackson und lasse mir tatsächlich Zeit, ein schönes Shirt auszusuchen.

In der Küche finde ich meine Mutter. Sie steht am Fenster, kaut an einem Honigbrot und tritt von einem Bein aufs andere. Wahrscheinlich haben sie wieder mal die Krämpfe aus dem Bett geholt.
„Morgen."
„Guten Morgen."
Ich hole die Milch aus dem Kühlschrank, gieße mir eine Tasse ein, trinke sie in einem Zug leer.
„Kevin Donner ist mein Freund."
„Was?"
„Kevin ist mein Freund. So richtig. Seit zwei Wochen. Ich dachte, ich sollte es dir mal sagen."
Meine Mutter macht ein Gesicht, das ich an ihr noch nie gesehen habe. Ich weiß nicht, ob das ein überraschter Ausdruck ist, ein panischer, wütender, hilfloser. Alles hintereinander, ganz schnell. Dann lächelt sie plötzlich und nickt.
„Er scheint ja nett zu sein."
Ich bin baff. So einfach ist das?
„Er ist nett."
„Das glaube ich dir."
„Sag es bitte noch nicht Papa."
„Werd ich nicht."
Sie nimmt ihre Kaffeetasse und geht ins Wohnzimmer. Bleibt neben mir stehen, gibt mir einen Kuss auf die Stirn.
„Pass auf dich auf."
Ich höre sie den Fernseher einschalten und die Matte für ihre Übungen auslegen. Kann mich lange nicht vom Fleck bewegen, so gerührt bin ich. Dann gehe ich ins Vorzimmer und ziehe mich an.
Kevin sitzt am Computer, Trainingshose, nasse Haare.
„Bist du gerade aufgestanden?"
„Mmh."
Er schaut auf YouTube ein Video von einem Kerl, der in einem Skatepark in einer Halle eine tolle Show abzieht. Als ich genauer hinsehe, erkenne ich Hunter.
„Wo ist das?"

„New York. Vor zwei Tagen."
Hunter steht einen Double Backside Flip über die Stiege, schiebt am Coping der gegenüber liegenden Quarterpipe einen Frontside Hurricane Grind hinterher.
„Hat er gewonnen?"
„Wasn sonst."
Da sieht man schon, wie Hunter die Arme hochreißt, wie Luis zu ihm rennt und ihn umarmt, andere Skater hinterher.
„Wärst du gern dabei?"
Kevin dreht sich zu mir.
„Nie im Leben."
Er zieht mich auf seinen Schoß.
„Hey."
„Hey."
„Geht's dir gut?"
„Super."
„Schön."
Er gibt mir einen zarten Kuss. Dann nimmt er ein Blatt Papier vom Sekretär. Fährt sich verlegen durch die Haare.
„Ich wollt dir was zeigen."
Ein Blutbefund. Klinik und Poliklinik für Unfallchirurgie, Klinikum rechts der Isar. Vom 24. März 2013. Hämatologie, klinische Chemie, medizinische Fachkürzel, viele Ziffern und Einheiten. Ich verstehe gar nichts.
„Und was soll ich da sehen?"
„Hier."
Kevin zeigt auf einen Punkt auf der zweiten Seite. Infektserologie. HIV negativ. Hepatitis B negativ. Hepatitis C negativ.
„Das war letztes Jahr im Frühjahr. Seither war ich immer allein. Ich wollt nur, dass du weißt, dass ich – na ja ... dass du da keine Angst haben musst."
„Okeeh ..."
„Das musst ich loswerden."
Ich lege das Blatt zurück auf den Schreibtisch. Die Situation ist

unangenehm. Ich wäre nie auf die Idee gekommen, mir Sorgen zu machen. Bin ich zu leichtsinnig? Aber wir haben doch die Gummis, und ich würde nie glauben, dass er rücksichtslos ist. Das wäre so gar nicht er, seine vorsichtige Art, sein Zögern, das bis jetzt meistens ich überschritten habe.

Um irgendetwas zu tun, drehe ich mich zum PC, mache das Video von Hunter noch einmal an, um den Anfang zu sehen. Er steht fast jeden Trick, uneinholbar für die anderen. Es ist sein Tag. Die Halle tobt. Dann kommt der Teil, den ich schon kenne.

YouTube schlägt im Seitenmenü andere Skatevideos vor. Mittendrin ist ein Video von einer Band, die mir nichts sagt. Claire. Das Lied heißt Pioneers. Ich klicke es an. Ein Klavier. Eine Männerstimme.

When you grow up they're telling you that the world is the way it is and you just have to live in it.

Eine Frau mit langen blonden Haaren sitzt in einem Wald. Have you ever believed that a strong thought can change everything? Have you ever imagined what creating your own world would be like?

Dann setzt der Beat ein, die Frauenstimme, starke Bilder.

gather the stars now

Kevins Hände auf meinem Rücken. Ich schließe die Augen, lehne mich zurück. Er küsst meinen Hals, wandert tiefer. Ich lasse ihn mein Shirt ausziehen, drehe mich nach, suche seine Lippen mit meinen. Dann schiebt er mich von sich runter.

„Komm mit."

Er nimmt mich an der Hand, raus aus dem Arbeitszimmer, zwei Meter nach rechts. Das Lied im Hintergrund.

„Ich war noch nie in deinem Schlafzimmer."

„Stimmt. Irgendwie komisch."

In der Ecke neben der Tür eine Kommode. Links das Fenster zum Garten. Der Tür gegenüber das Bett, links ein Nachtkästchen. Kondome drauf. Die Wand dahinter dunkelbraun, warm. Rechts ein riesiger Schrank über die ganze Seite. Alle Möbel in hellem Holz. Kein Deckenlicht, nur eine große runde Holzlampe an der braunen Wand.

„Schön."
Kevin macht drei Schritte in den Raum hinein, zieht die Vorhänge zu. Bleibt vor mir stehen, fährt sich durch die Haare.
„Öhm, also – irgendwie is das heut mein erstes Mal."
„Was? Wieso?"
Kevin nimmt meine Hände in seine.
„Ich hab noch nie zweimal mit demselben Mädel geschlafen."
„Echt nicht?"
Er schüttelt den Kopf, schaut zur Seite.
Da verstehe ich etwas. Dass er mir nicht so weit voraus ist, wie ich dachte. Das macht mir Mut. Ich küsse ihn, schiebe ihn zum Bett, streife im Hinlegen seine Hosen runter. Alles geht schneller, einfacher. Ich will ihm mit dem Gummi helfen, damit die Unterbrechung nicht so auffällt. Er wird ganz zappelig.
„Wenn du da hinfasst, krieg ich meine Hände gar nicht geregelt."
Diesmal tut er mir nicht weh. Er dreht sich nach und zieht mich mit, dass wir leicht auf der Seite liegen. Es ist intensiver als gestern, ich muss nicht darüber nachdenken, was passiert, kann es einfach geschehen lassen. Es ist hell genug, ich schaue runter, kann ihn in mir sehen. Seine hellen Augen. Wie sie flackern, als er kommt. Bläschengeblubber in meinem Bauch.
Später.
„So einen riesigen Schrank hätte ich auch gern."
„Ich hab hier keinen Keller. Also hab ich mir gedacht, nehm ich gleich den großen, da krieg ich alles unter."
„Ich hab Hunger."
„Im Kühlschrank is Lasagne."
Wir essen im Bett, reden darüber, dass Hunter Weltmeister wird, wenn er so weitermacht. Dann streichelt mich Kevin, lang und geduldig, bis ich alle Ordner in meinem Kopf schließen kann und mich endlich fallen lasse, als würde ich unter Wasser treiben. Die Bläschen werden zu hohen Wellen, die durch mich hindurch rauschen, ich zittere unter seinen Fingern, hänge in seinem Arm und kann nur warten, bis mein Atem sich beruhigt. So kenne ich es

nicht. Allein ist es ein technischer Vorgang, der, wenn er gelingt, rasch wieder abklingt. An Kevin ist es wie ein tiefer Tauchgang zum Ursprung des Meeres.
Wir liegen eine Weile nur da. Dann stehen wir auf, ziehen uns an, gehen in den Garten und skaten.
Als wäre es schon immer so gewesen.

Ich richte mich in einem neuen Rhythmus ein. Ich stehe auf, dusche, esse mein Frühstück. Nehme das Rad oder selten den Bus, je nachdem, wie das Spätwinterwetter ist. Sitze meine Zeit in der Schule ab, froh, dass dort wenigstens Isa ist. Fahre nach Hause, esse irgendwas, helfe vielleicht meiner Mutter im Haushalt oder Benni bei seinen Schulsachen. Ansonsten bin ich bei Kevin. Wir sehen fern, wir hören Musik, wir spielen Wii. Wenn das Wetter gut ist, gehen wir raus zum Skaten, fahren an einem kalten, aber trockenen Tag das erste Mal mit den Rädern los.
Ich bekomme ein Gefühl für seine Tage. Dass er nach meinem Abschied noch am PC sitzt, länger schläft, skatet, solange es nur einigermaßen trocken ist. Dass er nach seinem Frühstück Juno füttert, den Stall ausmistet, mit ihr ausreitet oder spazieren geht. Er fährt einkaufen, putzt das Haus, wäscht seine Wäsche, surft im Internet nach Musikvideos oder Sportsachen, spielt Computerspiele. Als ich ihm sage, dass Benni dasselbe hat, schreibt er ihn tatsächlich an und ich erfahre von meinem begeisterten kleinen Bruder, dass Kevins Barbar der Wahnsinn ist und sie schon den Skelettkönig besiegt haben. Ich finde es schön, dass er immer da ist, wenn ich seine Tür aufmache, Zeit hat, um außergewöhnliche Sachen zu kochen, um mir neue Musik vorzuspielen, um mir tolle Skatevideos zu zeigen. Aber ich wundere mich trotzdem immer wieder, worauf er hinauswill, in dieser Stadt, in diesem Haus. Aber ich kann es nicht ansprechen, schließlich ist es mein größtes Glück, dass er hier ist, ich darf es nicht in Frage stellen.
Ganz schnell ist es, als wäre unser erster Kuss nicht knapp einen Monat, sondern ewig her. Ich wundere mich, nie zuvor habe ich

mich so rasch auf eine Veränderung eingestellt, es kostet mich nicht eine schlaflose Nacht, im Gegenteil, ich schlafe bestens. Ich bemerke den Blick meiner Mutter, als hätte ich plötzlich eine neue, ungewöhnliche Frisur, aber ich denke nicht weiter darüber nach. Es wird noch einmal richtig kalt, ein guter Vorwand, um mit schöner Musik im Bett oder auf dem Sofa zu liegen. Aber Kevin treibt mich an einem sonnigen, eisigen Tag doch in den Garten, weil ich Shuvits üben soll. Als die Dämmerung einsetzt, bin ich durchgefroren. Wir wagen uns gemeinsam in die Badewanne, durchs hohe Fenster sieht man tatsächlich die Sterne. Das Wintersechseck leuchtet, Sirius im Großen Hund, mit seinen Gefährten, Prokyon im Kleinen Hund, Rigel im Orion, Aldebaran im Stier und Capella im Fuhrmann, und Pollux aus den Zwillingen, auch Castor daneben ist deutlich erkennbar. Wieder eine neue Erfahrung für mich, aber auch für Kevin, und es ist so schön, dass ich ihm vermitteln möchte, was seine Zärtlichkeit mir bedeutet. Ich liege neben ihm im Wasser und muss eine Weile nach den richtigen Worten suchen.

„Mit dir, das ist so ... ich weiß nicht. Ich fühle mich so sicher bei dir, so geborgen."

Ich erwarte sein Lächeln mit blaublitzenden Augen, aber sie flimmern, er sieht mich an wie beim ersten Mal, als er über mir gezögert hat. Drückt meinen Kopf zurück an seine Schulter. Lange ist es still. Ich suche Castor und Pollux, überlege, ob ich sie Kevin zeigen soll, aber ich weiß nicht, ob es gut wäre, ihn jetzt an sein Team zu erinnern. Da fällt mir das in der Ecke sitzende Entchen auf.

„Die ist lustig."

„Das is Marilyn."

„Marilyn? Wie die Monroe?"

Marilyn Monroe. Eigentlich Norma Jeane Baker. 1926 bis 1962. Zu ihren Lebzeiten die am meisten abgelichtete Frau der Welt. Weltberühmt für ihre Rollen in Niagara, Blondinen bevorzugt oder Manche mögen's heiß. Unter ihrem Image als blondes Dummchen hat sie immer gelitten, hat Anerkennung als ernsthafte Schauspielerin

gesucht, aber nie gefunden, genauso wenig wie eine stabile Beziehung. Sie hatte viele Liebhaber, etwa J.F. Kennedy, für den sie ihr berühmtes Happy Birthday Mister President geträllert hat. Bis heute halten sich die Verschwörungstheorien, dass eigentlich er hinter ihrem Tod durch eine Überdosis Tabletten steckte, weil sie zu viel über seine politischen Geheimnisse wusste.
Kevin beugt sich kurz vor, lässt das Entchen ins Wasser fallen.
„Yep. Is aus 'nem Hotel in Orlando, lag dort als Gimmick rum. Jedes Zimmer war 'nem alten Hollywoodstar gewidmet. Als wir das kapiert hatten, haben wir drauf bestanden, dass wir alle Zimmer mit Frauen kriegen, die mussten umbuchen, waren 'n bissl genervt."
„Wen hatten die anderen?"
„Du stellst Fragen ... Ich glaub, Ken hatte Liz Taylor. Tony wollt 'ne Italienerin, also haben sie ihm Gina Lollobrigida gegeben. Spanierin gab's keine, aber Luis war mit Sophia Loren schwer zufrieden, da hing 'n riesiges Bild von ihr in 'nem Bett direkt gegenüber von seinem, nur Haare, Lippen und Dekolleté. Inspirierend."
Kevin grinst. Ich muss schmunzeln.
„Und du hast dir Marilyn ausgesucht?"
„Hat sich so ergeben. Erst wollt Hunter mit mir um sie streiten, dann haben sie ihm Rita Hayworth angeboten, die is rothaarig. Hunter steht auf Rothaarige. Also hat er mir Marilyn überlassen."
„Und, hattest du auch ein Poster von ihr in einem Bett?"
„Nope."
Kevin schweigt, aber ich merke an seinem Grinsen, dass da noch etwas kommt.
„Nur im Liegestuhl. In 'nem Bikini."
Ich zwicke ihn lachend in den Oberarm, er tut so, als müsste er sich vor mir in Sicherheit bringen, aber es ist nur Spaß. Diese Geschichten stören mich nicht, im Gegenteil. Seine Zeit als Profi war so schnell vorbei, es ist gut, dass er sie genossen hat.
„Da gibt es dieses Video von euch, in Orlando, in einem Schwimmbad."
Kevin macht Suppentelleraugen.

„Das war genau der Trip. Das kennst du?"
„Ich hab es mir zu Weihnachten angeschaut, nach unserem Treffen wegen Juno."
Ich werde ein bisschen rot, Kevin bemerkt es schmunzelnd.
„Warst du so neugierig auf mich?"
„Du bist ja kein normaler Nachbar. Die ganze Schule hat über dich geredet."
„Stell dir vor, die wüssten, was wir grad machen. Da wärst du der Star."
„Bloß nicht."
Was für ein Alptraum, die lästigen Leute in der Schule, die mich begaffen, weil Kevin Donner mein Freund ist. Gottseidank würde Isa das nie weitertratschen.
„Der Trip nach Orlando, der war einfach Wahnsinn. Skatetrips sind immer geil, weil man so viel erlebt, aber das war der schönste Dreh ever. Wir hatten solchen Spaß, hatten am Ende Muskelkater vom Lachen, nicht vom Skaten."
„Als ihr in dieses tiefe abfallende Becken gesprungen seid ..., das hat beim Zusehen wehgetan, als ihr alle gestürzt seid, bis auf Ken."
„Ken genauso. Im Clip is das zusammengeschnitten, uns hat's alle so dreimal zerschossen, bis er's als Erster gepackt hat. Was für 'n Kick."
Kevin grinst, wieder einmal in sich selbst versunken.
„Was war das Schönste?"
„Wie meinst du das?"
„Ich meine, an den Reisen. Bei deinen Teams. Beim ganzen Skaten als Profi. Was war das Schönste?"
„Schwer zu sagen ... Alles is schön, irgendwie. Bei 'nem Contest, wenn tausend Leut brüllen, weil dein Name aufgerufen wird. Oder wenn du stundenlang mit 'nem Trick kämpfst, bis du nicht mal mehr normal laufen kannst, und dann macht's auf einmal *klick* und du nagelst das Ding fest. Aber ich glaub, das Schönste waren immer die Kids."
„Die Kids?"

„Ja. Ehrlich, es is nicht alles schön. Manchmal isses einfach nervig, wenn Leut neidisch sind, weil dir was gelingt, oder wenn's um's Geld geht, wer is bei welchem Sponsor und wer steht besser da und so Scheiß, das konnt ich nie leiden. Aber bei 'ner Demo, oder bei 'ner Autogrammstunde, wenn du einfach Zeit für die Fans hattest, ganz normale Leut, denen's nur um's Skaten geht, das war immer schön. Und da waren immer so viele Kinder, manche konnten grad mal aufm Skateboard stehn. Aber denen hast du die Begeisterung am meisten geglaubt. Da gab's echt 'n paar tolle Erlebnisse."
„Erzähl mir eins."
„Mann, diese Quatscherei nachm Sex is ja Schwerstarbeit."
„Du hast mein Mitgefühl."
Kevin gibt mir einen kleinen Schubs, drückt mich wieder an sich. „Okay, ich hab sogar 'ne Story von dem Trip, aus Miami. Da waren wir in 'nem Skateshop, haben stundenlang Autogramme gegeben. Und auf einmal kam so 'n kleiner Kerl, der war vielleicht elf, hat alles aufgehalten, weil er gleich vor Luis stehengeblieben is, der war der Erste, dem er sein Zeugs zum Signieren hätt geben müssen. Aber er hat Luis nur angestarrt und gesagt, also auf Englisch, aber er hat ungefähr gesagt, *Vor drei Monaten wollt ich diesen Cabflip lernen, den du so gut kannst, aber ich hab mir dabei den Knöchel gebrochen.* Dann war er wieder still, Luis hat gewartet, dann hat er gesagt, *Ja, ich hab mir auch mal bei 'nem Cabflip den Knöchel gebrochen.* Da hat der Kleine genickt und gesagt, *Ich weiß. Ich konnte zwei Monate lang nicht skaten, meine Mutter hätt mir fast das Board weggenommen, weil sie Angst hatte, dass ich mir wieder wehtu. Dann hat sie's mir gelassen, aber als ich dann wieder skaten konnt, hatte ich selber solche Angst. Aber dann hab ich im Internet gesehn, wie du weitergemacht hast, und wie du dann die X-Games gewonnen hast, also hab ich auch weitergemacht. Ich kann den Cabflip immer noch nicht, aber fast.* Und dann hat er ihm sein Skateboard gegeben, war eins mit Luis' Namen drauf, und wir mussten alle grinsen, weil man sehen konnt, wie sich Luis beim Unterschreiben zusammenreißen musst, hat nur sowas wie

Probier's weiter rausgekriegt. Das sind die Sachen, wenn ich mich an das erinner, und wie's für mich war, wie wichtig das Skaten war, als ich klein war, das is einfach schön."
Kevin ist still. Ich schaue zurück zu Castor und Pollux, der Himmel ist schwarz. Im Bad ist keine Uhr, aber ich weiß, es kann nicht mehr lange dauern, bis ich nach Hause gehen muss, weg von diesem warmen, weichen Moment. Ich kuschle mich an seine Schulter, so fest ich kann. Marilyn schaukelt vor uns hin und her.
„Kev?"
„Hmm?"
„Erzählst du mir jedes Mal nachher eine Gutenachtgeschichte?"
„Och Mensch, es gibt im Leben nix umsonst, was?"

Am Samstag finde ich ihn auf dem Sofa, ganz anders als in den Tagen davor, muffig, verschlossen. Er ist gestürzt und hat die Bandage am Knie. Sein Skaten ist immer noch so außergewöhnlich, dass mir nur selten auffällt, wie sein Unfall ihn einschränken muss, ihm die Chance genommen hat, mitzuhalten und sich weiterzuentwickeln. Wir wollten snowboarden gehen, verschieben es aber sicherheitshalber auf Sonntag. Kevin ist genervt, widerwillig stimmt er zu, dass ich ihm beim Aufräumen helfe. Als ich das Regal im Arbeitszimmer abstaube, fällt ein Aktenordner um und stößt einen Karton auf den Boden. Ein paar Papiere und Fotos fallen raus. Kevin kommt gerade mit dem Staubsauger um die Ecke, bückt sich zu mir, wir räumen alles wieder ein.
„Entschuldige."
„Is ja egal. Is nicht mal was kaputt."
Ich hebe ein Foto auf.
„Bist du das?"
„Oh Gott, ja."
„Wie alt bist du da?"
„Fünfzehn."
Die Haare sind etwas länger, aber kürzer, als sie waren, als ich ihn das erste Mal getroffen habe. Das Gesicht etwas kindlicher, an-

sonsten erkenne ich ihn sofort. Aber sein Blick ist anders. Er steht verkrampft, ohne zu lächeln, hinter einer Bank, auf der zwei alte Menschen sitzen. Neben ihm steht eine zarte Frau, die ihre Hand auf seine auf der Lehne der Bank liegende gelegt hat, es wirkt inszeniert. Er überragt sie um einen Kopf. Hinter ihnen ein typischer Fotostudiohintergrund.

„Ist das deine Mutter?"

„Ja."

„Und deine Großeltern?"

„Ja."

Kevins Großvater hat ein strenges Gesicht, weiße Haare, die Großmutter eine gefärbte Dauerwelle mit blondem Stich. Sie schauen gerade in die Kamera, die Lippen leicht nach oben gezogen, wie man es für ein professionelles Foto macht. Kevins Mutter hat die dunkelblonden Haare hochgesteckt, dazu ein strenges, blaues Kostüm. Überhaupt sieht sie älter aus, auf dem Bild muss sie knapp über dreißig sein, sieht aber für mich aus wie vierzig. Auch sie lächelt nicht.

„Ich hab gedacht, deine Großeltern waren jünger, wo deine Mutter so jung ist."

„Nee, die sind spät Eltern geworden. Es hieß, meine Oma sei unfruchtbar, dann kam doch noch meine Ma, da war sie schon achtunddreißig."

Ich betrachte die vier Menschen auf dem Bild.

„War dein Opa früher dunkelhaarig?"

„Nein, dunkelblond."

„Seit wann sind deine Großeltern tot?"

„Mein Opa is gestorben, da war ich fast achtzehn. An Lungenkrebs. Und meine Oma, die is letztes Jahr im Jänner gestorben, irgend so 'n Blutpfropfen, der ihr in der Lunge was verstopft hat."

„Lungenembolie."

„Yep."

Kevins Großeltern sitzen, aber man kann erkennen, dass sie beide eher gedrungene, kleine Typen sind.

„Du bist mit Abstand der Größte."
„Ja."
„Irgendwie seht ihr alle unentspannt aus."
Kevin lacht leise, aber es ist ein hartes Lachen.
„Mein Opa wollt das Foto. Zu meinem Schulabschluss. Is das einzige Bild, auf dem wir alle vier gemeinsam drauf sind."
„Wirklich?"
Kevin nickt, steckt das Foto in den Karton, stellt ihn aufs Regal und humpelt zurück zum Staubsauger. Ich hocke am Boden und habe das Gefühl, etwas falsch gemacht zu haben.

Am Sonntag lacht er mir mit blauen Augen entgegen, als wäre nichts gewesen, packt die Sandwiches ein und wir verbringen einen wunderschönen Tag, erst auf der Piste, dann im Garten mit den Skateboards. Wir bestellen das Abendessen beim Mexikaner und vertreiben uns die Wartezeit auf dem Sofa. Auch wenn ich nicht weiß wieso, beim Sex kommt mir meine Festplatte nie mehr in die Quere. Als wüssten Kevins Finger, wie sie die Standby-Taste betätigen müssen. Ich merke, er wartet, dass ich nicht nur durch seine Hände die Wellen erreiche, aber mir fehlt nichts, irgendwann wird es gelingen. Es zählt nur, dass ich mit ihm zusammen sein kann. Immer wenn ich nach Hause muss, ist mein Bett kalt und leer und mein Körper vermisst Kevins Hände, meine Ohren seine Stimme, meine Nase seinen Geruch.
Ich brauche deutlich länger als beim Snowboarden, um das Skateboard in den Griff zu bekommen. Weil es kleiner ist, ist der Winkel, um es zu lenken, geringer, bei Fehlbelastungen ist es sofort beleidigt und haut unter meinen Beinen ab. Zwischen meinen Füßen, dem Brett und dem Boden sind noch die Wheels, die manchmal ein gefährliches Eigenleben entwickeln. Irgendwann, nach einer gefühlten Ewigkeit, macht es zumindest auf der Ebene das, was ich will. Meistens. Ollies, schiefe Shuvits und kleine Turns kann ich. Meistens.
Ich setze mir ein neues Ziel, den Kickflip. Bei Kevin sieht es so leicht aus. Immerhin dreht er das Deck bis zu viermal in einem Sprung. Es

muss doch möglich sein, dass ich es einmal schaffe. Verglichen mit den kniffligen Kombinationen der Profis ist der einzelne Trick gar nicht so schwer. Aber was ich auch mache, es geht nicht. Ich komme gut hoch, gebe dem Board den richtigen Schubs mit dem Fuß, es dreht sich, und dann bin ich immer zu früh oder zu spät, um mit beiden Beinen drauf zu landen. Das frustriert mich. Noch nie hat es länger als ein paar Mal gedauert, bis ich etwas konnte.

Nach einem besonders misslungenen Versuch, der von Anfang an zum Scheitern verurteilt war, weil ich schon voller Zorn eingestiegen bin, ist das Board viel zu schnell, macht eine Vierteldrehung zu viel und ich lande mit dem linken Fuß auf der Kante, was wirklich weh tut. Mit einem Schrei gebe ich ihm einen Tritt, dass es gegen die Hauswand kracht. Kevin hockt auf der Miniramp und klebt gerade neues Griptape auf sein Deck.

„Heee! Die Fassade hat mich fünfzehntausend gekostet!"

„Was mache ich falsch?"

„Jetzt grad warst du viel zu spät dran, aber das hast du sowieso selber gemerkt. Aber an sich stimmt alles."

„Und wieso geht's dann nicht?"

„Wie sagt man, Rom hamse auch nicht an einem Tag gebaut. Skaten is kein Sport, wo du schnell ein Ding nachm andern schaffst. Sowas dauert halt."

„Bei mir aber nicht."

Kevin lacht, springt von der Miniramp, steigt auf sein Skateboard. „Vielleicht is das das Problem. Mit deinem Geniehirn kommst du auch nicht immer weiter. Technisch machst du alles richtig, aber da fehlt was zwischen dir und dem Board. So 'ne Art ... Kontakt. Dass du's gern machst, sieht man. Aber du bist nicht ... eins mit dem Deck. Klingt blöd, ich weiß, is aber so."

Ich weiß sofort, was er meint. Dieselbe Sache, wegen der ich immer zu viel oder zu wenig Salz erwische, wenn im Rezept von *einer Prise* die Rede ist. Wieso ich River Flows in You fehlerfrei vom Blatt spielen kann, es aber klingt wie aus einem Automaten. Die Festplatte in meinem Kopf, die immer dann zu rattern anfängt, wenn

sie den Ruhemodus aktivieren sollte. Ich habe mich daran gewöhnt, dass sie mir ständig unterkommt, aber jetzt gerade macht es mich wütend.
„Wird das jetzt sowas wie bei der Armee, wo man seinem Gewehr einen Namen geben soll, damit man ein Gefühl dafür entwickelt?"
Kevin lacht, dreht eine Runde um mich.
„Mein erstes Skateboard hatte 'nen Namen. Fergie."
„Wie die Herzogin von York?"
Kevin bleibt stehen.
„Wer?"
„Sarah Ferguson. Vom englischen Königshaus. Die Ex von Prinz Andrew."
„Keine Ahnung, wer das is. Fergie von den Black Eyed Peas. Die waren damals grad so richtig fett da. War meine erste große Liebe."
„Aha."
Die Black Eyed Peas. Amerikanische Hip-Hop-Band, 1995 aus einer Vorgängerband entstanden. Erst mit dem Einstieg von Sängerin Stacy Ferguson, Fergie, kam 2003 der Erfolg. Von ihren sechs Studioalben ist Elephunk das bekannteste. Zum ersten Mal spüre ich den Altersunterschied zwischen Kevin und mir. Als Where Is the Love im Radio lief, war er schon zehn, ich gerade mal sechs Jahre alt.
Fergie ist so ziemlich das Gegenteil von mir. Großer Busen, richtiger Hintern, runde Hüften, wallende Mähne. *Prachtweib* nennen sie so eine in der Schule.
Kevin beschleunigt, macht lässig einen Double Kickflip, Angeber. Ich stehe mit verschränkten Armen da. Dann bremst er knapp vor mir ab, gibt mir einen Kuss auf die Nasenspitze.
„Wenn du nicht sofort aufhörst, so 'n Gesicht zu ziehn wegen 'ner wildfremden Frau, die älter is als meine Ma, nur weil ich sie scharf fand, als ich zehn war, dann jag ich dich die Miniramp runter."
Ich zeige ihm die Zunge. Dann hebe ich mein Skateboard wieder auf.
„Und was mache ich jetzt mit dem Kickflip?"

Kevin zieht über den Kicker, Backside Heelflip, Kleinigkeit für ihn. „Du probierst es nochmal."

Dominik ist in der Stadt, will mit Isa ins Kino. *Pompeji*. Sie will mich und Kevin mitnehmen, gleich als Einladung zu meinem Geburtstag. Wir schenken uns seit drei Jahren zu unseren Geburtstagen Kinoabende. Isa war im November achtzehn, da waren wir gemeinsam im zweiten Teil der *Tribute von Panem*.
Ich möchte es Kevin gleich sagen, aber sein Gesicht ist verschlossen, er sieht mit schwarzen Augen an mir vorbei. Wenn er so ist, fühle ich mich fremd in meiner eigenen Haut. Wir fahren mit den Rädern die lange Strecke bis in die Nachbarstadt, über die engen Waldwege, sein Rücken vor mir wie eine Mauer. Als wir auf dem Heimweg eine Pause machen, spreche ich Isas Vorschlag doch an. Wie ich erwartet habe, zuckt er lustlos mit den Schultern.
„Wann denn?"
„Morgen. Dominik fährt übermorgen wieder zur Uni."
„Ich weiß nicht."
„Jetzt komm schon, wieso denn nicht?"
„Sind mir zu viele Leut."
Kevin nestelt an seinem Fahrradsitz rum, schaut mich nicht an. In meinem Bauch steigt die Wut hoch, drückt ans Zwerchfell.
„Du hast es versprochen."
„Hä?"
„Als du nicht mit zum Basketball wolltest. Da hast du versprochen, dass du das nächste Mal mitkommst."
„Kann mich nicht erinnern."
„*Indianerehrenwort*. Das hast du gesagt."
„Gegen dein Elefantenhirn komm ich nicht an."
Die Wut steigt mir bis zum Hals.
„Kannst du mich bitte ansehen!?"
„Was?"
„Du sollst wenigstens zu mir herschauen, wenn wir miteinander reden."

Kevin hat wichtige Dinge mit seinem Sattel zu klären. Aus den Augenwinkeln registriert er meine steigende Lautstärke.
„Ali, das weißte doch, dass ich nicht der Partytiger bin."
„Partytiger? Herrgott, ich will nur mal mit Freunden ins Kino. Ich bin vielleicht ein bisschen autistisch, aber ab und zu mag ich etwas Sozialleben schon."
„Kannst ja gehn."
„Oh wie schön, dass du mir das erlaubst! Und nachher soll ich wieder zu dir in die Höhle kriechen, nehme ich an. Gibt es einen bestimmten Grund, wieso du dich nicht mit mir in der Öffentlichkeit zeigen willst, oder gehst du einfach davon aus, dass ich es auch super finde, dass du mich immer dorthin packst, wo es dir gerade passt, Hauptsache bequem für dich?"
Jetzt schaut er her.
„Ali, so mein ich das doch nicht ..."
Ich habe genug, steige auf mein Rad und fahre los. Kevin ruft mir nach, *Ali warte*, aber er muss erst seinen Sattel festschrauben.
Ich beschleunige, so gut ich kann. Meine Lungen brennen – vom hohen Tempo, mit dem ich das Rad durch den Wald trete, und von meinem Zorn. Er ist viel kräftiger als ich, selbst mit der Verzögerung könnte er mich einholen. Aber ich erreiche die Siedlung ganz allein. Ich lehne mein Rad an unsere Garage, knalle unsere Haustür zu und renne in mein Zimmer. Ich höre meine Mutter aus dem Wohnzimmer, *Ali bist du das?*, antworte aber nicht. Ich werfe meine Sportsachen in eine Ecke, dusche und ziehe etwas Frisches an. Es dauert eine Weile, bis ich wieder normal atmen kann, dann liege ich einfach auf meinem Bett. Ich wünschte, ich könnte Gedanken lesen, dann könnte ich in Kevins Kopf schauen, an diesen schweigsamen Tagen, und würde vielleicht verstehen, wieso ich mir dann immer wie ein magnetisches Störfeld vorkomme.
Es läutet. Vielleicht die Nachbarin, die sich ständig Eier ausborgt. Oder der Paketbote. Ich fühle mich nicht zuständig, auch wenn es bedeutet, dass meine Mutter aufstehen muss.
Ich höre sie an der Tür. Leise Stimmen.

„Almuth!“
„Was?“
„Es ist für dich.“
„Was denn?“
Ich reiße genervt die Zimmertür auf.
„Oh.“
In der Haustür steht Kevin, in Jeans und dem grauen Sweater, vor ihm meine Mutter mit großen Augen.
„Kann ich raufkommen?“
Ich nicke. Kevin schlüpft aus seinen Converse. Ausgerechnet die giftgrünen Simpsons-Socken mit dem betrunkenen Homer drauf. Homer no function beer well without. Mit dem Loch an der Ferse. Wenn meine Mutter das sieht, bietet sie ihm sicher an, es zu stopfen.
Meine Mutter hat sich von ihrem Schreck erholt.
„Vielleicht möchten Sie dann reinschauen. Ich habe einen Kuchen gebacken.“
„Mit Schokolade?“
„Mit dunkler.“
„Oh wow.“
„Komm schon.“
Ich zerre ihn durch die Tür. Dann stehen wir in meinem Zimmer. Vor drei Jahren habe ich umgebaut, alle Kindheitsdinge in den Keller, neue Möbel, Vorhänge, Lampen, trotzdem kommt es mir plötzlich schrecklich albern vor. Kevin ist keine Hilfe.
„Is ja cool, ich war noch nie bei ’nem Mädel im Kinderzimmer.“
Ich sage nichts. Jetzt fällt mir wieder ein, dass ich ja böse bin. Ich setze mich aufs Bett, verschränke die Arme.
„Bist du hier, um diese Lücke in deinem Lebenslauf aufzufüllen?“
Kevin setzt sich neben mich.
„Ich wollt mich entschuldigen. Das vorhin war mies von mir.“
Ich reagiere nicht. Es kommt mir angemessen vor, die Erklärung abzuwarten.
„Heut is nicht so ’n guter Tag und du hast mich mit deinem Gerede von mehr Sozialleben am falschen Fuß erwischt.“

„Was ist denn so schlimm an Kino?"
„Nix! Gar nix, echt. Ich geh gern ins Kino. War schon ewig nimmer."
„Und was ist so schlimm an heute?"
Kevin schweigt. Sieht zu meinem Fenster raus.
„Heut is mein Vater gestorben."
Mit allem hätte ich gerechnet, aber nicht damit.
„Wie, heute?"
Kevin zieht mit den Zehen das Muster auf meinem Teppich nach.
„Vor fünfzehn Jahren."
Ich bin ein bisschen erleichtert. Ich hatte geglaubt, es wäre heute erst passiert.
„Ich hab gedacht, du hast ihn gar nicht gekannt."
„Hab ich auch nicht. Aber ich weiß, dass es heut war. Und das is immer ... keine Ahnung, irgendwie komisch."
Ich nehme seine Hand in meine.
„Woran denn?"
„Irgendwas mit der Leber."
Er fährt sich mit der Hand durch die Haare, zerstrubbelt sie noch mehr.
„Sorry, dass ich so 'n Idiot bin, und klar geh ich mit ins Kino, wenn du noch magst."
„Gern."
„Uff."
Kevin lässt sich nach hinten aufs Bett fallen.
„So schlecht war das jetzt nicht, oder?"
Ich muss lächeln.
„Nein, ganz in Ordnung."
„Was isn das?"
Kevin zeigt zur Zimmerdecke. Ich lege mich neben ihn.
„Die nördliche Hemisphäre. Links im Winter, rechts im Sommer."
„Ich wett, du kannst die ganzen Sterne auswendig."
„Hab ich vor ein paar Jahren mal gelernt."
„Wo isn der Widder?"
„Da oben."

„Wo?“
„Da drüben. Siehst du die drei Sterne, die ein Dreieck bilden? Das unterhalb, das ist der Widder. Von hier – nach hier.“
„Die paar Striche?“
„Das soll der Kopf sein.“
„Echt? Is ja fad. Was hastn du für ’n Sternzeichen?“
„Fische. Das ist gleich neben dem Widder, da rechts.“
„Wo denn?“
„Da oben, und dann da um die Ecke, bis zu dem kleinen Fünfeck.“
„Das is ja viel größer als der Widder.“
„Tja, sind halt große Fische.“
„Wann hast du denn überhaupt Geburtstag? Hast du nicht gesagt im März?“
„Ja. Neunzehnter März.“
Kevin richtet sich überrascht auf.
„Das is ja schon in ’n paar Tagen. Wieso sagst du mir das denn nicht?“
„Ist irgendwie komisch, oder? *Du übrigens, bald hab ich Geburtstag.*“
„Na immer noch besser, als wenn ich dann ohne Geschenk dasteh.“
„Musst mir ja nichts schenken.“
Kevin nimmt mich in den Arm, ehrlich empört.
„Biste irre? Hast du noch nicht kapiert, welches Geschenk du für mich bist? Da werd ich dir wohl irgendein popeliges Zeugs schenken dürfen.“
Ich bin versöhnt, mehr als das. Wie er manchmal ganz plötzlich die schönsten Sachen herausbringt. Ich gebe ihm einen langen Kuss.
„Find ich cool, dass unsre Sternzeichen gleich nebeneinander sind.“
„Sternbilder.“
„Hä?“
„Das sind Sternbilder. Astronomie. Sternzeichen sind die Tierkreiszeichen, Astrologie. Für die Horoskope. Sternbilder gibts viel mehr. Die alten Griechen hatten schon ein paar Dutzend, Ptolemäus hat achtundvierzig beschrieben.“

„Ich wett, du kannst sie alle aufzählen."
Orion. Schwan. Pegasus. Zwillinge. Hase. Kassiopeia. Perseus. Großer Hund. Herkules. Drache. Großer Bär. Fuhrmann. Stier. Nördliche Krone. Kleiner Hund. Bärenhüter.
„Ja, könnte ich."
„Bitte tu's nicht."
Kevin in meinem Bett zu küssen, in dem ich seit neun Jahren schlafe, ist ein seltsames Gefühl. Er grinst verlegen.
„Is komisch hier."
„Ja, finde ich auch."
„Gehn wir den Kuchen essen?"
„Im Ernst?"
„Ich lass mir doch keinen Schokokuchen entgehn."
Kevin, ich und meine Mutter an einem Tisch. Muss wohl mal passieren.
„Na gut."
„Wie sag ich denn zu deiner Mutter?"
„Was meinst du?"
„Ich hab dich noch nie gefragt, wie dein Nachname is."
„Oh. Egger."
„Okidoki."
Bei einem Bild an der Wand der Stiege bleibt Kevin stehen. Ich bin fünf, stehe am Tag meiner Einschulung mit einer rosaroten Barbie-Schultasche, meiner bunten Kinderbrille und einer Zahnlücke vor unserem Gartenzaun, in diesem grausamen Matrosenkleid, das ich damals so geliebt habe.
„Bist das ehrlich du?"
„Sei bloß still!"
Es riecht nach Kaffee. Meine Mutter hat das schöne Service aus der Vitrine geholt, daneben steht der aufgeschnittene Kuchen.
Kevin lässt sich hinsetzen, nimmt sich Kuchen. *Den Kaffee mit Milch? – Ja Frau Egger, danke Frau Egger.* Sonst trinkt er den Kaffee schwarz, interessant. Ich knabbere an meinem Stück Kuchen und wünsche mich weg.

„Wie schön, dass ich Sie mal kennenlerne, ich wollte Almuth ja schon vorschlagen, Sie einzuladen."
Kevin grinst mich an, nimmt sich einen Nachschlag.
„Toller Kuchen."
„Freut mich, dass endlich einer da ist, der das zu würdigen weiß. Wissen Sie, Benjamin mag keinen Kuchen. Mein Mann ist oft unterwegs, und Almuth isst so wenig. Es lohnt sich gar nicht, was zu backen, aber mir wären sonst die Eier schlecht geworden, und jetzt hat ja wer was davon."
„Unbedingt."
Ich möchte weit weg.
„Und Sie bringen unserer Almuth das Skateboardfahren bei?"
„Sie hat's schnell drauf, wenn man ihr was zeigt."
„Ja, dass sie alles wie von selber lernt, das sind wir gewohnt. Ich muss zugeben, ich kenne diesen Sport gar nicht. Aber durch meine Krankheit, Sie müssen wissen, ich hab's im Rücken, da weiß ich, wie wichtig körperliche Betätigung ist."
„Yep."
Kevin grinst. Nimmt sich das dritte Stück Kuchen.
Weit, weit weg.
„Und wo kommt Ihre Familie her?"
„Alching. Bei München. Kleines Dorf."
„Da leben also Ihre Eltern?"
Ich verspanne mich, aber Kevin bleibt ungerührt.
„Nicht mehr. Ich bin bei meinen Großeltern aufgewachsen, da hat meine Mutter mit mir gewohnt. Und meine Großeltern sind schon gestorben."
„Oh, das tut mir leid."
„Und meine Ma, die wohnt seit ein paar Jahren auf Ibiza."
„Ach, ist das nicht diese Insel, wo die ganzen Partys stattfinden?"
„Auch. Aber ohne meine Mutter. Sie lebt in einer ruhigen Ecke. Arbeitet als Maklerin. Dort wohnen ja viele Deutsche, denen vermittelt sie Wohnungen."
„Und vermisst sie Sie da gar nicht?"

Kevin nimmt sich ein viertes Stück.
„Och, sie mag die Sonne. Der Winter hier ist nichts für sie. Wir hören uns oft."
Ich habe noch nie mitbekommen, dass Kevin mit seiner Mutter telefoniert hätte. Ich habe auch nie danach gefragt.
„Oh, Sie haben ja keine Milch mehr."
Meine Mutter verschwindet in der Küche. Kevin steckt sich den letzten Bissen in den Mund, lacht mich an. Meine Mutter kommt mit der Milch, sie reden über unsere Stadt, eine ruhige Ecke, *Waren Sie schon mal im Bad, so eine tolle Wasserrutsche ...*
Ich beobachte ihn. Meine Mutter glaubt, dass ihr da ein netter junger Mann etwas aus seinem Leben erzählt, aber sie kennt ihn nicht. Wie er dasitzt. Wie sauber er spricht. Er plaudert nicht, er gibt ein Interview. Antworten, die erwartet werden. Ein einstudierter Text, den er sicher nicht zum ersten Mal abspielt.

Kevin muss mich überreden, mit den Skateboards zum Kino zu fahren, ich wollte einfach die Räder nehmen.
„Wozu kannst du skaten, wenn du dann nicht fährst?"
Also bewege ich mich das erste Mal so durch die Stadt. Ich kenne ein paar Leute auf der Straße vom Sehen, habe das Gefühl, alle starren mich an, obwohl das natürlich nur egozentrisch ist, zwei Skateboarder interessieren keinen. Ich sehe die Straßen mit ganz anderen Augen. Welche neuen Wege sich plötzlich auftun. Überall könnte man Tricks machen. Ich beschränke mich auf kleine Ollies an den Gehsteigkanten, es fordert mich ziemlich, den Autoverkehr, die Fußgänger, Radfahrer und das Skateboard im Auge zu behalten. Unebenheiten im Asphalt verunsichern mich. Kevin genießt es. Beim Brunnen auf dem Hauptplatz springt er einen Onehundredeighty über die Stufen. Neben der Schule geht es zum Fluss hinunter. Ich nehme die Schleife für Fahrräder und Kinderwagen rund um die Treppe, Kevin steigt hoch und nimmt das Geländer mit einem Smith Grind mit. Ein Grüppchen kleiner Jungs, das gerade an den Stufen steht, johlt hinter uns her. Kevin winkt, schenkt

ihnen noch einen Boardslide am leeren Fahrradständer neben der Allee.
Dominik, der mich das letzte Mal im Sommer gesehen hat, macht große Augen, als wir auf den Skateboards ankommen. Isa nimmt Kevin wie selbstverständlich in den Arm. Wie damals Hunter mich.
Es ist schön, zu viert durchs Einkaufszentrum zu laufen, sich an den Schlangen bei der Kassa und beim Popcorn anzustellen. Am Wochenende ist viel los, aber die Leute stören mich nicht. Der computeranimierte Vulkan ist die glaubwürdigste Figur im ganzen Film, aber wenn man sich drauf einstellt, ist er ganz unterhaltsam.
Als Kit Harington, der Jon Snow aus Game of Thrones, zum ersten Mal seinen Waschbrettbauch durchs Bild trägt, seufzt Isa leise.
„Zurückspulen!"
Nach dem Film setzen wir uns zum Mexikaner. Kevin und Dominik reden über Sport, Snowboards, Basketball. Isa und ich diskutieren, welche Szenen im Film historisch betrachtet völliger Unsinn waren.
Dann stößt sie mich an.
„Schau mal, wer da ist."
Drei Tische weiter sitzt Manu mit ihrem Tom, der gerade bezahlt.
„Oh Mann."
„Wir könnten unter den Tisch verschwinden."
Kevin und Dominik werden aufmerksam.
„Was ist denn?"
„Da drüben. Das ist eine aus unserer Klasse."
„Die Blonde?"
„Ja."
Dominik nickt anerkennend.
„Hübsch."
Isa schnaubt.
„Ja, äußerlich."
„Kommt ihr nicht mit ihr aus?"
„Mit der kommt keiner aus, der sein Hirn verwendet."
Manu und Tom stehen auf, ziehen ihre Jacken an. Die Blicke von Kevin und Dominik liegen auf ihrer roten Bluse, ihrer engen

schwarzen Jeans, ihren hohen braunen Stiefeln. Isa schaut mich an und zieht ein Gesicht.
Ich sehe aus dem Augenwinkel, wie Manu ihre Tasche aufhebt, den Kopf dreht und uns sieht. Sie verharrt überrascht in der Bewegung. Ihr Blick springt von Isa zu Dominik, von mir zu Kevin. Sie hat ihn sicher auch gegoogelt, wie alle, erkennt ihn wohl. Kevin starrt ungeniert zurück.
„Und die is 'ne blöde Kuh?"
„Sonderlich angenehm ist sie nicht."
„Na, geben wir ihr doch was zu schaun."
Kevin dreht sein Basecap nach hinten, legt den Arm um mich, beugt sich zu mir, küsst mich hinterm Ohr. Isa grinst. Ich werde rot, aber es wirkt. Manu wird röter, so habe ich sie ja noch nie gesehen. Sie hängt sich verlegen ihre Tasche über die Schulter und eilt Tom hinterher, der schon aus dem Lokal draußen ist.
Kevin grinst zufrieden. Isa und Dominik lachen los, Dominik deutet auf Kevins leere Bierflasche.
„Noch Zeit für eins?"
Kevin nickt.
„Ein Corona geht immer noch."
Isa und ich erzählen ein wenig von Manu, von der Schule. Dominik bietet Isa und mir an, uns nach den Osterferien mal in die Hauptstadt mitzunehmen, damit wir die Studienberatung besuchen können. Dann will er mehr übers Skaten wissen und Kevin erzählt ein paar lustige Geschichten.
Als wir schließlich aufbrechen, nimmt Isa mich fest in den Arm.
„Dieses Ding da an deinen Füßen mit den kleinen Rädern ..."
„Ja?"
„Das ist wirklich spitze."
„Danke."
Auf dem Heimweg sind wir schneller. Es sind weniger Leute unterwegs, zur Siedlung hinaus geht es meistens leicht abwärts. Vor meinem Gartentor verabschieden wir uns. Kevin gräbt die Hände unter meinen Pulli.

„Musst wirklich schon rein?“
„Es ist halb zwölf. Das zahlt sich doch gar nicht mehr aus.“
„Ich find, das zahlt sich immer aus.“
„Ich komm ja morgen gleich rüber.“
„Will ich hoffen.“
Wir küssen uns, dann gehe ich hinein. Auf den Stufen vor der Haustür drehe ich mich nochmal um.
„Kev?“
„Ja?“
„Fandest du Manu auch hübsch?“
„Blond is nicht mein Typ.“
„Und hätte dich das abgehalten, wenn sie plötzlich mal vor dir gestanden wär?“
Kevin grinst, dreht sich zum Gehen.
„Gute Nacht, Ali.“
Am nächsten Tag in der Schule fühlen Isa und ich Manus Augen auf uns. Wie sie mit Aylin und Jasmin tuschelt, sie uns ständig Blicke zuwerfen.
„Die packen es gar nicht, dass jemand wie du so einen wie Kevin als Freund hat.“
„Pack ich ja manchmal selber nicht.“
Als wir in der großen Pause nach dem Weg zum Buffet an ihren Tischen vorbeigehen, schaut Manu auf.
„Hey Ali. Hey Isa.“
„Hey ...“
Ich kriege es gerade so raus. Isa schaut nur groß. Wir setzen uns auf unsere Plätze. Manu hat sich zu Jasmin gedreht, flüstert ihr was ins Ohr.
„Ich komm mir vor als wäre ich unter lauter Zwölfjährigen.“
„Weiß Manu eigentlich, dass du einen Bruder hast?“
„Ich glaub nicht. Dominik war ja nicht hier auf der Schule.“
„Vielleicht denkt sie, dass er dein Freund ist.“
„Na ja, so übel ist mein Bruder nicht. Da werd ich sie sicher nicht aufklären.“

Manu schleicht ein paar Tage um uns herum. Einmal im Klo lächelt sie mir freundlich zu. Ich ignoriere sie. Dass sie glaubt, dass ich mit Kevin Donner als Freund ihr Interesse verdiene, passt zu ihr. Dass sie nicht weiß, wie egal mir das ist, beweist mal wieder, dass sie null Gespür für andere Menschen hat.

Dann ist mein Geburtstag. Es regnet, aber das macht nichts. Ich bin siebzehn, immer noch ein Jahr jünger als der Rest der Klasse, aber das erste Mal fühle ich mich mit allen auf Augenhöhe. Oder, was einige betrifft, darüber.

Obwohl sie ihr Geschenk eigentlich mit dem Kinobesuch erledigt hat, schenkt Isa mir noch eine Halskette aus kleinen hellblauen Steinen.

„Hab sie gesehen und an dich gedacht. Ich finde, sie passt zu deinem neuen Ich."

„Mein neues Ich?"

„Na das mit den aufgerissenen Hosen und dem glücklichen Lachen."

Ich lege die Kette an, kann im Klassenfenster mein Lachen sehen.

Zu Hause gibt es nur kurze Gratulationen. Mein Vater kommt erst übermorgen, die Familienfeier ist dementsprechend dorthin verschoben. Erst will ich mich zu Kevin beeilen, dann überlege ich es mir anders. Lege mich in die Badewanne, döse eine Stunde im heißen Wasser, bis ich das Gefühl habe, als würde er schon neben mir sein. Überlege, ob ich etwas Schönes anziehen soll. Aber wozu, ich habe solche Sehnsucht nach ihm, plane nicht, meine Sachen lange anzubehalten.

Aus dem Arbeitszimmer kommt Musik aus dem PC, ich erkenne die Frauenstimme der Sängerin von Claire. Kevin hat tatsächlich Muffins mit rosaroter Glasur gebacken. Daneben liegt ein längliches Paket in Barbapapa-Papier.

„Na los, mach's auf."

Ich setze mich aufs Sofa, reiße die Verpackung auf. Ein unscheinbarer brauner Karton, mittelschwer. Ich öffne ihn.

„Oh wow."
Das Skateboard ist etwas schmaler als das, das Kevin mir geborgt hat. Auf der Unterseite des Decks eine hellblaue Sonnenblume auf türkisem Hintergrund.
„Das ist irrsinnig schön."
Kevin berührt die Kette an meinem Hals.
„Ich find, das sind deine Farben."
„Ach so?"
„Diese kalten Farben, die sind ein toller Kontrast zu deinen Haaren."
Ich stelle das Board auf den Couchtisch.
„Danke!"
„Und dann kriegst du das Snowboard. Nur für das hatt ich echt nicht genug Papier."
Jetzt erst sehe ich *mein* Edelweißboard, das hinter uns am Sofa lehnt.
„Was? Nein, das geht nicht."
„Klar. Eigentlich gehört's schon dir. Hab mir das neue ja gekauft, weil's mir zu kurz geworden is. Aber für dich isses perfekt."
„Oh danke, das ist ja Wahnsinn."
Ich küsse ihn.
„Und, kriege ich noch mehr?"
„Was willst du denn noch?"
„Na, wo wir schon nicht raus können, um das schöne Skateboard einzuweihen ..."
Kevin grinst. Wir liegen auf dem Sofa. Er schiebt mein Shirt rauf, sein Mund auf meinem Nabel. Ich drücke mich hoch zu ihm, er zieht Jeans und Slip runter. Ich spüre seine Hand, und dann plötzlich seine Zunge. Sein Kopf zwischen meinen Beinen, eine Hand an meinem Schenkel, die andere am BH. Ich öffne den Mund, will irgendwas sagen, nur was überhaupt? *Hör auf!* wäre gelogen. Da findet er diesen Punkt, der die Bläschen aktiviert, und ich vergesse, was man tun muss, um zu sprechen, mache den Mund wieder zu. Ich möchte ihn anfassen, fahre ihm durch die Haare, etwas anderes erwische ich nicht. Er sieht auf, lächelt mir zu, dann macht er wei-

ter, bis die Bläschen zu Wellen werden, die in meine Zehenspitzen reichen.
Dann kriecht er rauf zu mir. Schmeckt nach ihm, nach mir, ich finde es schön, ziehe seinen Gürtel auf, zerre mit den Füßen seine Hose runter, schiebe die Shorts hinterher. Diese blöde Pause, der Gummi. Ich will ihn in die Arme nehmen. Er lächelt, schüttelt den Kopf, dreht mich zur Seite, er hinter mir, die linke Hand unter mir an meiner Brust, zieht mit der anderen mein rechtes Bein hoch. Ich drücke den Rücken durch, komme ihm entgegen. Er legt mein Bein über seine, seine Hand gleitet vor. Da kommen die Wellen zurück, steigen höher, bis an mein klopfendes Herz, und zucken wieder durch mich durch. Erst als sie langsam nachlassen, spüre ich sein Pulsieren in mir.
Kevin fischt mit dem Fuß nach der Decke, zieht sie über uns, hält mich fest.
„Happy Birthday."

Das Geburtstagsfest zu Hause verläuft nicht ganz so aufregend, eher same procedure as every year. Meine Mutter macht Schnitzel, bäckt meine geliebte Nusstorte, dieses Jahr mit einer großen *17* aus Schlagobers drauf. Meine Eltern stellen mir ein Paket hin, Austens Mansfield Park, das ich mir gewünscht habe. Dazu ein Hörbuch, die englische Fassung von Emma, zwölf CDs. Das habe ich mir nicht gewünscht, finde es aber toll. Von Benni bekomme ich kleine rote Ohrhänger. Meine Großeltern haben eine Karte mit einem grünen Schein geschickt, das versöhnt mich damit, dass ich nachher das übliche anstrengende Dankeschön-Telefonat führen muss, meine Oma ist lieb, fragt aber immer fünfmal dasselbe. Von meiner Tante kommt eine Gutscheinkarte für den grellpinken Drogeriemarkt, für Schminkzeug. Mehr als Wimperntusche benutze ich so gut wie nie, aber sie kennt mich ja erst seit siebzehn Jahren, woher soll sie das wissen ...
Als wir die Torte essen, legt mein Vater noch etwas auf den Tisch. „Und das ist auch für dich."

Ein Sparbuch. Ich nehme es und schaue sie fragend an. Meine Mutter hat einen gerührten Blick aufgesetzt.
„Eigentlich haben wir einmal geglaubt, dass du es mit achtzehn bekommen wirst, aber jetzt bist du schon ein Jahr früher soweit."
Ich schlage das kleine Heft auf und werde ganz nervös, als ich den hohen vierstelligen Kontostand sehe.
„Das kann ich doch nicht annehmen."
„Natürlich kannst du, es gehört dir."
Mein Vater klopft bestimmend mit der Hand auf den Tisch.
„So viel Geld ..."
Meine Mutter versucht zu beschwichtigen.
„Da ist auch etwas dabei, was deine Großeltern dir vererbt haben."
Benni hat mir über die Schulter geschaut.
„Habt ihr für mich auch sowas im Kasten?"
„Du mach erst mal deine Schule fertig."
Mein Vater steckt sich seinen Bissen in den Mund, zeigt mit der Gabel auf Benni. Der verdreht die Augen.
„Ali hat ihre Prüfungen auch noch nicht geschafft."
„Aber es steht zu erwarten."
Jetzt zeigt mein Vater mit der Gabel auf mich.
„Almuth wird das Geld gut brauchen können. Ein Umzug kostet Geld. Selbst in einem Studentenheim muss man eine Kaution hinterlegen, ich habe mich informiert. Und auch wenn sie in der Nähe bleiben will, in unserer versnobten Landeshauptstadt ist das Leben nicht billig. Sie muss ihren Führerschein machen, vielleicht braucht sie bald ein Auto. Ihr werdet sehen, das Leben ist nicht gratis, wenn man mal nicht mehr bei Mama und Papa wohnt."
Benni und ich sehen uns aus den Augenwinkeln an. Benni ahmt die Rede meines Vaters nach, ich grinse.
„Übrigens, Almuth!"
Ich drehe den Kopf schnell wieder nach vorn.
„Ja?"
„Mein Kollege Herbert hat mir erzählt, dass es direkt neben der Uni ein Studentenheim gibt, in dem viele Medizinstudenten wohnen.

Sein Sohn war dort. Das solltest du dir anschauen, da hättest du gleich Leute zum Lernen."
„Aha ..."
Meine Mutter sieht, wie ich unruhig auf meinem Sessel herumzapple. Sie kennt diese Diskussionen, ihre eigenen vergeblichen Versuche, meinem Vater subtil beizubringen, dass Ali ja viele Möglichkeiten hat, um sich für ein Studium zu entscheiden. Sie wechselt schnell das Thema.
„Ist es wirklich siebzehn Jahre her, dass ich deinen süßen Lockenkopf das erste Mal gesehen habe? Ich weiß noch, wie die Hebamme als Allererstes gerufen hat: *So viele Haare!* Die waren schon toll. Leider sind sie alle ausgefallen."
Die Stimmung am Tisch entspannt sich wieder. Diese Anekdoten meiner Mutter, die wir alle dutzende Male gehört haben, gehen immer.
„Und jetzt bist du schon siebzehn. So groß."
„Und sogar mit Haaren."
Ich gebe Benni einen liebevollen Schubs. Meine Mutter runzelt die Stirn, solchen Humor versteht sie nicht, wenn sie in Erinnerungen schwelgt.
„Hast tatsächlich schon deine Schule fertig. Fast."
Mein Vater nimmt sich ein zweites Stück Torte.
„Und unsere Erwartungen bei Weitem übertroffen."
Meine Mutter nickt.
„Eine richtige junge Frau. Sogar schon mit einem richtigen –"
Meine Mutter bricht im Satz ab. Ich zucke zusammen. Dann rettet sie sich. Mich.
„– einem richtig selbstständigen Leben."
Mein Vater schaufelt nickend die Torte in sich hinein. Ich atme tief durch. Im letzten Moment die Kurve gekriegt.
Später dreht mein Vater eine kleine Runde auf dem Rad. Meine Mutter versucht, die restliche Torte im vollen Kühlschrank unterzubringen. Als ich mir ein Glas Wasser hole, nagelt sie mich fest.
„Du musst es ihm wirklich bald sagen."

„Ich weiß.“
„Hast du Angst vor seiner Reaktion?“
Ich zucke mit den Schultern, trinke aus, sehe zu, dass ich aus der Küche komme.
„Gib ihm eine Chance, Almuth. So schlimm ist er doch nicht.“
Aber ich schaffe es nicht. Tagelang kommt mir mein Vater mehrmals unter. Er füllt beim Auto Scheibenputzmittel nach, als ich vor der Schule das Fahrrad aus der Garage hole. Er sitzt neben mir vor dem Fernseher, hält mir Vorträge über das Punktesystem des Gesamtweltcups, räumt mit mir den Geschirrspüler ein. Er denkt, dass ich öfter zu Isa fahre, zum Lernen. Er weiß, dass ich auch bei Kevin bin, aber er glaubt weiterhin, dass der einfach ein Bekannter ist, mit dem ich ein wenig Sport mache.
Immer wieder liegt der Satz auf meiner Zunge, nur ein paar Wörter. Ich weiß selbst nicht, wieso es nicht geht. Dabei fühle ich mich gegenüber Kevin schon schlecht, wir reden zwar nie über meine Familie, genauso wenig wie über seine, aber vielleicht fragt er sich, ob ich ihn absichtlich verstecke. Dabei geht es gar nicht um ihn, nur um mich. So schlimm ist mein Vater wirklich nicht. Er würde sich nicht mal aufregen. Wahrscheinlich würde er mir was über ordentliche Verhütung erzählen, den jungen Mann kennenlernen wollen, Augen zu und durch. Und eigentlich würde es alles einfacher machen. Momentan muss ich immer, wenn mein Vater da ist, abends früh nach Hause kommen. Wüsste er es, könnte ich länger bei Kevin bleiben, ohne Fragen zu riskieren. Aber bis er wieder abreist, bringe ich den Satz nicht an meinen Lippen vorbei.

Es schneit nicht so oft bei uns im Tal, aber wie immer kommt im März ein letztes Mal der Winter zurück. Es stürmt und weht das ganze Wochenende über, dass wir das Snowboarden am Samstag nach einer Stunde abbrechen, weil der Wind im Gesicht wehtut. Am nächsten Tag nehme ich für einen Spanischlerntermin bei Isa ausnahmsweise weder Rad noch Skateboard, sondern den Bus. Als ich heimkomme, liegt überall ein halber Meter Schnee. Ich suche

Texte für meine Spezialgebiete zusammen, dann gehe ich rüber. Kevin steht am Wohnzimmerfenster, die Tasse in der Hand, der Ofen glüht.
„Immer noch so ein Wetter."
„Ja."
Seine Stimmung ist wieder so komisch, sein Gesicht unzugänglich.
„Hast du Hunger?"
„Irgendwie schon. Aber Kochen freut mich nicht. War gestern nicht shoppen, is fast nix mehr da."
„Ich schau mal."
Kevin setzt sich an den PC. Ich finde Nudeln und eine Zitrone, die letzten drei Eier, ein Stück Parmesan, vom sterbenden Basilikum kann man noch zwei Zweige gebrauchen. Also Zitronenpasta, eins von Kevins Lieblingsrezepten. Es ist so einfach, dass sogar ich es hinbekomme. Dazu der Rest Salat.
„Willst du Olivenöl oder ein anderes Dressing?"
Keine Antwort. Dabei läuft zufällig mal keine Musik. Ich gieße die Nudeln ab.
„Kev?"
Ich habe mir angewöhnt, ihn so zu nennen, nicht Kevin, was irgendwie gestelzt klingt. Kev, wie es Luis und Hunter tun. Kev, wie es auf seinem Skateboard steht. Große grüne Buchstaben zwischen den Wheels, KEV, auf einer Seite zwei Blitze, auf der anderen das Logo von Castor&Pollux. Das habe ich mittlerweile herausgefunden, es ist etwas Besonderes, wenn dein Name auf einem Deck steht, eine Ehre, die nur den Pros zuteil wird.
„Kev? Olivenöl?"
Er steht doch wieder am Wohnzimmerfenster, die Hände in den Hosentaschen, starrt in den sich verdunkelnden Himmel.
„Bevor du gekommen bist, hatte ich die dümmste Idee ever, hab da draußen zu skaten versucht. Hat mich natürlich hingedroschen."
„Das kann doch immer passieren."
„Grad heut hätt ich's gleich lassen sollen."
Ich schaue aus dem Fenster, unter dem Vordach ist nur ein schmaler

Bereich nicht schneebedeckt. Nicht mal genug Platz, um umzudrehen. Was ist an heute besonders? Sonntag, 23. März 2014, Schneefall, Windböen von Osten her. Zugegeben, kein Wetter zum Skaten, aber – dann poppt ein Bild in meinem Hirn auf, ein Video. Wie er bewusstlos die Vert runterrutscht. So sad for the skateboarding community, his career ended that March 23rd, 2013 in Amsterdam.
Es ist ein Jahr her.
Ich habe ein schlechtes Gewissen. Ausgerechnet ich wandelndes Lexikon habe das vergessen. Ich gehe zu ihm, stelle mich auf die Zehenspitzen, umschlinge ihn von hinten mit den Armen, lege mein Kinn auf seine Schulter.
„Was ist passiert?"
Er weiß, was ich meine, aber er braucht lange für die Antwort.
„Nix is passiert. Hab den Preis für meine Überheblichkeit bezahlt."
Ich warte, lasse ihn nicht los.
„Wir waren für 'nen Streetcontest dort. Aber da war diese Halfpipe. Neu gebaut, riesiges Teil. Hat mich magisch angezogen. Ich hab mir gedacht, wär doch gelacht, wenn ich nicht zumindest mithalten könnt. Die Jahre davor hab ich mich kaum mehr um die Vert gekümmert, das Streetzeug mit den andern stand total im Mittelpunkt. Aber ich war halt mal nicht so übel."
Nicht so übel ... als Weltmeister.
„Luis hat mich noch gefragt, ob ich irre bin. Aber ich hab nicht drauf gehört. Und das Qualifying lief echt gut, da hatt ich 'nen Run. Hab's tatsächlich ins Finale geschafft. Da hätt ich kapieren müssen, dass ich einfach 'ne nette Show abliefern sollt und aus. Aber da war die Arroganz schon zu groß. Wollt mir beweisen, dass ich an die Grenze gehn kann. Drum war ich zu schnell, konnt nicht mehr kontrollieren, wie hoch ich war. Als das Board weggerutscht is, hatt ich vielleicht 'ne halbe Sekunde, um 'nen brauchbaren Bail hinzukriegen, aber der Wind war 'n bissl blöd, ich war zu weit überm Coping. Den Slam hab ich schon nimmer mitbekommen, den kenn ich nur vom Video."
Sein Brustkorb unter meinen Händen ist verkrampft, jeder Mus-

kel angespannt, als würde er jetzt gerade von der Kante abheben müssen.

„War halt Pech. Andre stecken da auch heftig ein. Wenn ich den Fuß noch 'n paar Zentimeter mehr anziehn hätt können, hätt's ihn nicht erwischt. Das am Kopf und an der Hand hätt ich ausgesessen. Nur den Fuß hätt ich vorbeibringen müssen. Das geht mir oft durch den Schädel ... nur 'n paar Zentimeter ..."

Auch von der Seite sehe ich, dass seine Augen so dunkel sind wie die hohen Wolken. Ich möchte seine Gedanken irgendwie aus der Situation herausbringen, aus diesem Moment in der Vert, wenigstens ein Stück weiter nach vorn.

„Wo warst du jetzt vor einem Jahr?"

„Früher Abend, mal schaun ... im Aufwachraum nach der ersten OP. Irgendwo im Träumeland, hab die Augen noch nicht aufgekriegt. Hat furchtbar wehgetan. Irgendein Arzt hat mir erklärt, dass sie mir nicht gleich mehr Medikamente geben konnten, weil sich sonst mein Blutdruck verabschiedet hätt. Irgendwann hab ich dann noch was gekriegt und bin eingeschlafen."

Kev, wer ist das, der da manchmal in dir ist? Wie der auf dem Familienfoto, mit diesen seltsamen Augen, dieser Schweiger, wieso bist du hier, was hat er damit zu tun?, will ich fragen, doch ich finde nur Worte, die harmloser sind.

„Jetzt ist es schon fast ein halbes Jahr her, dass du hergezogen bist."

„Manchmal kommt's mir so vor, als würd die Zeit seit 'nem Jahr gar nicht weitergehn."

Ich drehe ihn zu mir. Seine Augen flackern. Ich küsse ihn. Er schaut mich nur an. Ich nehme seine Hand, nehme ihn mit ins Schlafzimmer. Ich ziehe ihn aus, ziehe mich aus, lege ihn ins Bett und mich dazu. Streichle sein Bein, lasse meine Hand höher wandern. Schaffe es, dass mein Rumgefummel mit dem Gummi nicht peinlich lange dauert. Männer kaufen sich wahrscheinlich ab dreizehn heimlich Kondome und üben das. Als ich mich auf ihn sinken lasse, spannt er für einen Moment alles an, stemmt die Hände in meine Hüften, als würde er mich zur Seite schieben wollen, aber ich schüttle den Kopf, beuge mich gegen den Widerstand seiner Arme vor und küsse ihn. So entspannt er sich, schließt die Augen und überlässt mir den Rhythmus, bis er sich hochdrückt, den Kopf an meiner Brust.

Später essen wir die Nudeln im Bett, dann liegen wir da, eingemummelt unter der Decke, die Schlafzimmertür offen, damit die Hitze vom Ofen ins Zimmer dringt, und schauen den Schneeflocken zu.

„Kriegt man glatt Lust, den Weihnachtskram nochmal auszupacken."

„Hast du sowas?"

„Nö, aber man kriegt halt Lust."

Kevin starrt ins Nichts, als wäre er weit weg. Dann legt er den Arm um mich.

„Wo ich aufgewachsen bin, da gab's so 'nen verrückten alten Mann, der fuhr mit 'nem elektrischen Rollstuhl rum. Aber nicht so 'n normaler Rollstuhl mit den großen Rädern auf der Seite, sondern so 'n riesiges Teil mit kleinen Reifen, wie 'ne Art Moped, mit 'nem richtigen Sitz und 'ner Lenkung und 'nem Einkaufskörbchen vorn dran. Weißt, was ich mein?"

„Glaub schon."

„Jedenfalls, der Kerl war Santa Claus. Hielt sich dafür oder so. Er hatte 'nen weißen Vollbart, war ziemlich fett und immer rot angezogen. Hinten aufm Rollstuhl hatte er 'n riesiges Rentier aus Stoff angebunden. Und vorn, auf dem Korb, hingen englische Schilder mit Sachen, die er den Leuten sagen wollt: Don't smoke next to children, they need fresh air und so Zeugs."

„Ehrlich?"

„Ich schwör's. Es hieß, er hätt sie nicht alle. Aber er hat nie wem was getan. Er hat allein in 'nem alten kleinen Haus gewohnt, alles total dreckig. Er roch ziemlich krass. Irgendwann war er weg. Dann hieß es, man hätt ihn in 'n Heim gebracht. Das hat mir leidgetan."

„Wieso denn? Wenn er Hilfe gebraucht hat?"

Kevin zuckt mit den Schultern.

„Ich weiß nicht ... Ich mein, du kannst doch nicht Santa Claus weg-

sperren. Vielleicht war er nicht so sauber wie andre oder hat sich komisch benommen, aber er hat immer ziemlich glücklich ausgesehn."
Kevin vergräbt sein Gesicht an meinem Hals, so bleiben wir, bis es zehn wird.
Ich gehe so schwer wie noch nie. Ich stehe zu Hause im Vorraum, aus Bennis Zimmer dringt Musik, meine Mutter kramt in der Küche herum.
„Almuth?"
„Ja."
„Würdest du die Bettwäsche mit hinaufnehmen?"
Ich finde den Korb mit der gebügelten Wäsche im Wohnzimmer, trage ihn ins Schlafzimmer meiner Eltern und räume die Sachen in den Schrank. Dann stehe ich in meinem Zimmer. Sollte mich fürs Bett fertigmachen. Aber das war ich doch schon, vorhin. Ich gehe wieder runter.
Meine Mutter schaltet gerade den Geschirrspüler ein.
„Ich möchte nochmal zu Kevin rüber."
„Morgen ist doch Schule. Das wird so spät."
„Nicht, um noch aufzubleiben. Ich ... möchte bei ihm schlafen."
Meine Mutter zögert, wischt die Arbeitsplatte ab, um Zeit zu gewinnen. Ich will erzählen, wieso Kevin heute nicht allein sein darf, aber es geht nicht.
„Nun, du bist kein Kind mehr. Ich finde ihn sehr sympathisch und ich habe den Eindruck, dass ihr eine sehr ... verantwortungsvolle Beziehung habt."
„Ja ...?"
„Andererseits hast du immer noch Schule und ich mache mir Sorgen, dass du zu wenig Schlaf bekommst, wenn du bei ihm übernachtest. Ich nehme an, heute würde ja kein Einzelfall bleiben."
Ich werde rot bis zu den Haarspitzen, weil ich genau weiß, wieso meine Mutter vermutet, dass ich bei Kevin wenig schlafen könnte.
„Es ist nicht mehr lange normaler Unterricht. Ich schaffe das problemlos."
„Du hast ja Glück, dass dir alles so leicht von der Hand geht."

„Darf ich?"
„Dann bist du tags und nachts nicht mehr hier ..."
Meine Mutter lehnt da, eine Schüssel in der Hand. Sie sieht klein aus, klein und müde. Wie kann man sich zerteilen? Kann etwas von mir nicht einfach das Kind bleiben, das früher so gerne mit ihr hier in der Küche Kekse gebacken hat?
„Aber –"
„Lass nur."
Meine Mutter unterbricht mich, zum Glück, ich weiß nicht, was ich hätte sagen wollen.
„Du bist alt genug. Immerhin siebzehn und in der letzten Klasse. Genieß die Zeit. Aber du lässt dich trotzdem einmal täglich hier blicken, verstanden?"
Ich nicke, möchte sie umarmen, aber sie dreht sich um und verstaut die Schüssel im Küchenschrank. Ihr Rücken gibt mir zu verstehen, dass sie für sich sein will. Ich laufe nochmal hinauf, suche Wäsche zusammen, im Bad meine Zahnbürste, Creme, Bodylotion, Shampoo, was brauche ich noch?
Als die Haustür hinter mir zufällt, fühle ich mich alt und irgendwie allein.
Kevin liegt im Bett, aber er schläft nicht.
„Hast was vergessen?"
Ich schüttle den Kopf, ziehe meine Sachen aus, schlüpfe zu ihm.
„Was wirdn das?"
„Ich schlafe hier."
„Ehrlich? Hast dich rausgeschlichen?"
„Nein. Mit meiner Mutter geredet. Es stört mich so, dass ich immer von dir weg muss, und heute ... heute erst recht."
Kevin legt den Arm um mich.
„Wow, das is ja schön. Aber ich warn dich, manchmal schnarch ich."
„Das halt ich aus."
„Hau mich, wenn's dich stört."
Ich verknote meine Beine mit seinen. Er zuckt kurz weg.
„Hast du kalte Füße."

„Wer hat eigentlich den Wettbewerb gewonnen, in Amsterdam?"
„Die Vert? Jamie Tyler. 'N Kumpel aus England."
„Und haben Luis oder Hunter den Streetcontest gewonnen?"
Kevin klemmt meine Zehen zwischen seine Unterschenkel, um sie zu wärmen.
„Nein. Die sind im Finale nicht angetreten. Sind zu mir ins Krankenhaus. Und hinterher nach München und dort noch 'ne Weile geblieben. Sind allen auf die Nerven gegangen, wegen der Schmerzmittel. Von der ersten Zeit weiß ich nimmer viel, nur einzelne Sachen. Wie Luis mit der Physiotherapeutin gestritten hat, dass sie mich in Ruh lassen soll, weil mir so sauschlecht war, und dann hat er am Handy mit Fabiola gestritten, weil sie ihm klarmachen wollt, dass er die Frau arbeiten lassen muss. Wie Hunter mit den Krankenschwestern geflirtet hat, damit sie uns mehr Pudding bringen, das war das Einzige, was ich runtergebracht hab. Irgendwann mussten sie weiter, aber sie sind ständig hin und her gefahren. Bei den OPs waren sie im Wartezimmer."
Die drei Musketiere.
„Wo warst du nach der zweiten Reha? Bis du hierhergezogen bist?"
„Kurz bei meiner Ma. Das wollt sie so. Aber dort war's mir zu langweilig. Dann für 'ne Weile bei Hunter. Dann waren wir noch bei Tony in L.A. Da kam auch Luis hin, mit dem bin ich dann nach Sevilla. Dort war ständig wer auf Besuch, war echt lustig, aber ich glaub, Fabiola hätt uns alle gekillt, wenn ich noch länger geblieben wär."
„Wieso hast du dir nicht bei ihm in der Nähe ein Haus gekauft? Oder in Kalifornien, wo die ganzen Skatesachen sind?"
„Hab's überlegt. Aber es hat nicht gepasst. Dort war ich überall nur auf Besuch. Ich war nicht sicher wie, aber ich hab gewusst, dass ich mir 'nen eigenen Platz suchen muss. Und irgendwie war's auch schön, mal Ruh zu haben. Auch wenn ich das Alleinsein erst gar nicht gewohnt war."
Kevin ist still. Unter meinen jetzt warmen Zehen spüre ich die Narbe an seinem Bein. Ich erwische mich bei einem egoistischen Gedanken. Wie gut es ist, dass Hunter und Luis sich um ihn ge-

kümmert haben. Wie froh ich bin, dass das alles passiert ist, bevor ich ihn kannte, bevor er mir etwas bedeutet hat. Weil ich nicht weiß, wie ich es ausgehalten hätte. Ich drücke mich an ihn, würde am liebsten in ihn hineinkriechen.
Kevins Hände finden mich. Im letzten Moment zuckt er zurück, streckt sich zum Nachtkästchen und nestelt hektisch mit dem Kondom herum. Ich ziehe sein Gesicht zu meinem, Stirn an Stirn, wie ich es am schönsten finde.
„Du bist nicht allein."
„Nein."
Wir halten einander fest, ich kann nicht sagen, wo ich ende und er beginnt.
Kevin schnarcht nicht. Jedenfalls merke ich nichts davon, ich schlafe tief und fest, bis mein Wecker läutet. Er bleibt liegen, in die Bettwäsche verwickelt, nur ein Auge offen, schaut mir zu, wie ich meine Sachen zusammensuche. Als ich im Bad fertig bin und in der Küche eine Semmel als Frühstück gefunden habe, gehe ich nochmal zu ihm und küsse ihn zum Abschied.

Das Skigebiet schließt. Eigentlich wäre die Saison bis zu den Osterferien gelaufen, aber Ende März wird es zu warm. Die ersten Sonnenstrahlen werden zwar schnell von Wolken verdrängt, die den ganzen April über dem Tal hängen bleiben werden, aber zumindest sind die Temperaturen hoch genug, dass mir beim Skaten nicht ständig die Finger abfrieren. Kevin scheint nie kalt zu sein, er ist wie sein Kachelofen. Ich habe mal gelesen, dass Frauen viel öfter kalte Finger und Zehen haben, weil das Blut in Männern und Frauen anders zirkuliert, Frauen haben weniger Muskelmasse und Körperoberfläche. Das muss wohl stimmen.
Wenn es trocken genug ist, macht es richtig Spaß, mit den Rädern unterwegs zu sein. Eigentlich habe ich mir eingebildet, alle Strecken zu kennen, aber Kevin findet immer neue Wege durch den Wald, meistens solche, bei denen mir zuerst das Herz in die Hose rutscht, ehe es doch Spaß macht, sie auszuprobieren.

Durch das Mountainbiken kann ich auch ein wenig das Skateboarden vermeiden, das gerade an einem toten Punkt steht. Ein bisschen herumskaten, übers Ledge fahren, in die Schule oder zu Isa, all das kann ich problemlos. Am Kickflip scheitere ich immer noch und auch an den meisten anderen Dingen, die ich versuche. Meine Bemühungen, einen Boardslide zu lernen, enden in einem verstauchten Knöchel, den ich eine Woche lang kaum belasten kann. Ich werde nie verstehen, wie sie das machen, in all den Videos, die ich mittlerweile von ihnen kenne. Wie Ken bei den X-Games auf der Big Air nach einem schönen Seventwenty umkippt, hart auf den Helm knallt und halb benommen dem Interviewer erklärt, dass er vorhat, alle Runden zu fahren, was er dann auch tut, er gewinnt Silber. Wie Tony nach einem Switch Heelflip über die Stufen zu einem Parkplatz nicht rechtzeitig bremsen kann, mit einem Maschendrahtzaun kollidiert, sich daran eine Handfläche aufschneidet, die blutende Wunde mit einer Socke verbindet und weiterrollt, um in aller Ruhe herauszufinden, wie er am besten über einen Hydranten springen könnte. Wie Hunter im Skatepark der Berrics viermal mit voller Wucht vom hohen Ledge fällt und mit dem Brustkorb bremst, bis es ihm gelingt, den Nollie Backside 5-0 zu landen und er der Kamera einen zufriedenen Schubs gibt. Wie Kevin an einer Straße in New York wieder und wieder ein unfassbar langes, gebogenes Geländer anvisiert, dreimal versucht, die gut zehn Meter Backside Feeble Grind durchzuhalten, dreimal auf eine Art und Weise, die gerade einem Mann sehr wehtun muss, unfreiwillig am Rohr abrutscht, ehe er beim vierten Versuch elegant bis ans Ende schlittert und ausrollt, in die Arme des jubelnden Hunter hinein. Wie Luis nach einem gigantischen Cabflip über eine schmale Stiege in San Francisco das letzte Stück Drehung nicht schafft, mit dem vorderen Fuß das Deck verfehlt und der hintere umknickt, dass man mitschreien möchte, wie er dann entspannt am Boden sitzt, seinen Schuh auszieht und dem zumindest etwas erschrocken bei ihm hockenden Kevin lässig erklärt, dass der Knöchel wohl *cracked* ist.

Mad Squad. Freaks. Und nicht nur die fünf. Hässliche Slams findet man von allen Skatern. Ich bin wirklich nicht wehleidig, aber wenn ich mir einmal richtig wehtue, habe ich für den restlichen Tag genug. Ich habe Kevin gefragt, wie man das täglich aushält, er hat nur mit den Schultern gezuckt.
„Sicher tut's weh. Aber das schert einen nicht. Es is 'n guter Schmerz, kommt ja zum Schluss was Sinnvolles raus."
Ich gebe mein Bestes, um wenigstens ein paar Fortschritte zu machen. Ich spreche ihn nicht mehr darauf an, am Ende hat es ihn seine Karriere gekostet und ich merke, dass er nicht darüber reden will.

Sein Geburtstag versetzt mich in Stress. Er weiß nichts von meinem Geschenkproblem und hat mir natürlich keinen Tipp gegeben. Also habe ich keine Ahnung, was er sich wünscht. Was schenkt man jemandem, der sich ohnehin alles kaufen könnte?
Als ich keine zwei Wochen vorher merke, dass der Gurt von seinem Radhelm kaputtgeht, bin ich erleichtert. Im Internet finde ich einen tollen Helm mit grünem Muster. Wenn ich den teuren Bestellmodus nehme, wird er rechtzeitig geliefert.
Vor dem Einschlafen, als Kevin neben mir schon weggedöst ist, fällt mir dann noch etwas ein. Zum Glück kriege ich bei der Ärztin schnell einen Termin. Im Wartezimmer bin ich nervös, ich bin erst das zweite Mal hier.
„Frau Egger bitte Zimmer eins."
Ich schildere mein Anliegen. Ich mag sie, sie ist noch jung, ruhig, vorsichtig. Zum ersten Mal untersucht sie mich richtig. Das ist unangenehm, aber auszuhalten.
„Rauchen Sie?"
Ich schüttle den Kopf.
„Fälle von Blutgerinnseln in Ihrer Familie? Thrombosen? Lungenembolien?"
Ich muss an Kevins Großmutter denken.
„Nicht, dass ich wüsste."
„Ich fange immer gerne mit diesem Präparat an. Es ist schon älter

und hat ein geringeres Thromboserisiko. Ich habe kaum Mädchen, die es nicht vertragen. Melden Sie sich sofort, wenn Sie unangenehme Nebenwirkungen haben. Oder wenn Ihre Libido davon verschwindet. Dass Sie dann keine Lust mehr haben, soll ja nicht der verhütende Effekt sein, nicht wahr?“
Sie lacht und hält mir ein Rezept hin.
„Wann kommt Ihre nächste Periode?“
„In zwei oder drei Tagen.“
„Dann holen Sie es gleich aus der Apotheke und fangen Sie am ersten Tag an. Am besten immer zur selben Uhrzeit, wann es halt in Ihren Alltag passt. Und denken Sie dran, wirklich jeden Tag, bis zum Ende der Packung, sonst ist es nicht sicher.“
Dann stehe ich auf der Straße, atme tief durch.
In der Apotheke lege ich das Rezept hin, dem alten Apotheker, bei dem meine Mutter schon immer unseren Hustensaft kauft. Ich werde rot bis zu den Haarspitzen, aber er sucht ungerührt die rosa Packung aus seinen Regalen. Wieso sind solche Dinge immer rosa? Oder lila? Vielleicht mal orange oder türkis, aber immer pastellig. Haben Marktforscher herausgefunden, dass Frauen wirklich auf solche Farben anspringen? Eine schwarze Pillenpackung, das wäre mal was Neues.
Drei Tage später beginne ich damit, die kleinen weißen Pastillen zu schlucken. Das Lesen der Packungsbeilage habe ich gleich wieder sein lassen. Das Risiko eines zerebrovaskulären Insults liegt bei …
Künstliche Hormone begeistern mich nicht, aber ich kann Statistik und weiß, wie selten es Probleme gibt.
Kevins Geburtstag ist ein Montag. Mitten in den Osterferien. Meine Spezialgebiete habe ich bei den Professoren abgeliefert, wir haben die ganze Woche Zeit füreinander. Gleich morgens stehe ich in unserer Küche und studiere am iPad Tortenrezepte.
„Mama, haben wir gemahlene Haselnüsse?“
Meine Mutter kommt in die Küche.
„Was brauchst du?“
„Haselnüsse. Gemahlen. Hundert Gramm.“

„Oben im Küchenschrank könnten welche sein. Ich bin nicht sicher."
„Und Mandeln?"
„Glaub ich nicht. Was hast du denn vor?"
„Ich will Kevin eine Torte backen, er hat Geburtstag."
„Wirklich? Wie nett. Aber hast du die Zutaten nicht gekauft?"
„Nein. Ich weiß nicht, welche Torte ich machen soll."
Kochen überfordert mich. Ich kann natürlich ein Rezept entziffern und die angegebenen Mengen zusammenrühren, aber mir fehlt das Gefühl, wann Nudeln nicht mehr zu hart und noch nicht zu weich, sondern al dente sind.
Meine Mutter räumt ihre Backsachen heraus.
„Also, wenn du nicht einkaufen fahren willst, ginge sich mit dem, was wir haben, ein einfacher Biskuitteig aus. Kakao könnte man natürlich auch reinrühren. Glasur habe ich keine da, aber die große Milchschokolade könnte man schmelzen. Benni wird es aushalten, wenn ich ihm erst morgen eine neue kaufe."
„Ich kann ja morgen einkaufen gehen."
Ohne meine Mutter wäre der Kuchen spätestens beim Glasieren in sich zusammengefallen. Dann fällt mir doch etwas Kreatives ein und ich hole die Packung M&Ms, die ich Kevin eigentlich so dazu schenken wollte. Ich verteile die kleinen Linsen auf der Glasur.
„Hübsch sieht das aus. Dein erster Kuchen. Und was esst ihr sonst?"
„Liefersachen vom Mexikaner."
„Ach, nur Bestellzeug zum Geburtstag?"
„Das mit dem Mexikaner hat Tradition, gewissermaßen."
Das Telefon läutet, eine Freundin meiner Mutter, ob sie mit ihr eine Runde walken will. Ich kann in Ruhe duschen und meinen Kram zusammenpacken.

Kevin kriegt große Augen, als er die Kuchenform bemerkt. Sie ist aus blauem Plastik, man sieht nicht hinein.
„Was isn da drin?"
„Wirst du schon sehen!"

Ich schicke ihn zum Fernseher, baue den Kuchen und seine Geschenke auf seinem großen Tablett auf. Als ich einundzwanzig kleine grüne Kerzen in die Glasur stecke, läutet es und der Lieferant bringt die Empanadas. Vorsichtig balanciere ich alles zum Sofa.

„Wow. Letztes Jahr war ich auf Reha, mit lauter alten Leuten, die sich beschwert haben, dass sie vom Essen Verstopfung kriegen. Das hier is 'ne Verbesserung."

„Los, ausblasen und was wünschen."

Kevin tut wie befohlen.

„Hast den selber gebacken?"

„Meine Mutter hat geholfen."

„Och, das is aber lieb, Frau Egger."

Er nimmt die zwei Pakete.

„Zuerst das Große."

„Jawohl."

Der Helm. Er ist ganz begeistert. Ich bin sehr erleichtert.

„Und was is da drin?"

Er schüttelt das kleine Paket, das fast nichts wiegt.

„Das ist quasi ein symbolisches Geschenk."

„Quasi?"

Kevin packt die kleine Pillenpackung aus und kriegt seine Suppentelleraugen.

„Isses das, was ich glaub?"

„Das wär doch gut, nicht mehr dieses blöde Gefummel mit dem Kondom."

Ich habe mit umfassender Zustimmung gerechnet, aber Kevin kriegt seine Falte auf der Stirn.

„Ganz ohne Gummi ...? Ich weiß nicht, und wenn was schiefgeht?"

„Der Pearl-Index der Pille ist viel niedriger."

„Der was?"

„Pearl-Index. Der gibt an, wie viele von hundert Frauen innerhalb von einem Jahr mit welcher Verhütung ungewollt schwanger werden. Der vom Kondom ist irgendwo bei mindestens drei. Und die Pille hat weniger als eins."

„Kapier ich nicht."
„Mit dem Gummi kann eher was passieren."
„Ehrlich? Mir kommt's umgekehrt vor."
„Wieso denn?"
„Keine Ahnung. Vielleicht weil ich's mach. Bei der Pille krieg ich ja gar nicht mit, ob du sie eh nimmst."
„Traust du mir nicht?"
Ich bin gekränkt. Dieses Geschenk hatte ich mir anders vorgestellt.
„Doch! 'Tschuldige, Ali. Weißt, bei dem Thema bin ich, na ja, leicht paranoid."
Ich habe noch nie darüber nachgedacht, wie es ist, wenn man „passiert" ist. Meine Eltern haben den Bilderbuchweg hinter sich: Mit Anfang Zwanzig verliebt, bald geheiratet, ein paar Jahre brav gearbeitet, Kredit aufgenommen, Haus gebaut, erstes Wunschkind kurz nach dem Kauf der teuren Ledercouch, zweites Kind zweieinhalb Jahre später nach dem Einbau des Pools. Es gibt dutzende Fotos von meiner Mutter mit Babybauch, fein säuberlich eingeklebt in unsere Alben, hunderte Bilder von Benni und mir, Kassetten mit verwackelten Videoaufnahmen, Almuths erste Schritte, Benjamin singt Weihnachtslieder. Als Kevins Mutter so alt war wie ich jetzt, hatte sie schon ein Baby. Wie muss es sein, wenn die eigene Mutter gar kein Kind gewollt hat?
Dass ich verärgert war, tut mir leid. Ich nehme ihn in den Arm, küsse ihn.
„Ich hab nur gedacht, es wäre eine schöne Sache."
Kevin dreht die rosa Packung zwischen den Fingern.
„Und das willst du echt schlucken? Is das harmlos?"
„Nebenwirkungen kann es immer geben. Aber das ist bei mir unwahrscheinlich. Und ich merke nichts."
„Du hast schon angefangen?"
„Vor einer Woche."
„Hast gar nix gesagt."
„Sollte ja auch eine Geburtstagsüberraschung sein."
„Na, die is dir gelungen."

Kevin lacht und so verschwindet endlich diese unangenehme Spannung.
„Danke für die Geschenke."
Ein langer Kuss.
„Und dieses Zeugs wirkt schon?"
„Ja, funktioniert von Anfang an."
„Is ja 'n Ding ..."
Kevins Lippen wandern meinen Hals hinunter.
„Die Empanadas werden kalt."
„Solang sie nicht weglaufen ..."
„Und die Torte?"
„Ali, Empanadas, Torte."
Und dann vernascht Kevin erst mich. Aber es ist ja auch sein Geburtstag, er darf bestimmen. Und wieder ist es irgendwie neu. Ich hatte nicht erwartet, dass auch ich den Unterschied so deutlich wahrnehmen würde. Kevin hält kurz still und flüstert etwas, das wie *Holy shit!* klingt. Ich muss schmunzeln, weil ich merke, dass es ihm zu schnell geht, er es aber nicht verhindern kann, aber er nimmt es mir nicht übel, lächelt mich an. Wir bleiben beieinander, ganz lange, es ist schön, dass er nicht so schnell von mir weg muss. Irgendwann dreht er sich zur Seite, nimmt sich eine Empanada.
„Definitiv 'ne Verbesserung."

Die übrigen Osterferien bescheren mir einen Ausflug zu meinen Großeltern und einen zu meiner Tante, die aber beide mit erfreulichen kleinen Aufstockungen meines Umzugsbudgets verbunden sind. Ansonsten genieße ich einfach das neue Gefühl mit Kevin. Von der Pille merke ich nichts, nur kurz habe ich den Eindruck, dass meine Brüste spannen, als ob sie wachsen würden. Was nicht unbedingt eine unerwünschte Nebenwirkung wäre. Aber nach ein paar Tagen geht das vorbei, ohne dass sich etwas verändert hätte. Anfangs irritiert mich Kevins Verhalten. Einmal beobachte ich, wie er im Badezimmer steht und die kleinen Tabletten abzählt. Jedes Mal unterbricht er uns kurz, um mich zu fragen, ob es heute

wirklich sicher ist. Aber das ist immerhin unkomplizierter als das Gefummel mit dem Kondom, und ich verstehe ihn ja irgendwie, veränderte Gewohnheiten sind ja auch nicht mein Ding.
In der Woche nach den Osterferien nehmen Isa und ich uns den Montag frei und fahren gemeinsam mit Dominik am Sonntag in die Hauptstadt, um uns die Uni anzusehen. Für Isa ist die Sache klar, sie will Publizistik und Zeitgeschichte studieren und träumt davon, für große Fachmagazine zu schreiben. Ich werde mir die Infoveranstaltung für Medizin anhören, ansonsten habe ich keinen Plan.
Wir schlafen bei Dominik in der WG, er kocht mit seinen Mitbewohnern Spaghetti für alle. Laura und Clemens, die beide Anglistik studieren, haben die anderen zwei der drei Zimmer der Altbauwohnung. Wir sitzen zu fünft in der großen Küche am Tisch, essen, trinken Wein und Wasser und verbringen einen lustigen Abend.
Da Laura und Clemens ohnehin immer gemeinsam in einem ihrer Zimmer schlafen, kriegen Isa und ich Lauras Zimmer. Es beeindruckt mich sehr. Die hohen Wände, der Stuck an der Decke. All die alten Parkettböden. Am Fenster, das in einen Innenhof mit einem Kastanienbaum schaut, steht ein großer Schreibtisch. Über ein kleines Sofa hat sie ein riesiges buntes Mandala gemalt. Gegenüber steht ein Hochbett, unter dem sie Unmengen von Klamotten in einem selbst entworfenen Schranksystem verstaut hat.
Als wir die Leiter hinaufsteigen, schüttelt Isa den Kopf.
„Hier mach ich kein Auge zu, ich werd mich nur fürchten, runterzufallen."
Ich finde das Bett toll, wie es über dem Raum thront.
„Wenn du willst, kannst du an der Wand schlafen."
„Wirklich? Oh danke."
Wir sind noch eine Weile wach, reden über dies und das. So kommt das Gespräch auf mich und Kevin, auf Sex. Ich versuche, dieses Gefühl zu beschreiben, das ich ab und zu habe. Sein verschlossenes Gesicht. Sein Blick an mir vorbei. Wie ich manchmal den Eindruck

habe, dass ein Teil von ihm nicht er selbst ist. Es ist einfach, alltägliche Ereignisse zu schildern, wie seine Weigerung, etwas zu unternehmen. Wieso ich hin und wieder im Bett dasselbe spüre, kann ich nur schwer ausdrücken.
„Hast du ein Beispiel für mich?“
„Ich weiß nicht. Es ist nichts Konkretes ... Er ist ständig nervös wegen der Pille. Jedes Mal, bevor – also, kurz bevor wir loslegen, fragt er mich, ob es sicher gefahrlos geht.“
„Ist doch gut, dass er mitdenkt. Den meisten ist das scheißegal.“
„Ja. Aber trotzdem. Ich finde es so schön ohne Gummi. Das sagt er auch. Und dann wirkt er manchmal so, als würde es ihn total stressen.“
„Lässt sich aber gut damit erklären, dass er selber ein Unfall war, oder?“
„Seh ich ja auch so. Aber ... er ist irgendwie so ... so kontrolliert. Alles muss perfekt sein. Wenn ich mal nicht komme, merke ich, wie ihn das stört. Das war schon am Anfang so, es war ganz eindeutig, wie irritiert er war, dass es gedauert hat. Als würde er was falsch machen, dabei wusste er ja, wie nervig mein Hirn bei sowas sein kann. Irgendwie ist es für ihn wichtiger als für mich.“
„Beschwerst du dich grad drüber, dass du eines der ständig vom Aussterben bedrohten Exemplare abgekriegt hast, die nicht nur bedient werden wollen?“
„Nein ... so meine ich es nicht. Ich finde es wirklich wunderschön. Aber manchmal könnte er ruhig ...“
Ich suche lange ein Wort, finde keines, das genau passt.
„... wilder sein. Hemmungsloser.“
Isa grinst.
„Weiber. Denen kann man es auch nie recht machen.“
Wir lachen beide, das befreit.
„Also ehrlich, verglichen mit deiner festen Bettbeziehung hab ich kaum Erfahrung, aber für mich klingt das ziemlich normal. Ich find es süß, dass er so sensibel ist.“
„Ach komm schon, *kaum Erfahrung*. Und was war in Kroatien?“

Im Sommer vor fast zwei Jahren ist Isa als Jungfrau mit ihrer Familie zum Campen gefahren und hat bei ihrer Rückkehr eine neue Zufriedenheit mit ihren runden Hüften mitgebracht.
„Ach das. Das war eine spannende Woche mit diesem kuscheligen Engländer, nicht mehr. Ich weiß nicht mal mehr seinen Namen, Jacob, Jason ..."
„Jonah."
„Na siehst du. Ohne dein Hirn würd ich sogar seinen Namen vergessen."
„Und, war es etwa nicht schön?"
„Schon. Aber halt ziemlich stressig, im engen Wohnmobil ohne ordentliches Schloss, und immer die Angst, dass seine Eltern doch früher vom Paddeln zurückkommen, oder meine quer über den Campingplatz nach mir schreien. Verglichen mit eurer ungestörten Frequenz im Eigenheim waren das grad mal Trockenübungen."
Wir kichern eine Weile wie Dreizehnjährige, dann schläft Isa als Erste ein. Ich schaue den im Wind tanzenden Zweigen des Kastanienbaums zu. Vielleicht übertreibe ich tatsächlich. Es ist unfair, dass ich mich beschwere, denn auch wenn ich keinen direkten Vergleich habe, kenne ich die Videos, die in der Schule herumgezeigt werden, und die Geschichten von Mädchen wie Manu, und mir ist klar, dass ich mit Kevin wirklich großes Glück habe.

Am nächsten Morgen müssen wir zuerst zu meinem Termin. Dominik erklärt uns den Weg. Isa findet nicht mal die Haltestelle, aber ich kann mich problemlos orientieren. Es macht Spaß, mit der Straßenbahn herumzufahren, in einer Stadt, die groß genug ist, um diese Bezeichnung zu verdienen.
„Ali, wieso fahren wir da hin?"
Ich hole den Zettel heraus, den ich mir aus dem Internet ausgedruckt habe.
„Weil um zehn Uhr dieser Vortrag beginnt."
„Ich meine, wieso fahren wir auf die Meduni, wenn wir doch beide wissen, dass du das gar nicht studieren willst?"

„Ich weiß nicht. Vielleicht, damit ich dort einen plausiblen Grund finde, den ich meinem Vater liefern kann."
Ich finde sofort ein Dutzend Gründe. Der Tag der offenen Tür findet im Allgemeinen Krankenhaus statt. Jetzt erst wird mir klar, wie nah am Spital man als Medizinstudent sofort arbeiten muss. Es riecht nach Desinfektionsmitteln und kranken Leuten. Als wir mit dem Lift in den achten Stock hinauffahren, wird an einer Station ein Bett mit einem gelbgesichtigen alten Mann hereingeschoben, der entweder schläft oder bewusstlos ist. Unter der Decke schaut ein Schlauch heraus, der in einem am Bett hängenden Urinbeutel endet, braungelbe Flüssigkeit darin. Die beiden Pfleger, die das Bett bedienen, unterhalten sich über den Mann hinweg über Fußball. Ich bin froh, als wir aussteigen können.
In einem riesigen Hörsaal finden wir zwei Plätze inmitten vieler anderer Leute. Um zehn Uhr betritt ein Professor im weißen Kittel das Podium und startet eine Powerpoint-Präsentation. Eine von den sinnlosen, auf der nahezu wortgleich das steht, was er sagt. Er beginnt, den Studienplan vorzustellen und verschiedene Inhalte zu erläutern. Er macht Witze, die nicht witzig sind.
„Am Anfang müssen Sie ohnehin jede Entscheidung mit dem Oberarzt absprechen. Nicht, dass Sie mal jemanden aus Versehen für tot erklären, und der macht dann nachts die Pathologie unsicher und erschreckt die Leichen."
Ich habe den Eindruck, viele lachen nicht nur aus Höflichkeit. Mein Humor ist das nicht. Isa sieht mich an, schüttelt den Kopf. Ihrer wohl auch nicht.
Am Ende seines Vortrags will der Professor den Anwesenden verdeutlichen, dass man als Arzt einen guten Magen und starke Nerven braucht und sich jeder überlegen soll, ob er die Aufnahmeprüfungen wirklich machen will. Um seinen Worten Nachdruck zu verleihen, zeigt er ein paar Bilder, gegen die mein Google-Ergebnis vom Fixateur externe wie Kinderfernsehen war. Ein Mensch, dessen Kopf nur noch ein kleines bisschen am Rumpf hängt. Ein aufgeplatzter Bauch mit herausstehenden Gedärmen. Ein Gesicht, in

dessen Auge eine Gabel steckt. Etwas Grünes, das eine Wasserleiche sein soll. Ein paar Zuseher machen *Wääh* und drehen den Kopf weg, aber die meisten schauen interessiert hin.
Ich stoße Isa, die sich ihr Halstuch vor die Augen hält.
„Gehen wir."
Wir drängen uns an den neben uns sitzenden Leuten vorbei, die die Köpfe strecken, um nur ja kein Bild der Gruselshow zu verpassen. Draußen atmen wir beide tief durch.
„Und jetzt?"
„Fahren wir zu deiner Uni."
„Willst du dir nicht noch diese Inskriptionsinfo holen?"
„Nein."
Als wir das Krankenhaus verlassen, scheint die Sonne. Ich strecke mich ihr entgegen. Ich werde nicht Medizin studieren. Natürlich habe ich das schon gewusst. Aber jetzt ist es klar. Glasklar. Klipp und klar. Klar wie Klarspüler. Ich muss nur erst herausfinden, wie ich das meinem Vater beibringe.
Wir nehmen eine andere Straßenbahn zur Hauptuni. Dort ist noch mehr los. In einem langen Gang stehen Infotische verschiedener Studienrichtungen. Bei Publizistik stellen sich viele an und Isa holt sich schnell die wichtigsten Informationen, ehe ihr das Gedränge zu viel wird. Bei Geschichte ist es besser und es dauert nicht lang, bis sie mit einem älteren Studenten in ein engagiertes Gespräch über die amerikanische Außenpolitik vertieft ist.
Ich beneide sie um die Sicherheit, mit der sie weiß, womit sie ihre nächsten Jahre verbringen wird. Um die Gelassenheit, dass niemand sie daran hindern will. Sie hat ihren Bruder hier, stellt sich schnell auf neue Dinge ein. Ich weiß nicht was, nicht wo und schon gar nicht wie.
Ich schaue mich ein wenig an den anderen Ständen um, nehme hier und dort ein paar Folder mit. Die Lehramtsstudien lasse ich links liegen, ich wäre eine katastrophale Lehrerin. Eine Weile stehe ich am Infotisch der Philosophen. Das Fach hat mich immer interessiert, ich kann nachvollziehen, dass sich jemand andauernd

mit Denken beschäftigt. Aber ob einen das ein ganzes Leben lang trägt? Da wäre ich ständig gefährdet, allein zu versauern. Ich brauche etwas, das mich mit Leuten zusammenzwingt. Aber auch nicht mit zu vielen.

Dann stoße ich auf einen Stand der technischen Uni, der darauf aufmerksam machen soll, dass es Alternativen zur Hauptuni gibt. Ich blättere in einem Folder zur Informatik, aber das ist auch nicht ideal, nur Computer als Gegenüber. Und so sehr hat mich Programmieren nie gereizt. Ein Folder über technische Physik spricht mich schon mehr an.

„Ach hier bist du."

Isa, mit glühenden Wangen, einen Packen Unterlagen in der Hand.

„Entschuldige, aber das war so interessant. Am liebsten würde ich gleich morgen anfangen."

Sie hängt sich bei mir ein.

„Und jetzt gehen wir in dieses riesige Lokal gegenüber, ich hab Hunger."

Ich nehme mir wahllos ein paar Zettel vom Tisch der technischen Uni. Als wir nachmittags mit dem Zug nach Hause fahren, blättere ich sie durch. Ich lese mich am Booklet der technischen Chemie fest. Biosynthese. Mikrobiologie. Electrochemistry. Biochemical Engineering.

Isa schaut mir über die Schulter.

„Interessiert dich das?"

Ich lege das Heft weg.

„Klingt ganz spannend."

Isa schüttelt den Kopf.

„Ein paar Formeln sind ja super. Aber diese biochemischen Details sind mir zu hoch. Aber mich muss es nicht interessieren."

Die übrige Fahrt reden wir darüber, wie gut wir uns vorstellen könnten, in der Stadt zu leben. Mein Gefühl macht mir klar, dass ich genau wie Isa dorthin gehen will und nicht auf die Uni in unserer Landeshauptstadt. Wo ja immer nur Medizin das Thema war, und dieses Thema ist definitiv durch.

Isas Mutter holt uns vom Bahnhof ab und liefert mich zu Hause ab. Ich mag Isas Familie. Sie haben kein Haus, sondern eine große chaotische Wohnung am Rand der Innenstadt, die aus zwei zusammengelegten kleinen Wohnungen besteht. Auf der einen Seite sind das Arbeitszimmer, das Bad und das Schlafzimmer der Eltern, auf der anderen die Kinderzimmer und das Bad von Dominik und Isa, weshalb man immer das Gefühl hat, zwischen zwei Welten zu pendeln. Überall verteilen die beiden Katzen ihr Spielzeug. In der Mitte liegt der große Wohnbereich, über dem Fernseher hängen gut einhundert verschiedene Fotos, von alten vergilbten Fotografien, die Isas Eltern als Babys zeigen, bis zu modernen Digitalausdrucken mit Isa und Dominik aus den letzten Jahren. Der riesige Balkon, eigentlich zwei, die Zwischenwand herausgerissen, ist nicht so ordentlich wie unser Garten, sondern geht über mit Töpfen und Rankpflanzen, durch die man sich zu einem kleinen Tisch oder zwei Hängesesseln durchkämpfen muss. Ich bin immer gern bei Isa und froh, dass ihre Mutter heute den Chauffeur macht und uns erzählt, wie die Katzen eine Rolle Toilettenpapier zerfetzt haben. Meine Eltern würden uns sofort ausfragen, wie es war, was wir nun machen werden und wo und wie und überhaupt.
Zu Hause muss ich natürlich gleich meiner Mutter Bericht erstatten. Wenigstens ist es bei ihr kein Problem, zu sagen, dass es mir bei den Medizinern nicht gefallen hat, mir aber die technische Uni aufgefallen ist. Bei meinem Vater, der anruft, weil er genau wissen will, wie es gelaufen ist, druckse ich hilflos herum. *War schon interessant, was der Arzt erzählt hat.* Ist ja nicht gelogen, man kann Wasserleichen durchaus interessant finden. Mein Vater ist zufrieden. Ich nicht. Ich kann dieses Spiel nicht mehr lange weiterspielen. Aber ich finde keinen Ausweg aus dem Kreisverkehr.
Mein Handy piept.
wars schön?
Ja schon. Später mehr.
Ich bin müde. Die Reise hat in meinem Kopf viele neue Schubladen geschaffen. Ich möchte mich einfach an Kevins Schulter legen und

schlafen. Aber dann bittet mich meine Mutter, bei Benni reinzuschauen. Er hat morgen einen Physiktest und kommt mit dem Stoff nicht klar. Als ich damit fertig bin, ihm das Prinzip des Elektromagneten zu erklären, ist es schon so spät. Morgen muss ich vor acht in der Schule sein, weil Isa und ich das, was wir verpasst haben, gleich in der Früh von Johanna kopieren wollen. Ich gebe auf, der Tag war zu lang.

Ich schaff es heut nicht mehr zu dir, entschuldige. Aber ich vermisse dich so.

och schade aber versteh ich freu mich auf morgen

Ich bin ganz bald bei dir.

das hoff ich doch schlaf gut und hab die schönsten träume (von mir...)

Ich habe nur einen Traum und Kevin kommt tatsächlich darin vor. Aber es ist ein komischer Traum, weil sein Haus plötzlich in unserer Hauptstadt steht und ich dort wohne und in seiner Küche ein chemisches Labor aufgebaut habe. Auch Isa und Dominik sind da, Hunter und Luis, meine Eltern und Benni, und die Katzen von Isa, die mir die Pipetten vom Tisch werfen, bis der Boden voller Glassplitter ist, und während ich versuche, aufzuräumen und meinen Test im Auge zu behalten, steigen alle in die Scherben und beschweren sich über die Unordnung, nur nicht Kevin, der lachend mit dem Skateboard drüberfährt und sagt, *Erschreck nicht die Leichen.*

Am nächsten Tag in der Schule, mit einer stressigen Manu, einem muffigen Bioprof und Isa neben mir, entspanne ich mich langsam. Gut, dass wieder der gewohnte Ablauf einkehrt. Ich esse zu Hause Gemüseauflauf und freue mich gemeinsam mit meiner Mutter, dass Benni für seinen Physiktest ein gutes Gefühl hat. Dann, endlich, kann ich zu Kevin rüber, finde ihn im Garten, falle ihm um den Hals und überrede ihn, die zögerlichen Sonnenstrahlen zwischen den Wolken zu nutzen und die Räder rauszuholen. Wir radeln die lange Strecke in die Nachbarstadt, machen auf dem Rückweg die Schleife mit dem schwierigen Abschnitt zwischen einigen großen Felsen, stehen dann gemeinsam unter der Dusche, blödelnd und

küssend, und weil es mich reizt, erkläre ich, dass ich jetzt Hunger habe, lasse ihn lachend stehen und höre beim Abtrocknen und Eincremen noch, wie er die Dusche auf eiskalt dreht und losjault.
Kevin macht Pizzateig. Ich würde den fertigen aus dem Supermarkt kaufen, finde es faszinierend, wie leicht ihm das Kochen von der Hand geht. Wir belegen die Pizza, und während sie im Ofen brutzelt, erzähle ich ihm von der Reise. Bei der Geschichte von der Medizinveranstaltung schüttelt er den Kopf.
„Oh ich kann dich verstehn. Mich bringen auch keine zehn Pferde mehr in 'n Krankenhaus, wenn's nicht unbedingt sein muss. Wenn ich da arbeiten müsst, wär ich schon längst im Irrenhaus."
Ich zeige ihm das Booklet von der technischen Uni.
„Und das interessiert dich?"
„Manches davon."
„Technische Chemie ... Ich versteh nicht mal, wofür man das braucht. Technik is Technik und Chemie is Chemie."
„Und wenn du mit chemischen Bestandteilen einen technischen Vorgang erzeugst, dann ist es technische Chemie. Sagen wir mal, wenn du aus Erdöl etwas machst, was dann in einem Alltagsprodukt steckt. Oder wenn man aus chemischen Elementen Düngemittel herstellt."
„Du willst Dünger machen?"
„Nein, das ist nur ein Beispiel. Ich finde die Sachen mit dem Wasser spannend. Wie man Wasser aufbereitet oder analysiert. Oder wie Pflanzen und Tiere Wasser brauchen, um sich zu entwickeln. Dazu kann man gut forschen. Oder Prozesse für den Umweltschutz erfinden."
„Ich versteh immer noch kein Wort, aber Umweltschutz find ich gut."
Wir setzen uns an die Bar und essen. Schon beim Radfahren ist mir aufgefallen, dass Kevin heute einen Tick hat, der mich nervös macht.
„Lass das."
„Wasn?"

„Du fummelst ständig an deinem Hals rum."
„Sorry. Muss mich mal wieder rasieren."
„Ich bin dafür. Du kratzt."
Ich räume die Küche auf. Kevin verschwindet im Bad.
„Hast du keine Geschirrspültabs mehr?"
„Was?"
Ich gehe ihm nach.
„Geschirrspültabs. Wo?"
Kevin steht am Waschtisch, hat das Shirt auf den Badewannenrand gelegt.
„Ach Shit, hab ich vergessen. Hol ich morgen."
Ich lehne mich an die Tür, sehe Kevin an. Ganz wenige helle Haare auf der Brust, kaum mehr an den Armen. Der durchtrainierte Oberkörper. Die Trainingshose hängt tief, die Shorts stehen heraus. Er streckt den Kopf zur Seite, zieht mit der Klinge den Rasierschaum vom Hals.
„Was isn?"
„Ich schau dir zu."
„Wieso?"
„Weil es schön anzuschauen ist."
Ich gehe zu ihm, zwänge mich zwischen ihn und das Waschbecken. Kevin, den letzten Schaum auf der Klinge, lächelt. Nimmt das Aftershave.
„Besser?"
Ich streiche ihm mit der Nase übers Kinn.
„Viel besser."
Er schmeckt herb.
„Ich mag das an dir."
„Wasn?"
„Das Aftershave. Den Lavendelduft."
„Das is Lavendel?"
„Ja, unter anderem."
„Ich hab's ausgesucht, weil mir die Flasche gefallen hat, is ewig her. Und jetzt bin ich's halt gewohnt."

„Ich finde es gut. Bitte nicht wechseln."
„Hab ich nicht vor."
Kevin schlingt die Arme um meine Hüften, fährt mit den Lippen, dann mit der Nase meinen Hals hinunter.
„Ich mag das. Nur isses bei dir irgendwie überall. Das is irre scharf."
Jetzt werde ich fast ein bisschen rot, aber nur fast.
„Das ist meine Bodylotion. Vanille."
„Zum Fressen. Wie Weihnachtskekse."
Schon sein Kuss weckt die Bläschen in meinem Bauch. Ich schiebe ihn zurück, bis er an der Wand der Dusche lehnt. Beuge mich vor, ziehe seine Hosen runter. Die Fliesen sind hart an meinen Knien, ich hole mir den Vorleger vor dem Waschbecken, besser.
„Ali –"
Kevins Hände auf meinem Kopf.
„Entspann dich."
Als meine Lippen ihn berühren, zuckt er weg.
„Bleib da."
„Nein."
Kevin schiebt meinen Kopf grob zur Seite, windet sich raus, zerrt die Hose hoch, schnappt sein Shirt, weg ist er. Ich knie allein im Bad. Komme mir mies vor, klein und billig.
„Kev!"
Keine Reaktion.
Er ist im Garten, hat sich die Hoodie übergeworfen, nicht mal Schuhe angezogen, dreht einfach seine Runden.
„Hey!"
Er fährt an mir vorbei. Als er um die Kurve biegt, mache ich einen Schritt vor. Schreie ihn an.
„Hey!!"
Er schert aus, lässt das Board fahren, es rollt noch ein Stück, knallt gegen die Hauswand und bleibt in der Wiese liegen. Gerade so verhindert er einen Sturz, dreht sich verärgert zu mir.
„Was gehtn bei dir ab?"
„Und bei dir?"

Wir stehen da, beide zornig.
„Was war das eben?“
Kevin schaut weg, fährt sich durch die Haare.
„Können wir das bitte lassen?“
„Nein. Du lässt mich einfach stehen, weißt du, wie blöd ich mir vorkomme?“
„Sorry. Ich hatt einfach keine Lust.“
„Das hat aber erst nicht so gewirkt.“
„Ich hatte keine Lust auf – das.“
„Da wärst du wohl der einzige Mann.“
„Woher hast du denn sowas?“
„Jahrtausendealte Überlieferungsgeschichte der Frauen.“
Kevin steckt die Hände in die Hosentaschen. Wie ein trotziges Kind.
„Ich wollt halt nicht.“
„Wieso nicht?“
Er macht eine zornige Bewegung, geht ein paar Schritte weg von mir, tritt gegen unsere Thujen. Er will mich ignorieren. Hebt das Skateboard auf, dreht sich weg, fährt die Steigung zur Stiege hinauf und beschleunigt, versucht, auf das Handrail zu kommen. Es kann nur schiefgehen, erstens ist er nicht aufgewärmt, zweitens hat er nicht mal Schuhe an, drittens ist er zu wütend. Er rutscht ab, das Skateboard knallt laut auf den Beton, er kracht mit dem Oberkörper gegen das Metallrohr, dass es schnalzt, das wird eine schöne blaugrüne Spur quer über den Brustkorb hinterlassen.
Ich schaue ihm zu, mit verschränkten Armen. Ich gehe nicht weg, ehe er mir eine brauchbare Antwort gibt. Er stützt die Hände in die Hüften, bis er wieder normal atmen kann. Beobachtet mich aus den Augenwinkeln, seine Augen können sich für keine Farbe entscheiden. Er wandert hin und her. Wie ein Tier in einem Käfig.
„Ich – mir war das unangenehm.“
„Wieso denn?“
„Das war so –“
Er bleibt stehen. Lange Pause.

„... du so unter mir. Auf den Knien."
„Na und? Du machst es mir doch auch."
„Das is was andres."
„Wieso? Weil ich die Frau bin? Wenn ich mal sowas mache, bin ich doch nicht gleich deine Sexsklavin."
Kevin steht da wie geohrfeigt. Sein ewiges Schweigen macht mich wütend.
„Sag bloß, dass das noch nie eine für dich gemacht hat."
„Das war – anders."
„Wieso?"
„Weiß nicht. Meistens war ich nicht mal klar im Kopf."
„Warst du auch mal nicht besoffen oder high, wenn du eine im Bett hattest?"
Stille.
„Manchmal."
Dass er so ruhig dasteht, die Hände in den Taschen, macht mich zornig. Ich will streiten, aber er redet leise, die Augen auf seinen nackten Füßen, sein ganzer Körper will mir ausweichen.
„Wie viele Mädels hattest du eigentlich? So viele, dass du sie nicht mehr auseinanderhalten kannst?"
„Ich hab dir doch gesagt, ich war kein Mönch."
„Kein Mönch? Es ist aber ein Unterschied zwischen einem Mönch und Charles dem Zweiten!"
„Wer?"
Charles II. The Merry Monarch. Lebte von 1630 bis 1685. Hat angeblich dreihundertfünfzig Kinder mit ein paar Dutzend Frauen gezeugt.
„Charles der Zweite. Ein englischer König mit einem Haufen Mätressen."
„Mätressen ... Gibt's auch was, das du nicht weißt?"
„Jetzt gerade? Wieso du dich so anstellst?!"
Kevin hebt sein Skateboard auf, geht an mir vorbei, ohne mich anzusehen, setzt sich auf die Bank, legt das Deck auf seine Oberschenkel, ganz langsam, hält es fest, fast zärtlich.

„Ali, was willst du hören? Dass ich mich durch die Welt gefickt hab? Was bringt das? Außerdem stimmt's nicht mal. Hunter solltest du sehn, der hat das im Blut. Wenn du mit dem wohin gehst, klebt 'ne Stunde später garantiert 'n Mädel an ihm. Ich kann das nicht. Meistens bin ich nur rumgestanden und hab mich an 'nem Bier festgehalten, bis eine zu mir gekommen is."
„Aber du hast sie dann machen lassen, also lass mich auch."
„Bei dir isses anders."
„Wieso?"
„Weil – weil du dich anders anfühlst. Ehrlich, das ... das kenn ich so nicht, wie's von Anfang an war. Ich muss gar nicht drüber nachdenken, es geht irgendwie von allein. Und nicht nur beim Sex. Die andern Mädels waren gleich wieder weg. Und du bist da, immer. Ich will nicht, dass es nur so Zeugs is wie bei den andern, nur so 'ne Nummer."
„Dann schieb mich nie wieder so weg. Dann komme ich mir nämlich erst recht vor wie irgendeine Nummer."
Ich stehe im Shirt im Wind, mir ist kalt. Kevin starrt auf sein Skateboard, als wäre ihm noch nie aufgefallen, dass sein Name draufsteht.
Ich gehe zurück in die Küche und wasche das Geschirr ab, das nicht mehr in den Geschirrspüler gepasst hat. Durchs Fenster sehe ich, dass er weiter auf der Bank sitzt, den Blick zum Wald gerichtet. Irgendwann ist er weg, steht neben mir und trocknet ab, dann nimmt er mich an der Hand und wir gehen zum Fernseher, wo er die x-te Wiederholung von King Arthur findet.
King Arthur. Abenteuerfilm von 2004. Regie von Antoine Fuqua. Clive Owen als Arthur. Keira Knightley als Guinevere. Stellan Skarsgård als Sachsenführer Cerdic. Til Schweiger darf auch mitspielen, wie so oft als Deutscher in Hollywood einen Bösewicht. Die Tafelrunde auf brutal. Die Disney Studios wollten zur Steigerung der Einnahmen dann doch eine niedrigere Altersgrenze erreichen, also musste man das spritzende Blut im Nachhinein digital entfernen.

Die ganze Zeit über spüre ich Kevins Unruhe. Als Guinevere in der Nacht vor der großen Schlacht zu Arthur ins Zelt kommt, setzt er sich auf.
„Ich bin total verknallt in dich, Ali. Ich will dir das schon ’ne ganze Weile sagen, aber ich wusst nicht wie, damit du’s mir auch glaubst. Aber wenn du nicht da bist, will ich dich einfach nur da haben, und das tut richtig weh. Ich weiß nicht, anders kann ich’s nicht erklären. Ich liebe dich, ehrlich.“
Er schaut an mir vorbei, starrt auf den Fernseher. Im dunklen Raum flackert das Licht des Bildes auf seinem Gesicht. Er hält meine Hand ganz fest.
Ich schmiege meine Wange an seine Schulter, erwidere den Druck seiner Hand. Ich will *Ich dich auch* antworten, aber meine Lippen kleben aneinander. Jetzt sofort klänge es nicht ehrlich, obwohl es so gemeint wäre. In meinem Kopf rattert es wie bei einer Skateboardfahrt auf Kopfsteinpflaster, ich brauche lange, um mich wieder auf den Bildschirm konzentrieren zu können.
Ich finde King Arthur ja insgesamt nicht so toll, aber bei der Schlacht am Ende gibt es eine meiner Lieblingsszenen aller Actionfilme: wie auf der Seite der Pikten die Kriegerinnen mitkämpfen und die Sachsen niedermachen.
„Endlich mal ein Film, in dem die Frauen nicht nur irgendwo warten und zittern, bis die Männer sie retten, sondern beim Gemetzel dabei sind.“
„Die mussten sich grad zu viert auf einen Kerl schmeißen.“
„Immerhin ist er ziemlich tot und sie sind ziemlich die Sieger.“
Als Arthur dem Sachsenführer das Schwert in den Bauch rammt, kann ich es endlich sagen.
„Ich liebe dich auch.“
Ich glaube, von allen Filmszenen der Geschichte gehört diese nicht zu denen, bei denen die allermeisten Liebesgeständnisse passieren, aber Kevins Hand, die mir fast die Finger bricht, während Arthur und Guinevere den toten Lancelot finden, lässt mich spüren, dass es trotzdem gut ist.

Als die drei Pferde über die Hügel galoppieren, schaltet Kevin den Fernseher aus. Er nimmt die andere Fernbedienung und dreht den CD-Player auf. Eine Gitarre, eine Frau und ein Mann singen beschwingt ein Lied. Ihre Stimmen kommen mir bekannt vor.
„Wer ist das?"
„Billie Joe Armstrong und Norah Jones. Is 'ne Platte, die sie vor 'n paar Monaten rausgebracht haben. 'N Cover von 'ner alten Band. Komisch, dass ich sie dir noch nie vorgespielt hab, sie is toll."
Ich höre zu. Die zwei Sänger tragen einander zusammen über die Instrumente. Jetzt, wo ich es weiß, ist Billie Joe nicht zu verkennen. Das zweite Lied setzt ein.
you cheated me and made me lonely
I tried to be your very own
there'll be a day when you'll want me only
but when I leave, I'll be a long time gone
Es ist ungewöhnlich, eine unerwartete Mischung. Der Punkrocker und die Schmusesängerin. Es passt zu diesem merkwürdigen Tag. Ich will den Kopf zu Kevin drehen, aber er ist schon da, hat dasselbe gedacht wie ich. Sein Arm fasst mich an der Hüfte, dreht mich, hebt mich hoch auf seinen Schoß, er rollt mein Shirt über meinen Kopf, küsst meine Brüste. Wir müssen ein wenig turnen, um meine Jeans loszuwerden. Ich ziehe seine Trainingshose und die Shorts ein Stück runter. Er macht den Mund auf, um diese unvermeidliche Frage zu stellen, aber ich lege einen Finger auf seine Lippen und nicke nur.
Es ist, als müssten wir gleich explodieren. Aber Kevin steht unter Hochspannung, hält sich extrem zurück. Es dauert nicht lange, dann schiebt er mich runter, rutscht unter mir tiefer, vors Sofa, seine Hände an meinen Hüften. Ich presse Kopf und Arme gegen die Lehne und kippe in die höchsten Wellen seit langem. Er steht auf, schüttelt seine Hosen ab, will mich zur Seite aufs Sofa drehen. Ich zögere, dann halte ich ihn mit einem Bein zurück.
„Bleib da."
Über die Schulter sehe ich Kevins Gesicht. Seine Augen flackern,

wie vorhin im Garten, als er meinem Blick nicht standhalten konnte.
„Legen wir uns doch hin."
Bis jetzt war Kevin nur im Liegen hinter mir. Ich würde es gerne mal anders ausprobieren, aber ich traue mich nie, etwas vorzuschlagen. Ich weiß nicht, wie ich darüber reden soll, und Kevin wirkt so, als würde es ihn stressen. Aber heute habe ich den Mut, ihn herauszufordern.
„Nein."
„Bitte Ali ..."
„Komm her."
Er steht hinter mir und kämpft mit sich. Für eine Sekunde fürchte ich, dass er sich wegdreht und verschwindet. Dann gewinnt das, was wir einander gesagt haben. Er kommt zu mir, holt meinen Oberkörper hoch zu sich, und dann ist es viel zu schnell vorbei, aber ich bekomme mehr von ihm, nur für ein paar Augenblicke, aber deutlich weniger von dieser Selbstkontrolle, die er sonst ausstrahlt. Er zieht mich mit und sucht uns auf dem Sofa eine bequeme Position, sein Herz wummert gegen meine Schultern.
„Ich liebe dich. Liebedichliebedichliebedich."
Wir machen uns gar nicht die Mühe, ins Bett zu gehen, ziehen die dünne Decke vom Sofa über uns, das reicht. Billie Joe und Norah singen Oh So Many Years.
when all the time my heart is longing just to have you near

Natürlich habe ich immer schon geliebt. Ich liebe meine Eltern, ich liebe meinen Bruder. Irgendwie liebe ich auch Isa. Ich liebe Artischocken auf der Pizza. Ich liebe das Gefühl, wenn beim Sport die Zeit stehenbleibt und man sich frei durch einen stillstehenden Raum bewegt, wie im Weltall.
Aber jetzt liebe ich Kevin. Ich habe ihn bereits geliebt. Aber jetzt, da es ausgesprochen ist, ist es erst so richtig wahr und trägt mich mit einer neuen Energie durch die Tage, besonders in der Schule, die mir mittlerweile völlig nutzlos vorkommt. Der Unterricht ist zu

Ende, wir sitzen nur noch in den Arbeitsgruppen unserer Prüfungsfächer. Wo ich alle Antworten kenne, bevor die Frage fertig formuliert ist. Wo ich ständig neugierigen Blicken ausweichen muss.
Manu hat natürlich herumerzählt, was sie gesehen hat, und nun ist die Tatsache, dass ausgerechnet die komische Almuth Egger den berühmten Kevin Donner abbekommen hat, Schulgespräch. Sogar der Deutschprof, der immer völlig verzichtbar den Kumpeltyp raushängen lässt, hat mich angesprochen, *Na Almuth, bei dir ist ja einiges los.* Ich ignoriere das Ganze so gut ich kann, hoffe, dass sich bald jemand trennt, in der Garderobe beim Kiffen erwischt wird oder Ähnliches, damit ich wieder meine Ruhe kriege. Andererseits hat mich diese Einmischung in mein Leben noch nie so wenig gestört wie jetzt, ich fahre absichtlich öfter mit dem Skateboard zur Schule, wo die paar harmlosen Skater, die wir dort haben, natürlich nur Jungs, mir immer mit offenem Mund nachstarren, wenn ich die beiden Stufen zum Vorplatz mit einem schönen Ollie überwinde. Der ist zwar ziemlich alles, was ich wirklich kann, das aber mittlerweile gut. *Ihr könnt mich alle.*
Zwei Tage nach Kevins *Ich liebe dich* lasse ich Isa für Spanisch abschreiben, da baut sich Flo vor mir auf, nimmt meinen Kuli vom Tisch, spielt damit rum.
„Na Ali, erzähl mal, wenn Kevin und du es treibt, habt ihr da eure Skateboards auch mit im Bett?“
Ich schaue auf. In der Pause ist die Klasse halb leer, ein paar Leute kichern. Johanna neben uns verdreht die Augen.
„Leck mich am Arsch, Flo. Geh heim zu Mama und hilf ihr beim Marmeladekochen. Das tust du doch so gern, oder? Zumindest erzählt sie das meiner Mutter beim Singen.“
Ich habe gar kein Problem mit Marmelade machenden Männern. Es würde mich nicht wundern, wenn Kevin damit anfängt, so wie er sich aufs Kochen stürzt. Aber wie ich erwartet habe, ist Flo nicht der Typ, den sowas stolz macht, er wird rot bis zum gegelten Scheitel, wirft den Kuli auf den Tisch und zieht ab. Johanna zwinkert mir zu. Isa schaut ihm kopfschüttelnd hinterher.

„Ewig schade drum, diese Energieverschwendung bei seiner Zeugung."
„Lass ihn doch, wenn's ihm weiterhilft."
Isa wendet sich wieder den irregulären Verben zu.
„Ich kann dein neues Ich sehr gut leiden."
„Das mit den aufgerissenen Hosen?"
„Das mit dem großen Maul."
Ich skate nach Hause, zufrieden mit meinem großen Maul, biete meiner Mutter an, für sie einkaufen zu fahren, und verwirre sie, weil ich nicht zu lachen aufhören kann, als sie mich fragt, ob sie heuer mal wieder Erdbeermarmelade einkochen soll. Als ich später Kevins Tür aufmache, höre ich seine Stimme und eine andere. Er bekommt doch nie Besuch. Sie sind im Arbeitszimmer, reden Englisch.
Aber es ist nur Luis auf Skype, der sich gerade verabschiedet. Ich beuge mich noch schnell über den Monitor, auf dem die Kamera montiert ist. Hinter Luis ist ein großes Fenster, durch das man einen sonnigen Strand sieht.
„Hey Luis!"
„Ali Süße, geht es dir gut?"
„Ja, sehr gut."
„Das ist fein. Bis bald!"
Wir machen uns Salat und Nudeln. Beim Essen legt Kevin plötzlich die Gabel hin.
„Luis hört auf zu skaten."
Ich lasse meine Gabel ebenfalls sinken, mehr als erstaunt.
„Was?"
„Na, er hört als Pro auf. Einer wie Luis wird immer skaten, aber er verlässt seine Teams, hört mit der Tourerei auf. Hunter und die andern sind fertig mit den Nerven, aber er hat's Clive schon gesagt."
„Wow."
„Yep. Mir is auch das Gesicht eingeschlafen. Aber so is Luis – weiß, was er will."
„Aber warum denn?"
„Er sagt, er hat die Fahrerei satt. Ende Juli wird er siebenund-

zwanzig, elf Jahre reichen. Seit seiner OP schafft er's nie lang ohne Schmerzen, das geht so seit drei Jahren, er hat genug. Außerdem kriegt Fabiola 'n Kind, er will bei ihr sein."
„Echt?"
„Yep, im November. Sie wissen's schon 'ne Weile, aber sie haben's noch keinem verraten, Fabiola wollt warten. Nur Hunter hat's zufällig mitgekriegt. Fabiola hat's Luis gesagt, als er in L. A. war, da isser 'n bissl ausgeflippt, weil's nicht geplant war. Wollt gleich alles hinschmeißen und zu ihr fliegen, da is Hunter ins Zimmer gekommen und Fabiola hat ihn eingeweiht, damit er Luis wieder runterkühlt. Eigentlich isses ganz witzig, sie haben's wohl an dem Wochenende im Februar hingekriegt, wo Luis und Hunter nachm Besuch hier noch kurz in Sevilla waren. Und Hunter verarscht ihn jetzt damit, dass er aufm Sofa gepennt hat, während Luis 'n Kind gemacht hat."
Kevin grinst ein bisschen.
„Ist ja schräg."
„Find ich auch. Luis und so 'n kleines Baby ..."
„Den kann ich mir damit besser vorstellen als Hunter."
„Stimmt. Der würd's wahrscheinlich überall vergessen."
Wir müssen lachen. Kevin greift wieder nach seiner Gabel.
„Sie kommen vorbei. Fabiola hat beschlossen, dass sie alle Leut nochmal besuchen will, eh sie zu rund is, um durch 'ne Tür zu passen. Und wenn Fabiola sowas beschließt, isses so. Luis checkt das grad. Er hockt mitm Team auf Hawaii, die haben 'n Commercial für 'nen Sponsor gedreht. Er meldet sich nachher nochmal, wie die Flüge gehn. Aber wahrscheinlich kommen sie am Montag."
„Und Hunter auch?"
„Mal schaun. Ich hab Luis gesagt, er soll alle fragen. Aber in zwei Wochen geht die Streetleague los, Ken will sich auf die X-Games vorbereiten. Im Frühjahr is alles immer ziemlich knapp."
Ich freue mich, Luis wiederzusehen. Und seine Freundin kennenzulernen. Dann bin ich wenigstens nicht wieder das einzige Mädchen. Und vielleicht ist auch Hunter dabei. Oder sogar Ken und

Tony. Ich bin gerne mit Kevin allein. Aber das Snowboarden mit den anderen hat solchen Spaß gemacht.
Mir fällt etwas ein, ich zögere erst, ob ich Kevin fragen soll, weil ich ihm eigentlich dieselbe Frage stellen müsste. Dann tue ich es doch.
„Was will Luis denn jetzt machen, wenn er als Profi aufhört?"
Kevin bezieht es nicht auf sich, isst in Ruhe weiter.
„Er will 'ne Firma aufmachen. Davon redet er schon 'ne Weile. Jetzt will er's durchziehn. Sportsachen verkaufen. Aber spezielles Zeug, nicht den normalen Kram, den man ohnehin in den großen Läden kriegt. Halt Sachen für unsern Sport. Die guten Decks. Snowboards. Sachen für Freerider. Und die ganze Ausrüstung dazu. So viele europäische Firmen gibt's da noch nicht."
„Klingt spannend."
„Ja. Das Gute wär, er könnt immer noch oft genug zu Contests und so fahren. Aber halt mit was Neuem. In Spanien will er anfangen, aber wenn's hinhaut, will er auch in andre Länder. Und wieso soll's nicht hinhaun, er kennt die ganzen Leut, er is gescheit, er weiß, wie's geht."
Ich erinnere mich, welcher Aufwand es war, den speziellen Sattel für mein Rad zu kriegen. Luis hat da wirklich eine gute Idee.
„Er hat mich gefragt, ob ich mitmach."
„In der Firma?"
„Ja. Ob ich Kohle einbringen will. Und auch selber mitarbeiten. Er hätt gern als Nächstes gleich Filialen in Deutschland."
In mir beginnt ein Film zu laufen. Kevin als Geschäftsmann. Immer unterwegs, wie mein Vater. Ich auf der Uni. Wo ist der Knopf, um die Zeit anzuhalten? Sei nicht so egoistisch, sagt eine Stimme hinten in meinem Hirn, endlich tut sich was bei ihm.
„Aber ich glaub, das is nix für mich."
Der Film stoppt. Eigentlich sollte ich jetzt sagen, dass das Unsinn ist, dass er sicher toll mit Luis auskommen würde. Dass es eine schöne Sache für sein Leben wäre. Aber ich kann nicht. Ich fühle mich schlecht, es wäre meine Aufgabe, ihn zu bestärken, aber die Nudeln in meinem Mund hindern mich am Reden, und als sie ge-

schluckt sind, muss ich neue reinstopfen, bis der Augenblick für einen Widerspruch vorbeigegangen ist.
Als es bei uns spät am Abend, bei ihnen gerade Vormittag ist, rufen Hunter und Luis zurück, sie sitzen nebeneinander auf einer Terrasse in der Sonne. Als Hunter mich auf Kevins Schoß sieht, grinst er, dass ich tiefrot werde. Ich weiß, dass Kevin ihnen bald von uns erzählt hat, aber ich habe keine Ahnung, was er alles verrät. Hunter pfeift den Anfang von For He's a Jolly Good Fellow, will irgendwas Fieses sagen, aber Luis schubst ihn, dass er von der Terrasse hinunter aus dem Bild kippt, und klärt mit Kevin die Reise, während Hunter sich lachend aufrappelt. Es ist schade, dass Ken und Tony absagen, sie müssen zu anderen Terminen. Aber Hunter hat Zeit und so wollen er und Luis direkt von Hawaii über Miami nach Madrid kommen, wo Fabiola auf sie warten wird, damit sie am nächsten Morgen nach München fliegen und sich ein Mietauto für die zwei Stunden Autofahrt leihen. Und das alles für zwei Tage bei Kevin, weil Fabiola nicht mehr Urlaub nehmen kann und Hunter und Luis nächstes Wochenende ohnehin zurück in den USA sein müssen. Die Distanzen, die sie ständig hinter sich bringen, machen mich fertig, wenn ich nur darüber nachdenke, aber als Kevin, Hunter und Luis die Uhrzeiten abgleichen, wirken sie so, als wäre es für sie das Normalste der Welt. Die Vorfreude ist Kevin deutlich anzumerken. Ich bin so froh, dass sie kommen.

Am Samstag treffe ich Isa bei ihr zu Hause, wir setzen uns auf dem Balkon in die tollen Hängesessel, um gemeinsam Spanischtexte durchzugehen. Plötzlich lässt sie die Zettel sinken.
„Ich hab dir noch gar nicht erzählt: Laura und Clemens haben sich getrennt."
„Die aus Dominiks WG? Wieso denn?"
„Keine Ahnung. Sie hat Schluss gemacht, irgendwie hat es nicht mehr gepasst. Ich kenne sie ja nicht, hab es nur von Dominik gehört."
Als wir dort waren, haben die beiden wie ein normales glückliches

Pärchen gewirkt. Man kann nicht in Menschen hineinschauen, ich schon gar nicht.
„Clemens fängt in drei Monaten seinen Zivildienst an, irgendwo im Ausland. Und Laura sagt, sie braucht einen Neuanfang. Jedenfalls wollen sie ausziehen."
„Aha."
„Dominik hat mich gefragt, ob wir beide die Zimmer haben wollen."
Das erwischt mich kalt. Lauras Zimmer. Mit dem Kastanienbaum. Mit dem Hochbett. Oder nimmt sie das mit? Ich könnte selber eines bauen, Kevin würde mir sicher helfen. Und mein Vater. Er müsste nur endlich von Kevin erfahren.
„Weißt du jetzt, wohin du gehen willst?"
„Eigentlich schon. Hier gibt's ja keine technische Uni."
„Und dein Vater weiß das auch?"
Ich zucke mit den Schultern. Isa kennt mich gut genug.
„Ali, du kannst nicht so tun, als würdest du in Stadt A Medizin studieren, wenn du in Wahrheit in Stadt B was anderes studierst."
„Ich weiß ... Ich werde es ihm schon sagen. Ich suche nur den richtigen Moment."
Isa sieht mich mit hochgezogenen Augenbrauen an.
„Weiß er mittlerweile von Kevin?"
„Da warte ich auch auf den richtigen Moment."
Eigentlich habe ich den schon verpasst. *Übrigens Papa, ich bin seit drei Monaten mit diesem Typen aus dem Nachbarhaus zusammen.*
Isa schüttelt den Kopf, weiß, dass es nichts bringt, weiter darauf herumzureiten.
„Jedenfalls, Dominik würde uns die Zimmer gern geben. Laura und Clemens gehen im August, im September braucht er jemand Neuen. Wir müssen ihm bis Anfang Juli Bescheid sagen."
Ich nicke. Das gibt mir Zeit. Die Vorstellung, mit Dominik und Isa in dieser Wohnung zu wohnen, ist wirklich schön. Und irrsinnig anstrengend.
Zu Hause richte ich schnell ein paar Schulsachen. Ich bin froh, dass mein Vater wieder mal unterwegs ist. Nach diesen Neuigkeiten

würde es mir noch schwerer fallen, ihm ins Gesicht zu sehen, mit all den Lügen, die ich zwischen uns aufgetürmt habe. Ich wechsle ein paar belanglose Worte mit meiner Mutter, während ich ihr helfe, das Bad zu putzen, und mache mich dann auf zu Kevin. Vielleicht kann ich mit ihm darüber sprechen, auch wenn es nicht leicht ist, weil alles nach dem Sommer unweigerlich bedeutet, dass wir nicht mehr einfach Tor an Tor wohnen werden.

Als ich an Bennis Zimmer vorbeigehe, höre ich ihn durch die Tür fluchen. Er sitzt an seinem Schreibtisch vor dem PC.

„Was ist denn los?"

„Ich komm mit dem Scheiß nicht zurecht."

Eine quadratische Pyramide, man soll die Seitenkante s und die Neigungswinkel berechnen.

„Schau mal, du hast die Angaben falsch rum eingetragen."

„Diesen Müll werd ich nie packen."

Benni quält sich mit Mathe. Er würde am liebsten bald mit der Schule aufhören und eine Lehre als Automechaniker machen, er liebt Autos. Aber für unseren Vater kommt es nicht in Frage, dass sein Sohn nur dasselbe lernt wie sein Vater damals. Also wird es ab Herbst eine HTL für Maschinenbau, und Benni fürchtet sich jetzt schon vor den theoretischen Fächern.

Ich habe ihm immer bei den Aufgaben geholfen, ihn Vokabeln abgefragt, Rechnungen zum Üben erfunden. Jetzt fällt mir auf, wie lange ich mich nicht erkundigt habe, ob er Hilfe braucht. Eigentlich ist dieses Haus nur noch meine Durchgangsstation zwischen Schule und Kevin.

Ich spüre mein schlechtes Gewissen, setze mich zu ihm, zeichne ihm die Skizze auf. Gehe mit ihm die Gleichungen durch, bis es stimmt. Denke mir neue Zahlen aus und gebe ihm dasselbe nochmal auf.

„Was mach ich nur, wenn du nächstes Jahr nimmer hier bist ..."

„Dann rufst du an. Und ich komme am Wochenende. Das kriegen wir schon hin."

Bennis Gesicht ist dunkel.

„Ohne dich wird's hier schwer erträglich werden."

„Ich bin ja nicht aus der Welt."
Mein kleiner Bruder. Als wir Kinder waren, haben wir Baby gespielt. Ich war fünf, er zwei. Ich habe ihn in meinen Puppenwagen gesetzt, ihn zugedeckt und in unserem Garten herumgefahren, als wäre ich seine Mama und er mein Kind. Wächst da tatsächlich ein Flaum auf seiner Oberlippe?
„Danke, große Schwester."
„Gern geschehen, kleiner Bruder."
Ich stehe auf der Stiege. Die vierte Stufe knarzt, die unter dem Bild mit dem Matrosenkleid, immer schon. Letztes Jahr haben meine Eltern das Wohnzimmer und die Küche umgebaut, aber die Diele sieht noch so aus wie bei ihrem Einzug, mit dem altmodischen Lampenschirm und den Kratzern am Schuhschrank, die Benni und ich einmal mit unseren Bastelscheren gemacht haben. Meine Mutter hat den Fernseher laufen, ich höre sie ihre Turnübungen machen. Manchmal stöhnt sie leise, das ist immer der Moment, in dem sie den Rücken überstrecken muss. Ich ziehe meine Schuhe an, meine Jacke. Wie ist es, wenn die Räume deines Lebens ein Ort werden, den du nur besuchst? Welche neuen Räume öffnen sich? Was wird aus den alten?
Ich finde ihn im Garten, in der Miniramp. Lasse mich in seine Arme fallen. Grabe mein Gesicht in seine Schulter. Kann selbst nicht sagen, wieso ich weine.
„Oh Gott, was is denn? Is was passiert?"
Ich schüttle den Kopf. Kevin ist komplett überfordert, weiß keinen anderen Rat, als hilflos *Sssschhh* zu summen. Irgendwann beutelt es mich nicht mehr so sehr.
„Ich – ich ... ich – liebe dich – nur so."
„Und das is zum Heulen?"
Ich schüttle den Kopf, schmiere dabei meinen Rotz in Kevins Shirt.
„Ich – ich will nicht, dass ... dass sich was ändert."
„Ach Ali."
Kevin hält mich. Wiegt mich ein wenig hin und her. Bis es langsam besser wird.

Und dann passiert es. Am Sonntag, wie aus dem Nichts, stoße ich mich ab, gebe dem Skateboard einen Dreh, setze die Beine drauf und rolle aus. Mein erster Kickflip. Wie aus dem Bilderbuch.
Kevin klatscht, schreit *Yippee!* Vielleicht war es nur ein Zufall, One-Hit-Wonder. Ich versuche es nochmal. Bin etwas spät dran, lande schief, aber doch mit beiden Beinen auf dem Board. Ich bin so überrascht von mir selbst.
„Wie hab ich das nur geschafft?“
„Dir is wohl irgendwie der Knopf aufgegangen. Nicht übel, nach nicht mal vier Monaten, echt nicht übel.“
Kevin nimmt mich in den Arm, gibt mir einen Kuss.
„Haben wir noch was, mit dem wir vor Luis und Hunter angeben können.“
Als ich am Montag aus der Schule komme, sind sie da. In Kevins Hof parkt ein Mietwagen. Aus dem Wohnzimmer dringt Green Day, ¡Uno! Luis steht in der Tür, umarmt mich. Im nächsten Moment steht schon Hunter da, packt mich und ich klebe an seiner Brust, seine Dreads wirbeln um meinen Kopf.
„Is so super, dich zu sehn!“
Luis wirkt etwas müde, Hunter aufgedreht wie immer. Mich würde der Jetlag vermutlich für Tage flachlegen.
Fabiola, neben Kevin auf dem Sofa, steht auf, macht zwei Schritte auf mich zu. Auch sie drückt mich an sich. Sie ist sieben Jahre älter als ich, aber es fällt mir nicht auf, sie hat ein feines, mädchenhaftes Gesicht und ist eindeutig ein genauso unkompliziertes Wesen wie Luis und Hunter.
„Hallo Ali.“
„Hola, cómo estás?“
„Oha! Bien, gracias. Hablas español?“
„Del liceo.“
„Hey, das is nicht fair.“
Fabiola lacht Kevin aus.
„Selber schuld, Kev. Luis wollte dir immer Spanisch beibringen.“
Hunter lässt sich aufs Sofa fallen.

„Bin total bei Kev. Der einzige Kram, den ich auf Spanisch hinkrieg, is dreckiges Zeugs."
„Oh, erspar uns das."
Hunter streckt Fabiola die Zunge heraus, sie bewirft ihn mit einem Polster, er fängt ihn locker und wirft ihn zurück, aber vorsichtiger.
„Sagste nur, weilste nich weißt, waste verpasst. Aber Kev, zwingen wir Luis, dass er sie überredet, dass sie wieder Englisch redet."
Kevin und Hunter drehen sich erwartungsvoll zu Luis. Der hebt die Hände.
„Schaut mich nicht an, glaubt ihr wirklich, ich würde ihr jemals widersprechen?"
Fabiola grinst mich an.
„Ich schlage vor, wir machen ausnahmsweise auf Englisch weiter, nur um den Gastgeber zufriedenzustellen. Was denkst du, Ali?"
Ich muss lachen. Schon Kevin, Hunter und Luis haben sich im Februar ständig getriezt, Fabiolas Anwesenheit scheint die drei noch mehr dazu zu reizen.
„Einverstanden."
Kevin streckt mir die Zunge raus. Zieht mich zu sich, gibt mir einen Kuss. Luis setzt sich zwischen Fabiola und Hunter, wirft ihm einen Blick zu. Hunter legt die Beine auf den Hocker und verschränkt zufrieden die Arme hinter dem Kopf.
„Hatse dich also echt genommen."
„Ja, glücklicherweise."
Luis legt den Arm um Fabiola.
„War echt Zeit, Mann, war echt Zeit."
Ich werde ein bisschen rot. Mir fällt auf, dass mir das kaum noch passiert.
Wir sitzen an der Bar, das Essen vom Mexikaner, wie schon einmal, nur dass diesmal Fabiola dabei ist, etwas kleiner als ich, dunkelblond, vorlaut. Sie kennt die drei, die sie liebevoll *troop of monkeys* nennt, so viel besser als ich, aber wie im Februar fühle ich mich nicht als Außenseiterin.
Kevin stellt Corona auf den Tisch.

„Fabiola, für dich auch eins?"
„Bist du verrückt?"
Sie legt eine Hand auf die gerade zu ahnende Rundung unter ihrem Shirt.
Kevin grinst, stellt einen Krug mit Orangensaft dazu. Das gibt mir Gelegenheit, das loszuwerden, was ich schon die ganze Zeit sagen wollte.
„Ich möchte euch gratulieren."
„Danke!"
Luis legt seine Hand auf Fabiolas.
„Und das Baby kommt im November?"
„Yep. Der Termin ist am vierzehnten. Aber mal sehen, er entscheidet."
Der letzte Satz war absichtlich so platziert. Hunter hebt den Kopf, mit riesigen grünen Augen.
„Isses 'n Bub?"
„Fabiola hat es am Freitag erfahren. Es ist sehr früh, eher geraten, aber der Doktor hat gesagt, es ist ziemlich sicher, er hat's beim Ultraschall so raushängen lassen."
Hunter und Luis grinsen einander an. Fabiola verdreht die Augen.
„Natürlich hat er das. Er ist dein Sohn, da war wohl nichts anderes zu erwarten."
Luis lacht, gibt Fabiola einen Kuss auf die Wange. Kevin klirrt mit den Tellern.
„Kev, hast du gehört? Sie bekommen einen Buben."
„Tolle Sache."
Kevin dreht das Wasser auf. Wäscht sich die Hände. Dann schaut er her, hebt seine Bierflasche.
„Cheers! Gut gemacht, Mann."
„Gut gemacht?! Zehn Minuten Spaß gegen vierzig Wochen Übelkeit und geschwollene Füße und stundenlanges Pressen und Brüllen?!"
Ich mag Fabiola. Sie erinnert mich an Isa.
Luis gibt ihr einen Kuss auf die Wange.

„Amorcito, ich hab dir versprochen, du darfst mich in den Hintern treten und mir alle meine Knochen brechen."
„Und das werde ich."
Hunter verzieht das Gesicht.
„Sollt wohl Mom öfter anrufen und ihr sagen, dass ich sie gern hab."
„Das solltest du wirklich."
Fabiola tunkt ihren Taco in die Soße, wirft Hunter einen Blick zu.
„Ehrlich, ich bin erleichtert, dass es ein Bub ist. Bei einem Mädchen wäre ich in ein paar Jahren total gestresst, wie ich sie vor dir und dem Rest der Affenhorde schützen kann."
Hunter grinst versonnen.
„'N Bub is besser, dem können wir's Skaten beibringen. Aber lass mich mal rechnen, so 'n Mädel wär achtzehn und ich wär ... um die vierzig. Na, wenn das nich perfekt wär, was dann?"
Fabiola wirft ihren Taco nach Hunter, er duckt sich laut lachend, der Taco knallt hinter ihm an die Wand.
„He Mann, das war meine frisch gestrichene Wand!"
Hunter wirft Kevin einen nicht ernst gemeinten entschuldigenden Blick zu.
„Sag's ihr, sie is so brutal."
„Weil du mich dazu gezwungen hast!"
Fabiola schubst Luis.
„Komm schon, sag was. Er beleidigt deine erfundene Tochter."
Luis beißt entspannt von seinem Burrito ab.
„Das in deinem Bauch ist keine Tochter, also fühle ich mich nicht beleidigt. Ich stimme zu. Ein Bub ist toll, der kann mit uns skaten gehen."
Hunter nickt zufrieden.
„Und nich nur. Die nächste Generation muss lernen, wie man die Mädels der nächsten Generation beeindruckt. Jetzt wo Luis mich auch im Stich lässt, kann ich's ihm wenigstens heimzahlen, wenn ich seinen Sohn später trainier, wie man Mädels aufreißt. Skaten is dafür perfekt."
Hunter lacht Fabiola an. Luis grinst in sich hinein. Ich beobachte

Kevin. Er irritiert mich. Das Gestichel von Hunter und Fabiola folgt eindeutig einer festen Tradition. Aber Kevin lacht nicht mit, seine Augen sind dunkel, er hält sich an seiner Bierflasche fest und wippt mit den Beinen. Die anderen bemerken es nicht, Fabiola seufzt betont theatralisch.
„Gibt es keinen Weg, um meinen wertvollen Nachwuchs vor dir zu schützen?"
Hunter grinst.
„Nope. Hab ich dir schon gesagt, wie geil ich's find, dasses 'n Bub is?"
Ich rühre mit meiner Empanada in der Chilisoße herum.
„Warum würdet ihr einem Mädchen nicht beibringen können, wie man skatet? Nur weil es ein Mädchen ist? Dürfen Mädchen nicht skateboarden? Ist das nur für coole Jungs geeignet?"
Fabiola klatscht lachend in die Hände.
„Na, das ist mal ein wahres Wort, Ali!"
Hunter und Luis starren mich an, haben die Bierflaschen auf halbem Weg zum Mund vergessen. Ich spüre, dass meine Wangen sich röten, aber ich grinse, halte ihren Blicken stand. Dann verdreht Hunter die Augen.
„Oh Gott, Kev, haste dir ja genauso 'ne Klugscheißerin ausgesucht wie Luis mit Fabiola. Und das sind Weiber, das Geschnatter zählt doppelt. Wir sind in der Unterzahl. Mann, was für 'n Glück, dasste 'nen Sohn gemacht hast, sonst wären wir total verloren. Jetzt musste nur versprechen, dasste ihr nicht erlaubst, dass sie dich bei der Geburt umbringt. Hab mal gehört, dass Frauen sowas bei den Wehen probieren, um sich beim Kerl für die Schmerzen zu rächen. Deine wär total zu sowas fähig."
Fabiola zwinkert mir zu, ich lache zurück, ich mag sie wirklich. Luis grinst, schaut zu Kevin, wie Hunter. Jetzt erst bemerken die beiden, dass er sich nicht genauso amüsiert. Ihre Gesichter werden unsicher. Kevin zappelt auf dem Hocker herum. Fährt sich mit der Hand durch die Haare, wie immer, wenn er nervös ist. Ich hebe fragend die Augenbrauen. Er schaut zur Seite.

Fabiola kennt ihn wohl nicht gut genug, merkt es nicht. Sie nimmt Hunters Witz einfach auf, erzählt von einer CD mit Selbsthypnoseübungen, die sie sich kaufen will, als Vorbereitung für die Geburt. „Ich habe in einem Buch gelesen, dass man wohl einen Punkt erreicht, an dem man sich den Schmerzen ergeben muss. Das ist nicht gut, ich bin ziemlich schlecht darin nachzugeben, egal bei was. Also hab ich mir gedacht, dass ich mir eine Strategie überlegen muss, und dieser Hypnosekram klingt gut."

Ich nicke, versuche, den unruhigen Kevin neben mir zu ignorieren. Aber Luis und Hunter kennen ihn, wechseln einen seltsamen Blick. Luis fragt mich schnell über meinen Schulabschluss aus, ich erzähle irgendwelche Dinge von meinen Prüfungsthemen. Fabiola ist beeindruckt, dass ich noch nicht die Nerven weggeschmissen habe, wo die schriftlichen Arbeiten schon nächste Woche anstehen. Dadurch bemerke ich, dass auch sie von meiner Festplatte weiß. Sicher hat Luis es ihr erzählt. Aber es stört mich nicht, auch damit komme ich mir bei ihnen nicht mehr wie die Außenseiterin vor. Kevin ist still, während wir über meine Maturafächer reden, aber ich merke, wie er sich langsam entspannt. Er isst seinen Teller leer und hört auf, mit den Beinen zu wippen. Dass er für den Rest des Abends nicht mehr zappelt, beruhigt sichtlich auch Hunter und Luis, aber ich sehe an den Blicken, die sie sich zuwerfen, dass sie schon öfter damit konfrontiert waren, dass Kevin sich so komisch verhält.

Mit den dreien ist das kleine Haus voll. Ich ärgere mich, dass ich es noch immer nicht geschafft habe, meinem Vater alles zu erzählen. Kevin und ich könnten bei mir schlafen und die anderen hätten besser Platz. Aber ich traue mich nicht, meine Mutter zu fragen, weil ich weiß, dass sie mit meiner Heimlichtuerei schon sehr unzufrieden ist. Zum Glück ist Hunter völlig anspruchslos und nimmt einfach das Sofa. Kevin überlässt Luis und Fabiola das Schlafzimmer, pumpt uns zwei Campingmatten im Arbeitszimmer auf. Es ist seltsam, dass ein anderes Paar in dem Bett ist, in dem sonst wir liegen.

Kevin richtet sich die Polster. Ich kuschle mich an seine Schulter.
„Du bist heute so still."
„Was?"
„Du hast den ganzen Abend fast nichts gesagt."
„Ich fand's schön, den andern zuzuhören."
„Wirklich? Kam mir nicht so vor."
„Das bildest du dir ein. Ich – ich bin nur müd. Du solltest deinem kleinen Bruder sagen, dass er mich nicht immer bis zwei Uhr früh zum Zocken überreden soll."
„Der weiß das schon selbst."
Unter dem Türspalt sieht man das Licht der Stehlampe aus dem Wohnzimmer, Hunter blättert in einer Zeitschrift, man hört das Rascheln des Papiers, wenn er umblättert. Irgendwann verschwindet der Lichtstreifen, es wird still. Ich bin noch eine Weile wach, und ich weiß, Kevin auch. Aber keiner sagt etwas. Ich merke, er wird mir heute nicht nahekommen. Ich würde gerne, aber ich wage es nicht. Als ich wegdöse, spüre ich an Kevins angespanntem Brustkorb, dass er vom Einschlafen noch weit entfernt ist.

Die drei bleiben nur einen weiteren Tag, umso mehr ärgert es mich, dass ausgerechnet der Dienstag der letzte Wochentag ist, an dem ich lange in der Schule hocken muss und bei ihrem Ausflug in die Landeshauptstadt nicht mitkommen kann. Gemäß der Vereinbarung muss ich zu Hause reinschauen, esse mit Benni und meiner Mutter Makkaroni, räume die Küche auf. Als ich endlich rüberkomme, skaten Luis, Hunter und Kevin im Garten, man hört sie durch die angelehnte Tür lachen. Fabiola sitzt auf dem Sofa und schaut ihnen zu. Sie hat Johnny Cash eingelegt, American IV: The Man Comes Around, das letzte Album, das zu seinen Lebzeiten veröffentlicht wurde. Ich habe es durch Kevin kennengelernt und seither ist es fast mein liebstes Album von ihm. Man hört bereits an seiner brechenden Stimme, dass er schwer krank ist. Die Songs sind hauptsächlich Coverversionen anderer Legenden, die Beatles, Sting, Depeche Mode, Simon & Garfunkel. Hurt von den Nine Inch Nails.

„Hey. Hattest du einen schönen Schultag?"
Ich setze mich zu Fabiola. Die drei draußen spielen SKATE, Hunter gegen Kevin. Wer einen Trick versaut, ist mit Luis' Entscheidung, dass der Versuch nicht gilt, natürlich nie einverstanden.
„Nicht wirklich. Langweilig. Weißt du, es kommt mir vor wie ... verlorene Zeit."
„Das dürfte normal sein. War bei mir auch so, ohne dass ich talentiert war."
„Wie war euer Trip?"
„Interessant. Ich wollte diese Stadt immer schon sehen. Aber auf dem Domplatz war so viel los, mir war schwindlig, also sind wir früher gefahren. Ich wollte mich ausruhen, also sind sie rausgegangen. Luis möchte Kev überreden, bei ihm mitzuarbeiten. Hat er dir das erzählt?"
Ich nicke. Eine Weile sehen wir den Skatern zu. Kevin hat Hunter geschlagen, jetzt muss er gegen Luis antreten, aber der landet Tricks, die auch für einen gesunden Kevin herausfordernd wären. Luis trägt eine kurze Hose, noch ein Tattoo, ein großes Spinnennetz auf dem rechten Knie, mit einer roten Spinne, die ein Skateboard einwickelt. Gerade legt er einen eleganten Fakie Inward Heelflip vor, Kevin scheitert knapp, den folgenden Frontside Bigspin kann er Luis nachmachen. Ich habe die Videos gesehen, das aus dem Wasserpark und andere. Aber die drei Musketiere nur wenige Meter entfernt zusammen zu sehen, ist anders. Schon auf den Snowboards war es ähnlich, aber die Skateboards sind wirklich die natürliche Verlängerung ihrer Beine. Die Tage im Schnee sind nicht mal drei Monate her, und alles ist so anders.
„Weißt du, du hast ihn verändert."
„Was?"
„Ich meine, du und Kev. Ich kann es nicht genauer beschreiben, aber er ist – weicher. Zumindest ein bisschen. Es gibt weniger Situationen, in denen er zumacht, so wie gestern Abend."
Also hat sie es doch bemerkt. Ihr Kompliment macht mich verlegen.

„Weißt du, wieso er das tut?"
Fabiola schüttelt den Kopf, deutet hinaus in den Garten.
„Das fragen sie sich seit Jahren. Wir glauben, es hat mit seiner Familie zu tun."
„Das ist auch meine Vermutung."
„Hast du auch nicht mehr rausgefunden?"
Ich schüttle den Kopf.
„Nur Hinweise. So wie ein Puzzle, man hat eine Ahnung, wie das Bild aussehen könnte, aber es fehlen zu viele Teile."
Luis hat gegen Kevin gewonnen, jetzt probiert er in der Miniramp einen waghalsigen Backside Lipslide, hat kaum Platz, kugelt dem Skateboard hinterher. Kevin lacht, zeigt ihm den Trick vor, eine Transition beherrscht er immer noch besser als die beiden anderen.
„Ich hoffe, dass er Luis' Angebot annimmt. Er möchte wirklich mit ihm arbeiten. Und es wäre so gut für Kev, würde ihn hier rausbringen."
Sie dreht sich zu mir, macht ein erschrockenes Gesicht.
„Entschuldige, ich hab es nicht böse gemeint. Es ist toll, dass er dich getroffen hat, aber all das hier mit dem Haus und dem Pferd und dass er nur rumsitzt und nichts macht …"
„Es ist okay. Du hast recht."
Kevin macht eine scharfe Kurve um Luis, schneidet ihm den Schwung ab, springt über den Kicker. Luis holt ihn ein, drängt ihn ab, sie verlieren beide die Skateboards unter den Füßen, fallen lachend um. Hunter beschleunigt, Luis will sich eben aufrichten, kippt gerade noch rechtzeitig zurück, Hunter zieht mit einem schönen Ollie über die beiden drüber. *Boys with toys,* sagt Isa bei sowas. Fabiola denkt wohl dasselbe, schüttelt lächelnd den Kopf.
„Lebende Hindernisse. Wenn sie damit anfangen, wird es wirklich heikel. Vor etwa zwei Jahren hat Luis mit einem seiner Wheels fast Hunters Nase gebrochen. Als sie mir davon erzählt haben, sind sie fast vor Lachen gestorben, als ob das der größte Spaß der Welt wäre. Nicht nur, dass sie sich selbst wehtun, sondern dass sie sich gegenseitig kaputtschlagen."

Kevin und Luis sind zurück auf ihren Skateboards, wetten mit Hunter, dass er sicher nicht beim ersten Versuch einen Frontside Bluntslide auf dem Handrail stehen wird. Hunter wäre nicht Hunter, würde er nicht die Herausforderung annehmen, und er ist momentan nun mal in Bestform, er fällt nur, weil Kevin ihm bei der Landung ein Bein stellt. Fabiola lächelt, aber sie sieht dabei traurig aus.

„Immer, wenn ich ihn sehe, tut er mir leid. Ich hasse das, weil ich glaube, dass es keine faire Freundschaft ist, wenn der eine immer Mitleid mit dem anderen hat. Besonders, wenn man gar nicht genau weiß, wieso. Aber Kev ist so ... als ich ihn kennengelernt habe, hatte ich zuerst den Eindruck, dass er Angst vor Frauen hat. Aber das ist es nicht. Nach all den Jahren glaube ich fast, dass er vor sich selbst Angst hat."

Ich schaue zu Kevin, dem gerade irgendein Gedanke durch den Kopf geht, er grinst in sich hinein und verwuschelt seine Haare. Hunter öffnet die Terrassentür.

„Macht schon, raus in die Sonne. Eure süßen Ärsche könnt's auch hier draußen auf 'ne Bank pflanzen."

Fabiola schaut mich an, ich zucke lächelnd mit den Schultern. Wir setzen uns hinaus. Ihre Worte gehen mir nicht aus dem Kopf. Sie konnte es aussprechen, im Gegensatz zu mir, die ich so nah an ihm dran bin, zu nah.

Luis überredet mich, mein Skateboard zu holen. Es behagt mir nicht wirklich, aber ich bin eigentlich ganz stolz, dass ich ihnen den Kickflip zeigen kann, der gleich beim zweiten Versuch gelingt. Hunter und Luis sind ehrlich begeistert, der Ausdruck in Kevins Gesicht ist purer Stolz. Eine Weile skaten wir rum, aber sie sind mir zu schnell, ich vertraue zwar ihnen, dass sie mir rechtzeitig ausweichen können, aber nicht mir, also setze ich mich bald wieder zu Fabiola. Dann verschwindet die Sonne hinter den Wolken und es wird kühl. Fabiola packt zusammen, kompetent unterstützt von Luis, der bei allem, was sie sucht, nicht mal weiß, dass sie es mithaben. Hunter stopft seinen Kram irgendwie in den Rucksack. Kevin wärmt die Reste von gestern auf, aber nach dem Essen müssen sie schon los. Als ihr Auto aus der Einfahrt biegt, bin ich richtig traurig. Hunter, Luis, Fabiola, all diese Menschen bringen so viel Leben hierher.

Während wir die Küche aufräumen, ist es still. Ich beschließe, es zu wagen, frage Kevin, was er nun mit Luis' Angebot machen will. Er zuckt mit den Schultern.

„Hab ihm gesagt, ich überleg's mir. Kann ja jederzeit einsteigen."

„Wieso nicht gleich?"

„Bin nicht sicher, ob das was für mich is."

„Wieso denn nicht?"

„Ach komm schon, ich und irgendwelche Personalgespräche?"

„Wieso denn? In so einem Laden stellt ihr ja nur Leute ein, die zu euch passen."

„Ich weiß nicht ..."

„Dann mach was anderes. Du liest doch die ganzen Magazine, kriegst die ganzen Kataloge. Gute Produkte suchen, wieso soll das nicht deines sein?"

Kevin klirrt mit dem Besteck. Seine Stimme klingt verärgert.

„Ich hab wirklich keinen Bock drauf, irgendwas für irgendwen erledigen zu müssen, nur weil der's mir anschafft."

„Aber du wärst doch Luis' Partner. Also einer von denen, die anschaffen."

„Trotzdem."

Wie ein kleines Kind. *Und ich will trotzdem ohne meine Jacke raus, selbst wenn es Minusgrade und Schneesturm hat.*

„Und allein hier zu hocken, im Nichts zwischen Wald und Pferdestall, auf immer und ewig, darauf hast du Bock?"

Kevin wirft die Gabeln hin, verlässt die Küche. Erst will ich hinterher, dann besinne ich mich. Jetzt ist der Satz wenigstens draußen. Ich räume das Geschirr fertig weg, wische die Bar ab, schalte den Geschirrspüler ein, all das ist in den letzten Wochen irgendwie meine Aufgabe geworden. Erst dann suche ich ihn.

Natürlich skatet er. Jetzt, wieder allein, wirkt er verloren. Er ist immer noch sauer, konzentriert sich nicht. Er versucht einen Frontside Hurricane am Flatrail, verpasst den Moment für den Absprung, das Deck rutscht weg und er landet unsanft auf dem linken Bein, zuckt zusammen, zögert, ehe er es belastet. Ich bin erleichtert, dass er nicht wirklich humpelt, aber er ist umso zorniger. Er gibt dem Skateboard einen Tritt, dass es gegen die Miniramp knallt und auf der Kante liegen bleibt. Geht mit dunklen Augen an mir vorbei und lässt sich auf die Bank fallen.

Ich gehe zur Miniramp, hebe das Board hoch und bringe es zurück zu ihm, stelle es sanft neben ihm auf den Boden. Ich weiß, dass sie mit den Decks keine Gnade haben, es sind Arbeitsgeräte, sie lassen ihren Frust an ihnen aus, wenn eines kaputtgeht, wird es ersetzt. Es gibt ein Video von Luis, wie er gut zehnmal erfolglos einen unfassbar hohen Nollie Frontside Threesixty über eine steile Treppe probiert, am Ende landet er mit dem linken Fuß zu weit vorne am Tail und das Deck reißt einfach durch wie Pappe, er wirft es brüllend in hohem Bogen von sich, holt sich ein neues und steht den Trick. Hunter hat sogar die komische Angewohnheit, sich ständig absichtlich auf seine Boards fallen zu lassen, um sie zu zerbrechen. Nur ist Kevin kein offizieller Sohn des Zeus mehr. Bei Castor&Pollux liegen noch Decks mit seinem Namen herum, Clive würde ihm bestimmt sofort neue schicken, aber momentan benutzt er das letzte, das er im Team gefahren ist. Es stört mich, wenn er es schlecht behandelt.

Ich weiß, dass er meine Geste richtig deutet, er starrt an mir vorbei, die Hände vor der Brust verschränkt. Ich setze mich zu ihm. Es dämmert, die Luft ist kalt. Ich kann mich nicht erinnern, wann es das letzte Mal Anfang Mai so lange so kühl war.

„Willst du nicht bei Luis einsteigen, weil du hoffst, es zurück ins Team zu schaffen?"

„Echt nicht. Ich merk doch jeden Tag, wenn wir viel unterwegs waren, dass das nie wieder passieren wird."

Ich lege meine Hand auf sein Knie.

„Und belastet dich das so, dass du nichts Neues anfangen kannst?"

„Nein. Das is halt so. So schön's war. Hunter hat da 'nen Satz dafür: *Hold on tightly but let go lightly.*"
Der Satz schwingt in der Luft nach.
„Was ist es dann?"
Kevin legt seine Hand auf meine.
„Ich wollt nie ... irgendwas Normales machen. Immer ins Büro, wie alle andern Leut. In dieses brave, fade Hamsterrad fallen. *Mach die Schule fertig, lern 'nen Beruf, putz deine Schuh, heirat 'ne Frau, bau dir 'n Haus, krieg 'n paar Kinder, zahl den Kredit ab.* Alle rennen sie ihrem Leben nach, suchen die Ziellinie, die's nicht gibt, und eines Tages wachst auf und fragst dich, wo dein Leben geblieben is. Da graut mir davor. Ich hab nie 'nen ordentlichen Beruf gelernt. Ich putz meine Schuh nicht, ich fahr sie durch und kauf neue. Ich hab nicht vor, je wem was zu schulden. Vielleicht stell ich mir mal 'ne Hütte in den Wald und spiel Einsiedler. Aber das mit der Frau und den Kindern, keine Ahnung, ob ich das mal schaff. Is schön, dass Luis so happy is, aber ob ich für sowas geeignet bin, ich weiß nicht."
Ich kann mir Kevin eigentlich nur als tollen, liebevollen Vater vorstellen, aber seine dunklen Augen zeigen mir, dass er so eine Bemerkung gerade gar nicht brauchen könnte. Ich bleibe lieber beim Thema.
„Eine Firma mit Luis hat doch nichts damit zu tun. Nichts daran wäre ein fades Hamsterrad. Da hättest du eher wieder mehr Action."
„Ach, diese Hotelschlaferei und die ganzen Partys fehlen mir echt nicht."
Kevin lässt meine Hand los, stützt die Arme auf die Knie, schaut zu Boden. Wir drehen uns im Kreis.
„Also niederlassen mit Sack und Pack willst du dich nicht. Wieso hast du dann ichweißnichtwieviel Geld in das Haus hier gesteckt? Und in der Welt herumfahren und was erleben willst du auch nicht. Findest du das wirklich angenehm, hier so zwischen gestern und morgen rumzuhängen?"

„Du hast dich doch beklagt, dass du nicht willst, dass sich was ändert."
„Stimmt auch irgendwie. Aber passieren wird's trotzdem, was soll ich denn machen? Ich finde es gerade wunderschön, aber wir können doch nicht ewig hier bleiben, ausreiten, skaten, snowboarden und dein Geld verbrauchen."
„Wieso denn nicht?"
Fast glaube ich, er meint das ernst. Er lehnt neben mir auf seinen Knien, schaukelt auf den Fersen hin und her. Und endlich, jetzt wo Fabiola mir die Worte in den Mund gelegt hat, traue ich mich, ihn zu fragen.
„Kev, was macht dir Angst?"
Er schaut mich an, mit ganz hellen Augen.
„Wieso denn Angst?"
„Wieso ... was ist das, was dich so unter Druck setzt? Du suchst vielleicht nicht irgendeine Ziellinie, aber dafür kennst du nicht mal die Richtung. Als wärst du nur damit beschäftigt, vor irgendwas wegzulaufen. Und –"
Ich will sagen, *wenn man von deiner Familie spricht, von irgendwas aus deiner Vergangenheit ...*, aber dann wage ich es nicht.
„– wenn man da drankommt, dann machst du dicht."
Kevin schaut mich an. Lange. Dann macht er den Mund auf, für einen Augenblick öffnet sich ein Moment, eine Ahnung, dass er gleich reden, etwas erzählen wird, das alles auflöst, oder zumindest ein bisschen.
Dann macht er den Mund wieder zu. Der Moment zerspringt wie eine Seifenblase, die man mit dem Finger berührt. Er dreht den Kopf weg. Starrt in den Wald.
„Du übertreibst. Mir is schon klar, dass ich nicht immer 'n Showmaster bin, aber ich lauf vor gar nix weg. Ich muss nur mal rausfinden, wie's weitergehn soll."
Ich bin enttäuscht. Weniger, weil er nichts gesagt hat. Aber dass er so tut, als würde ich mir das einbilden. Dass er glaubt, ich wäre so dumm, das zu glauben.

„Ich gehe ins Bett."
Ich stehe auf, gehe ins Haus, warte, dass er mich zurückruft. Bin extra langsam im Bad, dusche lange, krame in der Küche herum. Dann liege ich im Bett, in der kalten frischen Bettwäsche, die Kevin wohl heute Vormittag aufgezogen hat, kann nicht einschlafen. Draußen wird es dunkel, er kann doch nicht immer noch dort sitzen, es muss eiskalt sein. Irgendwann höre ich die Terrassentür, aber er kommt nicht zu mir, geht draußen vorbei, dann klappert die Tastatur des PCs, er hat sein Computerspiel gestartet. Ich höre die Klicks, mit denen er irgendwelche Monster killt, und zu dem monotonen Geräusch schlafe ich ein.

Im Morgengrauen wecken mich seine Hände. Er liegt hinter mir, streichelt meinen Rücken, meine Beine. Im Halbschlaf ist das erst angenehm, dann fällt mir der gestrige Abend wieder ein. Ich halte still. Aber Kevin hat bemerkt, dass ich wach bin, rutscht näher, sein Gesicht an meinem Haar.
„Ali?"
Ich sage nichts. Wüsste keinen passenden Anfang.
„Es tut mir leid. Mann, wie oft hast du das schon von mir gehört ... Ich weiß, es is nicht leicht mit mir, ich kann mich ja manchmal selber nicht leiden. Aber ich tu, was ich kann. Auch wenn's viel verlangt is, gib mir Zeit. Nur bitte geh nicht weg von mir, ich liebe dich so sehr, dass es manchmal fast nicht auszuhalten is. Wenn du weg wärst, würd ich's gar nicht aushalten."
Dann sag mir doch, was da ist, möchte ich antworten, aber es geht nicht. Stattdessen nehme ich seine Hand von meiner Hüfte. Führe sie nach vorn, an meine Brust, zu meinem Bauch, lasse los, er findet allein weiter. Ich öffne die Beine für seine Finger, drehe den Kopf, damit wir uns küssen können. Dann wieder, dieser kurze Moment, in dem er zögert.
„Geht's auch?"
Ich nicke. Er schiebt mein Becken nach hinten, wir finden unseren Rhythmus, danach halten wir einander fest, bis es so hell ist, dass

ich nicht mehr leugnen kann, dass ich aufstehen und in die Schule muss.
Ich klebe den ganzen Vormittag an seinem Satz fest. *Gib mir Zeit.* Wofür? Für die Entscheidung, ob er mit Luis arbeiten will? Dafür braucht er ja nicht meinen Segen. Oder dafür, dass er mit mir spricht? Worüber?
Nach der Schule suche ich ein paar Spanischtexte zusammen, um die Isa mich gebeten hat. Helfe Benni in Mathe und Englisch. Hänge meiner Mutter die frisch gewaschenen Wohnzimmervorhänge auf. Es ist spät, als ich zu ihm gehe. Irgendetwas in mir will ihn warten lassen. Im Wohnzimmer singen Johnny und June, im Backrohr brutzelt selbstgemachte Capricciosa. Kevin hält mir verlegen einen Strauß mit rosa Rosen hin.
„Was ist denn das?"
„Ich hatt das Gefühl, das wär mal nötig."
Ich nehme die Rosen. Auf der Bar steht sogar schon eine Vase.
„Du weißt aber, dass nur brave und fade Männer ihren Frauen Blumen schenken, wenn sie ein schlechtes Gewissen haben?"
„Autsch."
Kevin macht ein zerknirschtes Gesicht.
„Das hab ich verdient."
Ich stelle die Rosen in die Vase. Eigentlich bin ich ziemlich gerührt, so habe ich noch nie Blumen bekommen.
„Ein bisschen schon. Aber es ist auch lieb."
Aus Kevins Gesicht fällt ganz viel Anspannung ab. Er nimmt mich in den Arm, küsst meine Stirn, mein Haar, meine Nase, was er erwischt. Dann setzen wir uns zur Bar, essen Pizza, und es ist noch nicht alles wieder gut, aber gut genug, dass wir uns nach der nächsten Nacht fast wieder normal anfühlen, auch wenn ein Rest von Unvollständigkeit nicht mehr verschwindet. Etwas steht zwischen uns, ich kann nicht sagen, was, aber es belastet Kevin, belastet mich, hängt über dem spät einsetzenden Frühjahr wie eine letzte Winterwolke.

Meine schriftliche Matura. Montag Mathe, Dienstag Deutsch, Mittwoch frei, Donnerstag Englisch. Ich bin immer als Erste fertig. Früher wäre ich die verbleibende Zeit über sitzen geblieben, nur nicht auffallen. Jetzt gebe ich ab, in Mathe nach kaum mehr als einer Stunde, die Blicke der anderen im Rücken, als ich den Saal verlasse, um im Hof auf Isa zu warten. Kevin will alle Aufgabenstellungen wissen, fragt, was ein Woyzeck ist, schüttelt bei Mathe nur den Kopf. Isa ist mit ihrer Leistung auch zufrieden, will uns sofort mit einem Kinobesuch belohnen. Der Hundertjährige, der aus dem Fenster stieg und verschwand, der endlich auch in unsere öde Gegend kommt. Die skurrile Geschichte eines Schweden, der die Weltgeschichte des 20. Jahrhunderts mitbestimmt, ohne die Bedeutung seiner Erlebnisse zu begreifen, bis er noch an seinem hundertsten Geburtstag aus dem Altersheim abhaut und in einen schrägen Kriminalfall verwickelt wird. Der Film läuft nur donnerstags, aber da wir am Freitag erst um halb zehn kurz für Mathe in der Schule sein müssen, stört das nicht. Ich drehe noch eine Runde mit Kevin und Juno, frage ihn, ob er mitkommen will, aber er winkt ab.
„Bin zu faul, viel Spaß. Ich geh zocken."
„Dann sehen wir uns aber erst morgen Mittag, ich möchte daheim schlafen, ich muss was für meine Mathesachen am Computer zeichnen."
„Ich werd's grad so überleben."
Ich schalte noch den Geschirrspüler ein. Kevin küsst mich zum Abschied, sitzt mit seiner Sportzeitschrift und seinen M&Ms auf dem Sofa, als ich gehe. Zu Hause dusche ich schnell, dann holt mich Isa ab. Wir müssen in die Nachbarstadt. Das alte Kino dort ist halbleer, wie immer bei Filmen, auf denen nicht Blockbuster steht. Wir genießen den Film, er ist wirklich lustig. Dann gehen wir zum Italiener daneben, essen Nudeln und Risotto.
„Na, habt Kevin und du schon den Knopf für den wilden Modus gefunden?"
Ich muss grinsen, auch wenn die Sache sich ja nicht so sehr verändert hat.

„Geht so. Ein paar Sachen sind lockerer geworden. Beim Skaten zum Beispiel. Da kann ich endlich den Kickflip."
„Ich nehme an, es reicht, wenn ich das zur Kenntnis nehme, ohne eine Ahnung zu haben, wovon du sprichst. Und die anderen Sachen sind nicht lockerer?"
Ich denke an King Arthur. An Kevin auf dem Sofa, hinter mir. Die Haare in meinem Nacken stellen sich auf. Ich schüttle ein wenig den Kopf, um mich zu entspannen, zucke mit den Schultern.
„Teilweise schon, aber ein paar komische Sachen gibt's trotzdem. Er mag zum Beispiel keinen Oralsex."
„Wie, machen oder kriegen?"
„Kriegen."
Isa macht große Augen.
„Ehrlich?"
„Beim ersten Mal, da hatten wir richtig Streit. Seither merke ich, wie er darauf achtet, dass ich es nicht noch mal versuche. Aber ich traue mich ohnehin nicht, es fühlt sich komisch an, als wäre es total schlimm für ihn."
„Das klingt wirklich nach einer schweren männlichen Störung."
Das hilft mir, gemeinsam mit Isa darüber zu lachen. Ein Paar am Nachbartisch schaut zu uns herüber. Isa schiebt ihren Teller weg.
„Also ich glaube immer noch, dass du einfach das Glück hast, den sensibelsten Kerl der Welt erwischt zu haben. So einen, nach dem man sich alle zehn Finger abschlecken kann. Na ja, auch wenn der Vergleich jetzt nicht so gut passt …"
Wir lachen uns durch den Heimweg und ich zeichne beschwingt meine Graphen. Vier Wochen. Der Herbst steht immer noch vor mir wie ein Weg, der in eine scharfe Kurve biegt, die ich nicht einsehen kann, aber zuerst wird es nach den Prüfungen einmal eine Zeit geben, in der ich sonst niemandem verpflichtet bin, keine Schule mehr, noch kein Aufbruch, nur Kevin.

Am Freitag erwischt mich beim Heimradeln wieder der plötzlich aufkommende Regen. Dieser Frühling will einfach nicht in die

Gänge kommen. Ich beschließe, die neuen Übungsblätter gleich bei Kevin durchzugehen.
Als ich die Haustür öffnen will, bleibt sie zu. Ich renne mit dem Kopf dagegen, rüttle an der Klinke, weil mir gar nicht klar ist, was los ist. Die Tür ist abgesperrt.
Dann fällt es mir ein. Er hat einfach das gute Wetter genutzt, um auszureiten. Wahrscheinlich treibt ihn das Nieseln jeden Moment nach Hause.
Ich überlege kurz, ob ich mich selbst reinlassen soll, um ihn zu überraschen, aber eigentlich kann ich meine Sachen gleich nach Hause bringen. Als ich das Rad aus dem Hof schieben will, höre ich die Hufe. Juno ist im Stall.
Ich lehne das Rad an die Holzwand, mache die Stalltür auf. Da steht sie, in ihrer Box, und wirft unruhig den Kopf hin und her. In meinem Bauch breitet sich ein unangenehmes Gefühl aus.
„Na, bist du gar nicht mit Kev unterwegs?"
Ich kraule ihr die Nase, werfe ein paar Leckerli in den Futtertrog, in dem komischerweise schon viele liegen, verabschiede mich.
Dann stehe ich unschlüssig im Hof und werde nass. Wahrscheinlich ist er einkaufen gefahren und lacht mich später wegen meiner Paranoia aus. Ich werde jetzt wie geplant nach Hause gehen und mich nicht so albern anstellen.
Ich ziehe mir frische Sachen an, breite die Übungszettel mit dem Kernstoff auf dem Schreibtisch aus. Starre die Fragen an, Gegeben ist die Funktion f(x) ..., kenne die Ergebnisse, kann sie nicht aufschreiben.
Das ist doch lächerlich. Kevin wird einmal spontan unterwegs sein dürfen. Aber er ist immer da, wann ist er schon weg, ohne dass ich es mitbekomme? Und jetzt ist er halt los, um sich die neuen Schuhe zu kaufen, von denen er geredet hat, oder mit dem Rad unterwegs, oder es sind ihm die M&Ms ausgegangen, na und?
Ich zwinge mich, den Übungszettel für Mathe durchzuackern.
Dass ich nicht konzentriert bin, merke ich daran, dass ich wirklich nachdenken muss, ehe ich die Fleißaufgabe der Müllerin verstehe.

Ich räume meine Schulsachen auf. Spitze die Bleistifte. Speichere meine Dateien für die Prüfungen neu ab. Gehe runter, meine Mutter bügelt vor ihren Talkshows, wärme mir das Essen auf. Setze mich vor den Fernseher, das lenkt mich für zehn Minuten ab, das war es auch schon.
Als es dämmert, gebe ich auf. Der Regen hat aufgehört, ich schlüpfe auf der Terrasse in die Crocs und gehe hinten herum. Im Garten ist es ruhig. Als ich erkenne, dass das KEV-Skateboard nirgends herumliegt, krampft sich mein Magen das erste Mal richtig zusammen. Durch die Fenster sehe ich nur ins leere Wohnzimmer. Nirgends Licht. Ich gehe vor zum Hof. Der Schlüssel zur Garagentür hängt an Kevins Autoschlüssel, die Fernbedienungen liegen im Auto und im Haus. Neben der Garagenwand steht der Stumpf der alten Eiche. Wenn ich draufsteige, kann ich gerade noch durch das hohe schmale Fenster sehen.
Der Prius steht in der Garage. Das Fahrrad hängt auf seinem Haken.
Ich weiß nicht, wie viel Zeit vergeht, bis ich mich bewege. Es muss eine Weile gedauert haben, es ist fast finster. Ich weiß, dass der Ersatzschlüssel vom Haus gut versteckt in einer Mauerspalte an der Seite der Stufe vor der Haustür liegt. Als ich aufsperre, kommt der Krampf in meinem Bauch zurück.
Das Haus ist leer. Dunkel. Ich drehe alle Lichter an.
In der Küche blinkt der Geschirrspüler, er ist fertig, will ausgeräumt werden. Ich mache ihn auf, drinnen das Geschirr, das ich gestern eingeräumt habe.
Im Vorzimmer wie immer alle Schuhe durcheinander. Die Converse fehlen.
Im Wohnzimmer auf dem Sofa die Zeitschrift, in der er geblättert hat, die offene Packung M&Ms auf dem Couchtisch.
Im Arbeitszimmer steht eine Schublade des Sekretärs offen. Drinnen lauter Papiere, obenauf ein Impfpass, ein alter Führerschein.
Das Bett ist zerwühlt. Die Decke liegt so, wie wir sie gestern Früh verlassen haben. Letzte Nacht hat hier niemand geschlafen.

Auch im Haus ist das Board nirgends zu sehen, genausowenig wie sein Besitzer.
Ich werde nervös. Wo kann er sein, ohne Juno, ohne Auto, ohne Rad, aber mit dem Skateboard? Ich rufe ihn an. Eine freundliche Frauenstimme. *The number you have dialed is currently unavailable.* Was mache ich jetzt? Soll ich die Polizei rufen?
Dann erst sehe ich den Zettel, er liegt auf der Bar. Neben den Rosen.
Ali, es tut mir leid. Ich muss weg. Was erledigen. Ich weiß nicht, wie lang das dauert. Bitte kümmer dich um Juno. Ich liebe dich. Kevin

Ich wache auf dem Sofa auf. Draußen wird es langsam hell, der bewölkte Himmel hängt tief über dem Wald. Mein linker Arm ist taub, ich bin zu lange draufgelegen. Ich drehe mich um. Langsam beginnt er zu kribbeln. Da ist ein dünner Vorhang zwischen mir und dem, was meine Augen sehen. Wie eine Schliere auf der Scheibe, die den Blick verschwimmen lässt. Der auf dem Boden liegende Zettel kommt in mein Blickfeld und alles ist wieder da.
ali es tut mir leid ich muss weg was erledigen ich weiß nicht wie lang das dauert bitte kümmer dich um juno ich liebe dich kevin ali es tut mir leid ich muss weg was erledigen ich weiß nicht wie lang das dauert bitte kümmer dich um juno ich liebe dich kevin

Irgendwann muss ich aufs Klo. Dann kommen ein paar Sonnenstrahlen durchs Fenster. *Bitte kümmer dich um Juno.*
Ich bringe ihr Futter und Wasser. Sie tänzelt auf und ab, schnappt nach mir.
Dann sitze ich vor ihrer Box auf dem Boden.
aliestutmirleidichmusswegwaserledigenichweißnichtwielangdas dauertbittekümmerdichumjunoichliebedichkevinaliestutmirleidich musswegwaserledigenichweißnichtwielangdasdauertbittekümmer dichumjunoichliebedichkevin
Irgendwann piept es. Ich reiße das Handy heraus.
Wo bist du denn?
Ich stecke das Handy wieder ein.

Die Sonnenstrahlen dringen herein, wandern an den Spalten der Holzwand entlang, wenn sie weg sind, stehen wohl zu viele Wolken am Himmel.
Juno ist satt, zufrieden. Scharrt etwas mit den Füßen, macht ein Nickerchen.
Es piept wieder.
Wo bist du??? Du wolltest dich wegen Spanisch melden. Ich mach mir Sorgen. :-(
Ich starre das Handy an. Drücke Isas SMS weg, tippe.
Wo bist du?
Keine Antwort.
aliestutmirleidichmusswegwaserledigenichweißnichtwielangdas dauertbittekümmerdichumjunoichliebedichkevinaliestutmirleidich musswegwaserledigenichweißnichtwielangdasdauertbittekümmer dichumjunoichliebedichkevinaliestutmirleidichmusswegwaserledigenichweißnichtwielangdasdauertbittekümmerdichumjunoichliebe dichkevin

Ich bin zurück ins Haus gegangen. Musste wieder aufs Klo. Hatte Durst. Habe den Geschirrspüler ausgeräumt. Bin ins Schlafzimmer gegangen, habe den Kasten aufgemacht, links der Stapel mit Sachen von mir, die im Lauf der letzten Wochen hierher gewandert sind. Auf den anderen Stapeln fehlen ein paar Shirts, Hosen, der graue Sweater, die kleine Reisetasche unter den Jacken. Bin auf dem Bett gesessen, der offene Schrank vor mir ein dunkles Loch.
Jetzt liege ich im Bett, die Sonne scheint. Der Polster riecht nach Lavendel und Vanille.
Ich bin aufgewacht, weil das Handy gepiept hat.
Zwei neue SMS.
Eine noch von gestern.
Ali, würdest du dich bitte melden, ich find das grad gar nicht lässig. :-(
Eine von eben.
Als deine beste Freundin trete ich jetzt offiziell in den angepissten Status über.

Drei Anrufe in Abwesenheit. Zwei von Isa, einer von meiner Mutter.
Ich setze mich auf. Neben mir unter der Decke, ganz zerknüllt, der Zettel.
aliestutmirleidichmusswegwaserledigenichweißnichtwielangdas dauertbittekümmerdichumjunoichliebedichkevinaliestutmirleidich musswegwaserledigenichweißnichtwielangdasdauertbittekümmer dichumjunoichliebedichkevinaliestutmirleidichmusswegwaserledigenichweißnichtwielangdasdauertbittekümmerdichumjunoichliebe dichkevinaliestutmirleidichmusswegwaserledigenichweißnichtwie langdasdauertbittekümmerdichumjunoichliebedichkevin

Ich stehe auf. Trinke zwei Gläser Wasser. Ziehe mich an, sperre die Haustür zu, stecke den Schlüssel in seine Spalte. Gehe zu Juno, gebe ihr Futter und Wasser. Gehe nach Hause.
„Almuth?"
Meine Mutter kommt ins Vorzimmer.
„Wenn du mal zwei Tage bei Kevin bleibst, ist das auch okay, aber sag bitte –"
Dann sieht sie mein Gesicht.
„Was ist denn passiert?"
Ich ziehe mir Weste und Schuhe aus, gehe hinauf.
„Almuth, was ist hier los?"
Sie ist hinter mir. An der Zimmertür drehe ich mich um.
„Kevin ist weg."
Jetzt war es so lange so still. Meine Stimme ist so laut. Alles ist so laut.
„Was meinst du damit? Habt ihr Schluss gemacht?"
Ich schüttle den Kopf.
„Was ist es dann? Wo ist er denn?"
Ich zucke mit den Schultern.
„Was bedeutet das? Wieso ist er weg?"
Ich halte ihr den Zettel hin. Sie liest, dann gibt sie ihn mir zurück.
„Ich verstehe das nicht."
„Ich auch nicht."

Ich gehe in mein Zimmer. Mache die Tür zu. Lege mich auf mein Bett. Meine Mutter vor der Tür. Ich spüre ihre Unruhe durch die Wand, kann sie fast greifen. Aber sie sagt nichts, klopft nicht an. Steht nur eine Weile da, ehe sie ganz leise zurück ins Erdgeschoß geht.
Draußen scheint die Sonne. Mir ist kalt. Ich decke mich zu. Starre auf den Widder.
Aries. Rektaszension eine Stunde sechsundvierzig Minuten siebenunddreißig Sekunden bis drei Stunden neunundzwanzig Minuten zweiundvierzig Sekunden. Positive Deklination zehn Grad einundzwanzig Minuten achtundvierzig Sekunden bis einunddreißig Grad dreizehn Minuten siebzehn Sekunden. Vollständig sichtbar von neunzig Grad Nord bis einundfünfzig Grad Süd.
aliestutmirleidichmusswegwaserledigenichweißnichtwielangdasdauertbittekümmerdichumjunoichliebedichkevin

Dann ist Isa da. Liest die Nachricht, nimmt mich in den Arm.
„Der kommt doch wieder, Ali. Irgendwas ist halt los. Der kommt wieder und dann ist alles wieder gut."
Dann bleibt sie bei mir, bis ich einschlafe.
Am nächsten Morgen holt meine Mutter Doktor Gödl, unseren Hausarzt. Er ist der Sohn des alten Arztes meiner Eltern, hat die Praxis übernommen, als ich ein Kleinkind war. Jetzt hat er auch schon graue Haare. Er liest Kevins Zettel. Dann hört er mich ab, leuchtet in meine Augen, tastet nach meinen Lymphknoten. Ich sehe mich, Ärztin, wie ich das bei jemandem mache. Falscher Film. Schließlich steht er da, kratzt sich am Ohr, spricht über mich, als wäre ich nicht da.
„Isst und trinkt sie?"
„Wenn man ihr etwas gibt und sie auffordert."
„Gab es einen Gefühlsausbruch? Schreien, etwas kaputtmachen, so in der Art?"
Meine Mutter schüttelt den Kopf.
„Zumindest nicht, seit sie gestern heimgekommen ist."

„Könnte noch kommen. Lassen Sie sie einfach, solang sie sich nicht verletzt."
Er packt seine Sachen in die Tasche.
„Ja was hat sie denn nun?"
„Gar nichts. Zumindest nicht medizinisch. Schauen Sie, wir wissen ja, dass akute Veränderungen ihr nicht gut bekommen. Und so plötzlicher Liebeskummer kann emotional sehr aufwühlend sein. Ich schreibe sie mal für eine Weile krank."
Dann gehen sie aus dem Zimmer, ich drehe mich zurück zur Wand.
Akute Veränderungen.

Ich rufe an. Immer wieder. Drücke auf Anruf. Verbindungsaufbau. Dann die Frauenstimme. Auflegen. Anruf. Verbindungsaufbau. Die Frauenstimme. Wenn der Akku ausgeht, stecke ich das Ladekabel an, beginne von vorne.
Am dritten Tag plötzlich das Freizeichen. Mein Herz schlägt bis zum Hals. Es läutet, einmal, zweimal, dreimal. Kracks. *Tutututut.*
Ist die Verbindung abgebrochen oder hat er aufgelegt?
Piep.
Ich reiße das Handy hoch, drücke auf das kleine Briefsymbol.
bitte ali, ich kann nicht. ich werds erklären, ich schwörs. aber jetzt grad geht gar nix. bitte hass mich nicht.
Ich rufe noch einmal an. *The number you have dialed ...*
Ich lege das Handy weg und versuche es nicht mehr.

Wenn ich aufwache, stehe ich auf und gehe zu Juno. Kevins einzige klare Botschaft an mich. Wenn ich ihr Futter und Wasser gegeben habe, gehe ich zurück ins Bett, verlasse es nur, wenn ich auf die Toilette muss.
Isa legt mir meine Prüfungsunterlagen aufs Nachtkästchen. Dass ich zur mündlichen Matura antreten werde, stellt niemand in Frage. Ich auch nicht. Wenn das so sein wird, wird es so ein. Die Welt dreht sich, ich bin das Objekt, das reagiert.
Das Wasser: natürliche Inhaltsstoffe, Schadstoffe und Aufbereitung.

Ich schreibe Magnesium darunter. Dann schaue ich aus dem Fenster und als ich wieder auf den Zettel blicke, merke ich, dass ich Magnesium über die ganze Seite geschrieben habe. Dreiundsiebzig Mal. Bis kein Platz mehr war. Ich lasse die Unterlagen fallen und kümmere mich nicht mehr um sie.

Dann steht meine Mutter vor mir.
„Almuth, du steckst jetzt seit einer Woche in diesen Sachen. Bitte geh duschen. Ich hab dir frische Kleider hingelegt."
Eine Woche also. Wenn sie es sagt, wird es stimmen. Ich stelle mich unter die Dusche. Irgendwann, das Wasser ist kalt, zieht meine Mutter die Glastür weg.
„Almuth, komm jetzt bitte wieder heraus."
Sie zieht mir den Bademantel an, trocknet meine Haare ab. Steckt mich in einen frischen Slip, ein Shirt und meine rote Trainingshose. Über ihre Wangen rinnen ein paar Tränen. Ich möchte sie ihr wegwischen, aber der Vorhang vor meinen Augen hindert mich. Und ich bin zu müde, ich gehe ins Bett.

Ich werfe den Zettel weg. Dann hole ich ihn wieder aus dem Mist, lege ihn vorsichtig in die Schublade von meinem Schreibtisch. Ihn zu vernichten, würde ohnehin keinen Unterschied machen, seine Schrift flimmert durch meinen Kopf, *aliestutmirleidichmussweg waserledigenichweißnichtwielangdasdauertbittekümmerdichumjunoichliebedichkevin*
Wenn du mich liebst, wieso gehst du wie ein Schatten fort von mir?

Mein Vater kommt. Ein paar Tage früher als geplant. Ich war Juno füttern, dann hatten meine Beine keine Kraft mehr, also liege ich im Bett. Meine Eltern murmeln im Erdgeschoß, die leise Stimme meiner Mutter. Dann stehen sie vor meiner Tür.
Mein Vater klopft.
„Almuth?"

Er wartet.
„Darf ich reinkommen?"
Er wartet. Dann macht er die Tür auf. Er schaut sich im Zimmer um, klopft mit seinen Händen verlegen auf seine Oberschenkel.
„So."
Er nimmt sich den Schreibtischsessel, setzt sich vor mich.
„Deine Mutter hat mir alles gesagt. Also zumindest das, was sie weiß."
Ich schaue an ihm vorbei zum Regal mit meinen CDs.
„Ich muss sagen, ich bin nicht sehr glücklich darüber, dass ich so erfahre, dass du eigentlich schon seit drei Monaten einen Freund hast."
Er wartet, räuspert sich zweimal.
„Wie auch immer, dass er nun fort ist, scheint ja nicht zu bedeuten, dass er nicht wiederkommt. Zumindest hat mir deine Mutter das so erklärt, aus den wenigen Informationen, die du ihr gegeben hast."
Der Satz hängt in der Luft, wartet auf eine Bestätigung.
„Nun, ich kann verstehen, dass es schwer für dich ist. Wir können nicht ermessen, was im Leben dieses Jungen vorgeht, da macht man sich Gedanken ..."
Pause. Ich soll das wohl entkräften. Ich schweige.
„Auf jeden Fall wird sich das Ganze wohl erst klären, wenn er wieder da ist. Ich glaube dir, dass es nicht leicht ist, aber denk bitte dran, dass bald deine letzten Prüfungen sind. Diese akute schwierige Lage sollte dir nicht die Chancen auf gute Abschlussnoten verbauen. Wenn du gerade so bestehst, wird dir das beim Medizinstudium vielleicht Probleme bereiten."
„Ich werde nicht Medizin studieren."
Mein Vater zuckt, als hätte ihn jemand von hinten gestoßen.
„Was sagst du?"
Ich reagiere nicht. Er hat mich schon verstanden.
„Aber ich dachte ... du hast doch alle Voraussetzungen dafür."
Ich drehe mich zur Wand.
Mein Vater räuspert sich. Steht auf.

„Wir müssen das nicht jetzt besprechen. Du bist in einer Ausnahmesituation, da kannst du nicht klar denken. Konzentrier dich auf die Prüfungen. Ich weiß, das Lernen ging dir immer leicht von der Hand, aber nimm das, was kommt, trotzdem ernst. Dass du es schaffst, ist erst sicher, wenn es vorbei ist, also bleib jetzt dran."
Er wartet, als müsse etwas von mir kommen. Klopft sich nochmal mit den Händen auf die Hose, dann schließt er die Tür hinter sich.
Ich stehe auf, nehme meine CDs aus dem Regal, sortiert nach Interpret von A bis Z. Stelle sie um, sortiert nach Albumtitel von A bis Z.
Dann setze ich mich auf den Schreibtischsessel.
Ich habe meinem Vater gesagt, dass ich nicht Medizin studiere. Er ist nicht explodiert. Er weiß von Kevin. Er ist nicht explodiert. Das sollte mich glücklich machen.
Aber was er danach gesagt hat, hat mich an etwas erinnert.
Wie wir skaten. Wie ich hinfalle. Kevins Stimme.
Dass du's echt schaffst, darfst du erst glauben, wenn's vorbei is. Bist du dir mittendrin zu sicher, lässt du nach, und dann rummst's.
Vielleicht war ich zu sicher. Dass er immer da ist.
Rumms.

Das Gespräch mit meinem Vater hat trotzdem etwas verändert. Ab nun verlasse ich morgens das Bett. Wasche mich. Ziehe mir etwas an. Aber ich fasse meine Bodylotion nicht mehr an, kann ihren Geruch nicht ertragen. Und ich habe weiterhin nichts zu sagen.
Ich stehe in seinem Garten. Mache Ollies. Einen. Noch einen. Noch einen. Während die Sonne wandert, mein Schatten länger wird. Irgendwann kriege ich das Board nicht mehr mit hoch. Stolpere bei der Landung drüber. Falle auf den Boden, liege dort, ewig, bis ich meine Beine wieder ein bisschen spüre, dass ich aufstehen kann, um mich in mein Bett zu schleppen.
Ich fühle mich müde, von morgens bis abends, Blei statt Blut in meinen Adern. Aber der Schlaf erholt mich nicht, denn dann ist Kevin bei mir, an mir, in mir, und es ist so echt, dass ich jede Nacht

mit klopfendem Herzen, keuchendem Mund und pochendem Unterleib erwache und hilflos liegenbleibe, bis es hell wird.

Nach der Woche Pause fange ich mit der nächsten Pillenpackung an, obwohl es sinnlos ist, aber ich kann nicht aufhören, es ist eine Gewohnheit, nicht noch eine Gewohnheit aufgeben müssen. Ich schwebe in unserem Haus von Zimmer zu Zimmer. Versorge Juno. Esse, was meine Mutter mir hinstellt. Wenn mir Benni unterkommt, drängt er sich verschreckt an mir vorbei. Ich ignoriere ihn.

Isa lässt sich nicht ignorieren, schert sich nicht, ob ich auf ihr Klopfen reagiere. Sie kommt jeden Tag, teilt mir mit, dass wie erwartet alle meine schriftlichen Arbeiten Einsen sind. Erzählt mir Geschichten aus der Schule. Sie ist die Einzige, die es wagt, wütend auf mich zu werden, nachdem ich fast zwei Wochen geschwiegen habe. Sie braucht meine Hilfe, um ein Gedicht von Federico García Lorca zu interpretieren. Als ich nicht reagiere, als sie mich zum dritten Mal nach einer Wortbedeutung fragt, wirft sie mir das Reclamheft ins Gesicht.

„Herrgott Ali, jetzt gib mir endlich eine Antwort. Oder gib mir keine, ist auch egal. Sag einfach irgendwas. Wenigstens *mäh* oder so. Nur bitte mach endlich den Mund auf, das ist ja nicht mehr auszuhalten."

Ich beobachte ihre Rede. Das knallblaue Shirt steht ihr, passt zu ihren Augen.

„Oder weißt du was, sag mir, dass du böse auf ihn bist. Weil du das sein musst, das geht gar nicht anders. Egal was es ist, dass er einfach abhaut und sich nie meldet, das muss dich doch zornig machen."

Ich bin nicht zornig. Ich bin gar nichts. Wenn ich es Isa sagen würde, würde sie vielleicht zu schreien aufhören, das ist so laut, aber eigentlich ist es mir zu mühsam, die Lippen zu öffnen.

„Es sollte dich zornig machen. So eine warst du nie, so ein Mädchen, das sich nur durch einen Typen definiert. Du warst immer tough, du hast dich nie von denen abhängig gemacht. Ja ja, ich weiß

schon, erste große Liebe und alles. Und ratternde Festplatte und unflexibel, blablablubb. Aber schau dich an –"
Isa hebt die Hände, macht eine Bewegung über mich, wie ich mit angezogenen Beinen auf dem Rücken liege, die Arme hinter meinem Kopf verschränkt.
„– du liegst da wie eine Tote. Ja, er ist weg und ja, ich finde es auch schlimm, ehrlich. Aber du wirst sehen, der kommt wieder, und wenn es nach mir geht, dann haust du ihm bitte zuerst eine rein und dann soll er dir sagen, wieso er sich so beschissen benimmt. Aber bittebitte mach den Mund auf und erklär mir, wieso dich das Ganze dermaßen in Stücke reißt, das ist doch nicht mehr normal."
Isa sitzt neben mir, über jede ihrer Wangen rinnt eine Träne. Selbst wenn ich den Mund aufmachen wollte, ich würde keine Worte finden, um es ihr zu erklären. Ich bin nicht normal. Aber Isa kennt mich nur stabil. Die kleine Almuth kennt sie nicht, das Mädchen, das nächtelang nicht schlafen konnte, weil seine vertraute Lehrerin in der ersten Klasse plötzlich wegen eines Beinbruchs für drei Wochen im Krankenstand und die Vertretung fremd war, andere Stimme, andere Schrift, andere Aufgaben, dass das kleine Mädchen plötzlich nicht mehr wusste, wie man Almuth schreibt, dafür aber mitten in der Rechenstunde unaufgefordert an die Tafel gehen musste, um sie mit 1x1=1, 2x1=2, 3x1=3 ... vollzuschreiben, und einen hysterischen Nervenzusammenbruch abgezogen hat, als ihr die Vertretung hilflos die Kreide weggenommen hat. Bis keiner mehr eine andere Lösung wusste, als die kleine Almuth zu Hause zu lassen, bis die alte Lehrerin wieder da war. Isa hat das nie erlebt, kennt nur ein paar Geschichten, das reicht nicht.
Die kleine Almuth ist die große Ali geworden, weil ihre Füße in der vorgegebenen Spur geblieben sind. Bis Kevin aufgetaucht ist. Der mir als erster so nahe kommen konnte, weil er mich ohne Zögern angenommen hat, wie ich bin. Der mich aus der Spur geschubst hat, mit dem Snowboard, seinen Augen, seinen Freunden, den ersten neuen Menschen in meinem Leben, bei denen ich mich auf Anhieb richtig gefühlt habe. Der mich auf Juno gesetzt, mir Wheels unter die Beine

geschoben und die Wellen aufgewühlt hat. Aber seine Hände waren da, um mich zu halten, ich hatte geglaubt, das hätte schon gereicht. Aber jetzt ist er weg und ich sehe, da ist keine neue Spur. Natürlich konnte ich nur fallen, ohne seinen Halt. Vielleicht darf man das nicht, als toughe Frau. Wenn ich die Spur der toughen Frauen gefunden habe, liebe Isa, ich verspreche es, dann stehe ich auf.
Es ist zu viel, um es zu beschreiben, ich bin zu müde. Aber ich kann die linke Hand heben und Isa die eine Träne, die noch nicht ihren Hals hinuntergerollt ist, von der Wange wischen. Isa gibt auf, legt sich zu mir und schweigt mit mir.

Es klingelt am nächsten Montagmorgen an der Haustür. Ich liege im Bett, nehme es wahr, mehr nicht. Da draußen passieren alltägliche Dinge, aber nicht für mich.
Dann steht meine Mutter in meiner halbgeöffneten Zimmertür.
„Almuth, es ist für dich."
Ich bin an der Treppe, im Pyjama, unten an der Tür ein junger Paketbote.
„Almuth Egger?"
Stimmt, das ist mein Name. Ich nicke.
„Ich habe Pakete für Sie. Also eigentlich von einem Kevin Donner für einen Kevin Donner im Nachbarhaus, ziemlich schräg, aber ich habe die Anweisung, mich bei Ihnen zu melden, Sie würden mir drüben aufsperren."
Ich ziehe mir etwas an. Vor der Mauer parkt ein Lieferwagen. Ich greife nach dem versteckten Schalter, das Tor öffnet sich. Der Paketbote hievt drei große Kartons auf seinen Klappwagen. Folgt mir über den Hof. Fünfzehn Tage. So lange war ich nicht mehr im Haus. Ich hole den Schlüssel aus dem Versteck, sperre die Tür auf, bleibe an der Garderobe stehen.
„Wohin damit?"
Keine Ahnung. Ich zeige zur offenen Arbeitszimmertür.
Er fährt durchs Wohnzimmer, wirft mir einen Blick zu, als würde er überlegen, in welche Skala der Verrücktheit er mich einordnet,

schiebt die Kartons vom Wagen, geht an mir vorbei, zögert eine Sekunde, erst viel später wird mir einfallen, dass er wahrscheinlich ein Trinkgeld erwartet hat, verabschiedet sich.
Im Haus steht die Luft. Wie eine Wand, die ich vor mir herschieben muss, um mich durch die vertrauten Räume zu bewegen. Die Rosen auf der Bar sind tot, der kleine Rest Wasser faulig. Die Yuccapalme lässt die Blätter hängen. Neben ihr steht die halbvolle Gießkanne auf dem Boden, ich leere das Wasser in die staubtrockene Erde. Die drei Pakete sind groß, schwere Postkartons, viele Stempel drauf. Adressiert an Kevin. Mit Kevins Schrift.
Absender: K. Donner / A. Donner. Ibiza.
Lange hocke ich davor, bis durch die abgewinkelten Knie kein Blut mehr in meine Unterschenkel kommt und mir alles weh tut. Dann gehe ich. Es steht nicht mein Name drauf. Ich habe kein Recht, sie zu öffnen.
Ich höre Juno schnauben. Ich kann ihr auch gleich ihr Futter geben. Vor der Box bleibe ich stehen.
Ich weiß aus der Zeit, in der ich alles über Pferde gelesen habe, was sie tut. Sie webt. Ihr Kopf baumelt starr zwischen den Beinen, sie tritt von einem Fuß auf den anderen. Monoton, ohne Pause, in einem fort. Schlägt manchmal mit der Schnauze gegen das Holz der Boxentür, dann lässt sie den Kopf wieder hängen.
Wenn sie damit weitermacht, gehen ihre Gelenke kaputt. Seit mehr als zwei Wochen ist sie hier eingesperrt, sieht nur mich, maximal zweimal täglich für ein paar Minuten, wortlos, lieblos, wie ich ihren ärgsten Dreck wegräume und dafür sorge, dass sie nicht verhungert. Sie lebt ohnehin nicht artgerecht, weil sie keinen Kontakt zu anderen Pferden hat. Kevin ist ihre einzige Herde. Er hat sie mir anvertraut. Mir. Genauso verhaltensgestört wie jetzt das arme Pferd.
Der Vorhang vor meinen Augen zerreißt. Ich schluchze laut, daraus wird ein Schrei, ich trete gegen die Futtersäcke und gegen die Stallwand. Später sitze ich auf dem Boden und weine, bis meine Nase so verschwollen ist, dass ich kaum mehr Luft bekomme.
Juno hat meine Szene nervös beobachtet. Ich hole sie aus der Box,

stelle sie in den Hof. Wenn sie wollte, könnte sie abhauen, aber sie bleibt auf der Wiese stehen und schüttelt blinzelnd den Kopf, geblendet vom Tageslicht.
Ich räume ihre Box aus, spritze den Stallboden ab, lege ihr frisches Stroh und Heu auf. Ich striegle sie, mache dabei die Bürsten nass, schaue mir ihre Hufe genau an, zum Glück hat sich nichts entzündet. Ich hole den leichten Sattel und das Zaumzeug ohne Trense, führe sie durch den Garten hinaus. Sie tänzelt auf und ab, als ich aufsteige, einen Moment fürchte ich, dass sie mich abwirft. Ich erwarte, dass sie ausbricht, aber nach ein paar weitausholenden Schritten fällt sie in einen gemütlichen Trab und trägt mich bis zum Fluss, wo sie stehen bleibt, um zu trinken und den kräftig gewachsenen Klee am Ufer abzufressen.
Ich steige ab und nehme sie an den Zügeln. Gehe mit ihr am Waldrand langsam nach Hause, erzähle ihr, welche Fächer ich für die Mündliche gewählt habe. Ich weiß, dass Kevin das fast täglich mit ihr gemacht hat, wenn ich in der Schule war. Dass er morgens und abends, beim Ausreiten, beim Füttern, Striegeln, Ausmisten, mit ihr gesprochen hat. Ich weiß nicht, worüber, aber sie war neben mir seine einzige Bezugsperson. Und er ihre. Wenn er wiederkommt, muss ich ihm sagen, dass sie nicht mehr allein bleiben kann. In einer anderen Ecke der Stadt ist der Reitstall, in dem ich früher Reitstunden genommen habe. Als Kevin zu Weihnachten bei Luis war, hat er sie für die paar Tage dort untergebracht. Sie muss ganz dorthin. Dort hätte sie die Artgenossen, die sie braucht.
Ich gebe ihr eine gute Portion Futter. Was im Stall ist, reicht noch ungefähr drei Wochen. Ich weiß, dass Kevin es immer anliefern lässt, aber nicht, bei wem und wie er es bestellt. Sie kaut entspannt, wirkt ausgeglichener. Ich verspreche ihr, morgen früh wieder da zu sein. Sie schnaubt mir ins Gesicht.
Im Wohnzimmer sitzen meine Mutter und Benni vor dem Fernseher. Sie sind zusammengerückt in letzter Zeit. Verständlich, mit einem hauptabwesenden Pedanten und einer Irren als Restfamilie.
„Haben wir Salami?“

Zwei Augenpaare starren mich an. Meine Mutter reagiert dann doch.
„Nein. Nur Saunaschinken. Und Kantwurst."
„Geht auch."
Ich gehe in die Küche, belege mir ein Brot dick mit Kantwurst. Kann ihre Blicke durch zwei Wände spüren.

Isa weint wieder, als ich sie anrufe, aber nicht nur zwei Tränen, sie heult ins Telefon, dass ich mitweinen würde, wenn ich das nicht schon erledigt hätte. Sie hat in der Schule konsequent die von meiner Mutter vorgeschlagene Geschichte durchgehalten, dass ich einen komplizierten Virus hätte, so erzeugt es keinen Wirbel, dass ich plötzlich wieder da bin, nach zweieinhalb Wochen, wenige Tage vor Prüfungsbeginn. Johanna mustert mich.
„Du siehst wirklich so aus, als hättest du eine ordentliche Infektion hinter dir."
Sie meint es nett, hat ja recht. Morgens im Spiegel sehe ich mich, aber auch jemand ganz anderen.
Dass wir nur mehr wenige Arbeitsgruppen haben und ich die in Biologie und Chemie ohne Isa aushalten muss, macht es mir schwer. Ich habe zu viel Freizeit. Ich kümmere mich ausführlich um Juno, lasse Isas Angebote, etwas zu unternehmen, immer wieder zu. Aber viel zu oft, mindestens einmal täglich, durch Kleinigkeiten, öffnet sich dieses Loch, aus dem ich kaum herauskomme.
Am Samstag erklärt Isa, dass sie von der Lernerei genug hat und endlich in Ruhe im Freibad liegen will. Ich gehe mit, weil sie mich bittet. Weil es immer noch besser ist, allein in einer Menge von Leuten zu sitzen, mit Isa neben mir, als allein in meinem Zimmer.
Es ist warm geworden, aber das Wasser ist mir noch zu kalt. Isa dreht ihre Runden, ihr allfrühsommerlicher Abnehmversuch. Dann liegen wir nebeneinander auf den Handtüchern, lesen irgendwelche dummen Magazine.
„Hast du gewusst, dass Grün angeblich die Modefarbe des Sommers wird?"

Grün. Kevins Lieblingsfarbe. Ich atme tief durch.
„Sieht man die Flecken nicht, wenn man sich fürs Picknick auf die Wiese setzt."
„Dafür liebe ich dich, du kannst aus jedem Scheiß was Verwertbares rausholen."
Ich blättere um. Eine ganzseitige Anzeige für einen im Herbst anlaufenden Film. Dunkel, Feuer, die Köpfe mehrerer Schauspieler. The Hunger Games Mockingjay Part 1. Oben in der Mitte Katniss. Rechts Peeta. Und links Gale. Liam Hemsworth.
Mein Hals wird eng, ich muss mich aufs Atmen konzentrieren.
„Ich muss gehen."
„Jetzt schon?"
Ich schmeiße meine Sachen in meine Umhängetasche.
„Ja."
Isa beäugt mich misstrauisch.
„Ali, ist alles ok?"
„Ja ja, ich muss nur – ich hab vergessen, ich muss noch was vorbereiten."
Ich flüchte. Langsam, damit Isa sich nicht noch mehr Sorgen macht. An der Straßenecke werfe ich die Zeitschrift in einen Mistkübel. Das kann ich nicht einmal Isa erklären, wieso Kevin Liam Hemsworth ist, Gale, dass ich nur ihn sehe auf diesem Plakat, dass ich das nicht ertrage.
Zu Hause setze ich mich auf unsere Terrasse. Meine Mutter bügelt. Ich spüre ihre Augen durchs Fenster. Hier ist es windgeschützt und die Sonne wärmt mich, langsam löst sich der Knoten in meinem Hals.
Mein Vater kommt von einer Runde mit dem Rad heim, momentan ist er für seine Verhältnisse ziemlich lange zu Hause. Ich habe den Verdacht, dass er das extra organisiert hat. Vielleicht, damit er mich im Notfall persönlich in die Schule tragen kann, wenn ich zurück ins Wachkoma falle. Aber meine guten Ergebnisse bei der schriftlichen Prüfung und die Tatsache, dass ich spreche, haben ihn etwas beruhigt.

Er sieht mich, kommt heraus. Werkt am Pool herum, den er vor einer Woche eingelassen hat. Testet den pH-Wert des Wassers, schaltet die Pumpe aus. Dann kommt er auf die Terrasse, setzt sich zu mir. Sucht einen Anfang.
„Nun."
Es ist lange still.
„Nun ja."
Eine kleine Wolke bleibt ausgerechnet vor der Sonne stehen. Ich ziehe meine Weste vor der Brust zu.
„Ich werde nicht Medizin studieren. Ich werde technische Chemie studieren, und Philosophie. Technische Chemie, weil ich weiß, dass es so vielfältig ist, dass ich mich wirklich lange damit beschäftigen kann. Und Philosophie, weil es mir einfach Freude macht. Ich werde auch nicht hier studieren. Ich will mit Isa bei ihrem Bruder in die WG einziehen, da werden im Sommer zwei Zimmer frei."
„Das klingt so, als hättest du das schon genau festgelegt."
„Habe ich auch."
„Genau genommen bist du noch nicht volljährig."
„Was willst du tun, mich im Zimmer einsperren, bis ich Medizin inskribiere?"
Ich sehe ihn an. Lange steht der Blick zwischen uns, dann wendet mein Vater die Augen ab.
„Du musst ja nicht Medizin studieren. Man glaubt immer, Rechtstexte sind trocken und langweilig, aber als ich meine Kurse gemacht habe, habe ich bemerkt, dass zum Beispiel Jus auch sehr spannend sein kann."
„Es gibt schon viel zu viele Anwälte auf der Welt."
„Ist es wegen diesem Kevin? Weil er weg ist? So eine Trotzreaktion, dass du jetzt den eingeschlagenen Weg umwirfst?"
„Ich habe diesen Weg nie eingeschlagen, das warst du. Ich hab nur nicht rechtzeitig gerufen, dass wir bremsen müssen. Und wenn Kevin damit zu tun hatte, dann, weil er da war und mir geholfen hat, richtig abzubiegen."

Mein Vater stützt die Ellbogen auf die Knie, fährt sich mit der Hand übers Gesicht. So sprachlos kenne ich ihn nicht.
„Wenn es dir darum geht, dass alle Welt erfährt, was für ein Genie ich bin, kannst du dich ja damit trösten, dass auch in Chemie Nobelpreise vergeben werden."
„Aber das ist doch nicht der Punkt."
Mein Vater schüttelt verärgert den Kopf.
„Ich will doch nicht mit dir angeben. Und dir auch nichts aufzwingen. Ich mache mir nur Sorgen. Die Welt ist so kompliziert. Du hast dieses Talent, du hast die Chance, das Beste aus diesen schwierigen Zeiten herauszuholen. Ich möchte nicht, dass du dich unter deinem Wert schlagen musst, so wie viele andere. Es geht mir um deine Zukunft, du bist ja mein Kind, ich hab dich lieb."
„Das bezweifle ich auch nicht."
„Und da kannst du nicht ein bisschen mehr auf deinen alten Vater hören, der schon länger lebt und mehr Erfahrung hat?"
„Ich höre dir immer zu. Aber denken lassen musst du mich selber."
Eine Weile ist es still. Die Wolke zieht weg, die warme Sonne kommt zurück.
„Hast du mich denn auch noch lieb, wenn ich keine Neurochirurgin oder Nobelpreisträgerin werde?"
„Aber natürlich."
Er klingt ehrlich entsetzt, dass ich das in Frage stelle. Fast tut es mir leid.
„Deine Mutter und ich, wir wünschen uns nur, dass du etwas Besonderes aus dir machst, mit deinen Anlagen."
„Ich bin schon was Besonderes, trotz meiner Anlagen."
Mein Vater räuspert sich ein paar Mal, als müsste er daran schwer kauen. Fährt sich mit der Hand über die Augen. Dann steht er auf, beugt sich über mich, küsst meine Haare und verschwindet im Haus.

Dann, nach drei Wochen und zwei Tagen, kommt plötzlich eine SMS.

Ein YouTube-Video. Schwarz-weiß. Eine Menschenmenge jubelt, als Billie Joe, blond gefärbte Haare, allein mit einer Gitarre ins Scheinwerferlicht tritt.
I text a postcard, sent to you
did it go through?
sending all my love to you
you are the moonlight of my life every night
giving all my love to you
my beating heart belongs to you
I walked for miles til I found you
I'm here to honor you
if I lose everything in the fire
I'm sending all my love to you
Und ein Satz: wenn morgen die welt untergeht was würdest du am meisten vermissen?
Ich spiele den Clip dreimal ab. Denke lange nach, ehe ich meine Antwort tippe.
Übermorgen.

Die mündliche Matura. Isa und ich sind gemeinsam am Donnerstag eingeteilt. Der erste richtig heiße Tag des Jahres. Ich schwitze in meinem Blazer, in dem lästigen engen Etuikleid, ich hasse Strumpfhosen. Die Vorbereitungszeit sitze ich reglos ab. Von meinem Platz aus sehe ich die Krone der alten Buche im Schulhof. Ein Amselpärchen. Das Männchen springt zwitschernd von Ast zu Ast, das Weibchen bringt Zweige, Gräser, Flechten, baut ein schönes Nest. Dann bin ich dran.
Mathe zuerst. Ich rattere die Antworten herunter. Die Müllerin kriegt ein trauriges Gesicht, hat sich wohl mehr Performance erwartet. Kaum jemand tritt freiwillig mündlich in Mathe an. Der Vorsitzende kriegt trotzdem große Augen.
Dann Chemie. Spanisch. Bio. Dann bin ich durch. Mit Auszeichnung. *Eine tolle Leistung, außergewöhnlich, selten so etwas gesehen ...*
Mein Gesicht lächelt, glaube ich.

Ich warte auf Isa. In Geschichte und Deutsch brilliert sie. In Mathe liefert sie der erfreuten Müller die Performance, die ich verweigert habe. In Spanisch schwimmt sie kurz, kämpft sich durch.
Dann ist es vorbei. Wir sind keine Schüler mehr. Zwölf Jahre, vier mit dieser Klasse, erledigt, großer Haken. Abschlussfeier am Freitag. Die übliche Einschlafrede der Direktorin. Stolze Eltern. Meine Mutter strahlt übers ganze Gesicht. Mein Vater mit rotem Kopf, mindestens zehn Zentimeter größer als sonst. Der Raum brummt wie ein Bienenstock. Alle werden nostalgisch, man wird sich vermissen. Ich nicht. Keinen. Isa bleibt mir, der Rest soll in die Welt ziehen. *Wann fährt der Bus zum Flughafen, was nehmt ihr mit?* Antalya, vierzehn Tage Magic Life Club. Ohne uns. Isa und ich werden uns im August in den Zug setzen, drei Wochen. Hamburg, Kopenhagen, Malmö, Stockholm, Göteborg, Oslo, Bergen, Stavanger, mit dem Schiff nach Amsterdam. Das wissen wir seit fast zwei Jahren. Ich will die Vasa sehen, Isa die Fjorde.
Alle wollen in die Stadt, was trinken. *Kann nicht sein, dass man jetzt einfach auseinandergeht.* Isa und ich verschwinden, liegen am Pool, bestellen Pizza. Ich drehe mich so, dass mich die Sonne blendet. Andersrum sehe ich über den Thujen Kevins Schornstein, das geht nicht. Es sind vier Wochen, auf den Tag genau.
Erst will ich ablehnen, als Isa vorschlägt, dass wir noch zur Party von Johanna gehen, aber dann habe ich Angst vor dem Fall. Die Prüfungen waren alles, was zwischen mir und der Leere stand. Jetzt gibt es, abgesehen von Juno, nichts mehr in meinem Tag. Also stimme ich zu, dass wir uns später treffen, schaue noch zu Juno und mache eine kleine Runde mit ihr. Meine Eltern sind sichtlich erleichtert, *Geh nur, bleib so lang du willst, habt Spaß.*
Nach dem Duschen stolpere ich. Die Körpermilch meiner Mutter, die ich mitbenutzt habe, ist leer. Aber wenn ich mich nicht eincreme, juckt die frisch rasierte Haut. Meine Festplatte hängt lange, ehe ich zu meiner Bodylotion greifen kann, beim Auftragen zittern meine Hände, weil ich Kevins Finger spüre, höre, wie er leise den Vanilleduft einatmet. Ich setze mich auf den Badewannenrand,

stütze den Kopf in die Arme und zähle unsere Bodenfliesen, obwohl ich ihre Anzahl längst kenne. Dass es auch dieses Mal zweiundneunzig sind, beruhigt mich.

Ich stehe ratlos vor meinem Schrank. Keines meiner Sommerkleider spricht mich an. Die Dinge, die da hängen, gehören nicht zu mir. Nicht mehr. Am Ende finde ich ein rotes Kleid mit schmalen Trägern und knielangem Rock, das seit einem Jahr in der hintersten Ecke hängt, weil ich mich darin immer gefühlt habe wie in einer Auslage. Ich probiere es, es fühlt sich gut an.

Isa pfeift bewundernd und entschuldigt sich sofort, weil ich auf der Stelle umdrehen will. Dass mich einer anmacht, ist mein Alptraum. Aber die Party ist nett. Johannas Vater ist einer der drei wichtigen Richter unserer Stadt. Sie leben in einem riesigen weißen Bungalow im Villenviertel, wie die Leute die relativ neue Siedlung mit den vielen gärtnergepflegten Häusern und mercedesfahrenden Bewohnern halb neidisch, halb ehrfürchtig nennen.

Die meisten Gäste hängen im Garten rund um den Pool herum. Es sind sicher fünfzig Menschen da. Zwei, die ich nicht kenne, mixen Cocktails. Überhaupt hat Johanna viele eingeladen, die mir fremd sind. Menschen von ihrem Volleyballteam, irgendwelche Leute, die andere Leute mitgebracht haben. Aus den Boxen dröhnen vor allem Hits aus den Achtzigern, Queen, Michael Jackson, frühe Songs von den Ärzten. Dann Roxette, Sleeping in My Car. In meinem Kopf startet ein Film, der letzte Sonntag vom Snowboarden, danach, in der Garage, im Prius, irgendwie erwischt mein Fuß die Hupe, wie wir lachen, bis wir keine Luft mehr kriegen. Ich hocke unter einem Sommerflieder und komme nicht los. Erst Isa, die mir die Hand auf die Schulter legt, *Ali, alles ok?,* holt mich da raus.

Die Menge grölt laut zu Falcos Nie mehr Schule. Ich halte mich an seiner exaltierten Stimme fest, der Falke, der große Popstar Österreichs, Johann Hölzel, geboren am 19. Februar 1957 in Wien. Rock Me Amadeus, 1986 der bislang einzige deutschsprachige Nummereins-Hit der US-Billboard-Charts. Falco hat das Rockstarleben gelebt, Drogenprobleme, Rückschläge, Skandale, bis zu seinem frühen Unfalltod. Falco war ein Extrem, bis ins letzte Detail, wer weiß schon, dass er der einzige Überlebende von Drillingen war. Falco ist tot, aber jetzt hilft er mir, zu meinem Platz auf der Wiese neben Isa zurückzufinden.

Wir reden mit ein paar Leuten, eine Weile mit Johanna und ihrem Freund, dann sitzen wir zu zweit am Rand des Pools, trinken Cuba Libre und halten die Beine ins kühle Wasser. Fast fühle ich mich wohl.

Nach Mitternacht bleibt Isa bei einem Robin aus dem Volleyballteam hängen, der sich genauso für die Krise in der arabischen Welt interessiert wie sie. Sie diskutieren über Syrien und die Rolle der US-Außenpolitik und ich muss mir auf die Zunge beißen, um nicht zu korrigieren, dass Robin ständig Barack Obama falsch ausspricht. Als er verschwindet, um Getränke zu besorgen, stehe ich auf.

„Ich glaub, ich gehe."

„Jetzt schon?"

„Ist schon fast eins. Ich bin müde. Und kalt wird mir auch."

„Stört's dich, wenn ich noch bleibe?"

„Gar nicht."

„Wie findest du ihn?"

Ich brauche eine Sekunde, ehe ich kapiere, dass sie Robin meint.

„Eh sehr nett. Schöner Wuschelkopf."

„Hast du den auch bemerkt? Ich würde am liebsten mit allen zehn Fingern reinfahren und ganz fest durchwuscheln."

Isa hat rote Wangen. Ich muss lächeln.

„Na dann. Ich drücke die Daumen, dass du heute noch wuscheln kannst."

Ich sehe, wie Robin zwei Gläser an leicht schwankenden Gestalten auf der Terrasse vorbeibalanciert. Dabei saßen wir hier zu dritt. Ein gutes Zeichen, dass er auf mich vergessen hat, ich verabschiede mich schnell.

Der Fahrtwind macht meinen Kopf wieder klar. Ich liebe es, im Dunkeln durch die leeren Straßen zu radeln. Ich kenne alle Wege

in dieser Stadt, bin schneller als jedes Taxi. Von der kühlen Luft bekomme ich eine angenehme Gänsehaut.
Zu Hause schiebe ich das Rad in die Garage. Mein Handy piept.
Wir fahren noch in ein Pub. :-)
Go for it! Nein, for him. ;-)
Da sehe ich das zweite Briefchen auf dem Display. Vor vier Stunden, im Lärm bei Johanna, habe ich es überhört.
wenn ich nur irgendwas sagen kann das du hören willst bin ich jetzt da
Mein Herz beginnt zu schlagen, das ist Unsinn, es schlägt ja immer, aber jetzt spüre ich es, wie es oben an den Kehlkopf und unten ans Zwerchfell trommelt. Die Sehnsucht in meinem Bauch tut so weh.
Wenige Meter, dann bin ich dort. Drücke die Klinke runter. Die Tür schwingt auf. Nirgends Licht, alles still. Die Vase mit den toten Rosen ist weg. Die Terrassentür ist offen, mit dem Hocker von der Couch davor, damit sie nicht zufallen kann, warme Sommerluft im Raum. Das Skateboard wieder auf der Terrasse. Auf dem Sofa die Reisetasche, zerknautschte Wäsche rundherum. Einer der Kartons im Büro ist aufgerissen.
„Ali?"
Mit jedem Schritt wächst der Schmerz in meinem Bauch.
Ich stoße mit dem Fuß an etwas Hartes, ein Converse.
Kevins Umriss im Bett, nackt, bleich, dunkel.
„Ali!"
Er kommt hoch auf die Knie, streckt mir die Hand entgegen.
Ein letzter Schritt. Er umschlingt mich, ich kann nicht atmen.
Mit seinem Kuss zerspringt der Schmerz in meinem Bauch. Ich drücke mich an ihn. Helfe ihm, mein Kleid auszuziehen. Den Slip wegzuschieben. Er legt mich auf den Rücken. Seine Finger sind nur kurz an mir, spüren, dass er nichts weiter tun muss. Ich warte schon so lange.
Zum ersten Mal fragt er nicht, ob es sicher ist. Kommt hart in mich. Vergräbt den Kopf an mir. Ich schlinge die Beine um ihn. Er richtet sich auf, stopft die Decke unter mich, schiebt mein Becken auf seine Oberschenkel, tief in mir, schnell, heftig. Es dauert nicht

lang, dann drückt er den Rücken durch, ganz lautlos. Lässt sich fallen. Sein Kopf an meiner Schulter. Sein Körper wird durchgeschüttelt.
Er weint. Erst leise, dann immer lauter. Wie ein kleines Kind, das sich wehgetan hat. Ich lege die Arme um ihn. Summe *Ssschhhh.* Bin völlig überfordert. Bald wird mir kalt. Meine Füße schlafen ein. Irgendwie kriege ich die Decke über uns, lasse ihn etwas von mir hinunter gleiten. Er drückt sein Gesicht in die Kuhle zwischen meiner Brust und meinem Hals.
Dann wird mir warm. Ich werde ruhig. Halte ihn, eine Hand in seinen Haaren. Kevin weint alle Tränen seines Lebens, irgendwann schläft er ein, und dann ich.

Als ich aufwache, scheint die Sonne durchs Fenster. Ich bin allein. Die schmutzige Wäsche ist weg, auch meine Sachen von gestern. Ich hole mir einen Slip, meine Trainingshose und ein Shirt von meinem Stapel im Schrank, ziehe mich an. Auch im Wohnzimmer ist es sauber. Die Terrassentür ist offen, immer noch oder schon wieder, frische Luft, es ist Sommer. Die leere Reisetasche neben dem Sofa. Die Waschmaschine läuft. Es riecht nach Kaffee.
Kevin kommt aus dem Badezimmer. Trainingshose, Pulp-Fiction-Shirt. Nasse Haare. Bei Tageslicht sieht man erst, wie erschöpft er ist. Dunkle Ringe unter den Augen. Schmal.
Aber er lächelt. Streckt die Hände vor, mit nach oben gedrehten Handflächen. Als könnte er so alles erklären.
„Es tut mir leid. So leid. Ich wollt's dir sagen, alles wollt ich dir längst erzählen. Bitte schrei mich an, wenn du magst. Ich bin das feigste Schwein der Welt, ich hab dir so wehgetan, weil ich's Maul nicht aufgebracht hab. Ich hab's einfach nicht gepackt, ich hab noch nie mit wem drüber geredet. So haben wir's überlebt, weil wir so getan haben, als wär's nicht da."
Ich will nicht schreien. Ich setze mich aufs Sofa.
„Wo warst du?"
„Ibiza. Dann in Alching."

Ich warte. Kevin wandert an mir vorbei, fast gedankenverloren, zum Fenster.
„Meine Ma is gestorben. Beim Schnorcheln. Gab starke Wellen, sie is wohl irgendwie in 'ne blöde Strömung gekommen und abgetrieben worden. Vielleicht hatte sie auch 'nen Krampf. Weil sie nimmer aufgetaucht is, haben sie die Wasserrettung gerufen. Sie is ertrunken."
Alles in mir spannt sich an. Ich wusste, dass etwas Schlimmes passiert sein muss, aber damit hätte ich nicht gerechnet.
„Wieso hast du nichts gesagt? Ich wäre für dich dagewesen."
Kevin schüttelt den Kopf.
„Wär schön gewesen. Aber es ging nicht."
Wieso nicht? Sage ich nur in meinem Kopf. Jede Frage könnte eine zu viel sein.
„Ihr Freund hat mich angerufen. Donnerstag, kaum dass du fort warst. Ich hab 'nen Abendflug gekriegt. Hab sie gemeinsam mit ihm identifiziert. Hat ewig gedauert, bis die mit ihrem Kram durch waren. Totenschein, Ausfuhrgenehmigung für die Urne und so Zeugs. Da hab ich derweil ihre Sachen durchgeschaut. Die Wohnung hab ich ihrem Freund gelassen, er hat mir so leid getan, ich wollt ihn nicht vertreiben. Hab nur das Zeug genommen, das mir wichtig vorgekommen is."
Ich drehe den Kopf zum Arbeitszimmer.
„Die Kartons."
Kevin nickt.
„Sorry. Ich wusst nicht, wie ich den Kram sonst herkrieg."
Er lehnt sich an die Terrassentür, schaut zum Wald.
„Ich hab sie nach Alching gebracht, zu ihren Eltern. Seit dem Begräbnis von meiner Oma war ich nimmer dort. Nur der Pfarrer und ich. Mann, hab ich schon lang nix mehr mit der Kirche zu tun gehabt. Erst hab ich überlegt, ob's ihr überhaupt recht wär, aber ich glaub schon. Sie is nie ausgetreten, da hab ich mir gedacht, vielleicht hatte sie 'nen Grund."
Lange Pause. Ich warte.

„Und dann war ich in Alching. In der Wohnung von meinen Großeltern. Meine Ma hat die meisten Sachen ausgeräumt, sie aber nie verkauft. Das hab ich jetzt endlich organisiert. Erst hab ich sortiert, ob ich was behalten will, aber dann hab ich gemerkt, ich will nix davon, nicht mal 'nen Löffel oder so."
Ich verstehe nicht. Aber ich bin still.
„Hast du deine Prüfungen geschafft?"
„Ja."
„Alles mit Einsern?"
„Ja."
„Hab ich gewusst."
Ich könnte ihm sagen, dass es von selber passiert ist. Dass ich es nicht miterlebt habe. Dass ich ein Roboter war, ein organischer Automatismus, kein Wille, keine Spur, kein Ziel. Aber dazu ist es zu früh.
Kevin schaut wieder ins Nichts. Dann geht er ins Arbeitszimmer, kramt im offenen Karton. Zieht ein Blatt Papier heraus, legt es mir hin. Eine alte Seite von einer bayrischen Regionalzeitung. Das Datum in der Kopfzeile, 22. September 1993.
„Links unten."
Oben ist ein kleiner Artikel über ein Feuer in einem Schuhgeschäft. Daneben eine Werbeanzeige für Apfelsaft. Der vierspaltige Artikel, der links unten beginnt, trägt den Titel Mädchen-Vergewaltiger verurteilt.
Am gestrigen Dienstag fiel im Landesgericht München das Urteil über die vier Männer im Alter von 19 bis 21 Jahren, die wegen Freiheitsberaubung, schwerer Körperverletzung, sexueller Nötigung und Vergewaltigung an den beiden Jugendlichen Michaela M. und Angelika D. vor Gericht standen. Richter Thomas Halbeck sprach alle vier jungen Männer schuldig und verurteilte die beiden Haupttäter Ulf M. (21) und Kai W. (20) zu jeweils acht Jahren unbedingter Haft. Die Angeklagten Markus K. (19) und Marcel R. (20) erhielten je fünf Jahre unbedingte Haft. Richter Halbeck sprach in seiner Urteilsbegründung von der Notwendigkeit, aufgrund der besonderen Brutalität der Tat und der Tatsache, dass alle vier Angeklagten bereits wegen anderer Delikte, etwa Diebstahl oder Dro-

genbesitz, vorbestraft waren, hohe unbedingte Strafen zu erlassen. Die Angeklagten nahmen das Urteil ohne Regung zur Kenntnis und werden laut ihren Anwälten keine Berufung einlegen.
Der Prozess hat Bayern in den letzten Wochen wegen der Grausamkeit der Tat und der schweren Folgen für die Opfer beschäftigt. Die vier Männer, die von Anfang an geständig waren, sich aber gegenseitig die Hauptverantwortung zugeschoben haben, hatten Ende Juli letzten Jahres die damals erst knapp 16-jährigen Freundinnen Michaela M. und Angelika D. bei einem Konzert in Starnberg angesprochen und mit in die Wohnung von Ulf M. genommen, wo sie die Mädchen mit einem Schlafmittel benommen machten, an Heizungsrohre fesselten und über zwei Tage lang quälten und mehrfach brutal vergewaltigten. Erst am dritten Tag konnte sich Angelika D. befreien und über ein Fenster Hilfe rufen, während ihre Peiniger unterwegs waren, um Drogen zu besorgen.
Die beiden Mädchen wurden mit mehreren Knochenbrüchen, Brand-, Stich- und Schnittwunden und den Spuren schwerer sexueller Misshandlung ins Klinikum Schwabing eingeliefert. Michaela M. musste notoperiert werden und wird keine Kinder mehr bekommen können. Angelika D. hingegen wurde durch das Martyrium schwanger und vor fünf Monaten Mutter eines Sohnes. Die Familie von Michaela M. wollte keine Stellungnahme abgeben. Der Vater von Angelika D., der dem gesamten Prozess beiwohnte, sagte, dass die Familie hoffe, nun in Ruhe in die Zukunft blicken zu können.
Kevin sitzt auf dem Hocker an der Terrassentür, schaut zum Wald und ist ganz weit weg.
Angelika D.
Der Absender auf den Kartons. *A. Donner.*
... hatten Ende Juli letzten Jahres die damals erst knapp 16-jährigen Freundinnen Michaela M. und Angelika D. ...
Ende Juli 1992.
22. September 1993.
... vor fünf Monaten Mutter eines Sohnes ...
April 1993.

In meinem Hirn beginnt ein Film, den ich nicht gleich unterdrücken kann. ... an Heizungsrohre fesselten ... Brand-, Stich- und Schnittwunden ... Spuren schwerer sexueller Misshandlung ... mehrfach brutal vergewaltigten ...
Ich lege die Seite auf den Couchtisch. Sie ekelt mich an.
In meinem Kopf setzt sich ein Puzzle zusammen. Kevin, der Manchmal haben Frauen ... nicht hören will. Der nie laut wird, wenn ich zu streiten versuche. Der mich kaum berühren kann, wenn nur eine Kleinigkeit nicht passt.
„Mein Vater war Markus."
Die Angeklagten Markus K. (19) und Marcel R. (20) erhielten je fünf Jahre unbedingte Haft.
„Woher weißt du das?"
„Sie haben per Gerichtsbeschluss durchgesetzt, dass es getestet wird."
„Sie?"
„Meine Großeltern. Mein Opa. Wollt Ansprüche sichern, Unterhalt und so. Sinnlos. Markus' Mutter war Alkoholikerin, schon lang gestorben. Er arbeitslos, 'n Junkie, komplett hinüber."
Kevin, der sich einen Sport ausgesucht hat, bei dem man keine Sekunde die Kontrolle verlieren darf.
„Ich dachte, er ist tot."
„Isser auch. War heroinsüchtig. Nach drei Jahren kam er raus, hat wo eingebrochen, der Bewohner hat sich gewehrt, er hat ihn niedergeschlagen, der saß dann im Rollstuhl. Markus hat sieben Jahre gekriegt. Is bald im Gefängnis gestorben, seine Organe waren total kaputt."
Kevin, der nicht mal eine harmlose Schmerztablette schlucken will.
„Mehr weißt du nicht über ihn?"
„Nicht viel. Ich weiß, dass er ihr Erster war. Nicht nur von den vier. Überhaupt."
Kevin, der beinah die Fassung verliert, als er mein Blut sieht.
„Meine Mutter hat gekotzt und alle haben gesagt, das wär vom Schock. Dann sind sie draufgekommen, aber sie wollt keine Abtrei-

bung, obwohl alle versucht haben, sie zu überreden. Bei der Geburt is sie völlig durchgedreht, sie mussten sie niederspritzen und mich rausschneiden."

Kevin, den es nicht kümmert, wenn er sich beim Skaten Schmerz zufügt.

„Meine Oma hat mich mitgenommen. Meine Ma konnt mich erst nach 'ner Woche sehn, als sie rauskam, da hatten sie genug Tabletten in sie reingestopft."

Kevin, der dichtmacht, weil Luis sich auf seinen Sohn freut.

„Seit wann weißt du das alles?"

„Kam so mit der Zeit. Das Erste, wie ich gemacht worden bin, hat sie mir erzählt, da war ich dreizehn."

Kevin, der mich jedes Mal fragt, ob auch nichts passieren kann.

„Wie?"

„Hatte 'nen Streit mit meinem Großvater. Hatten wir oft. Er hat sich manchmal total um mich gekümmert. Wenn andre mich getriezt haben, hat er ihnen über die ganze Straße nachgeschrien. Aber oft isser durchgedreht, ohne dass ich wusste, wieso. Hat mich angebrüllt, mit Sachen nach mir geschmissen. Oder er hat mich tagelang ignoriert. Das war so 'n kranker Kreislauf, ich hatt Angst vor ihm, aber ich war auch so sauer, hab lauter Scheiß angestellt, ihn provoziert. Zum Beispiel einmal, mit acht, da hab ich 'nem Nachbarn, der immer so beschissen zu mir war, das Auto zerkratzt. Mein Opa stand grad im Bad, als der anläutete. Er hat mich verteidigt, *Bubenstreiche, halb so schlimm, zahlen wir natürlich.* Als der Typ weg war, hat er mich in 'ne Ecke gedrängt, mir das Handtuch drübergezogen, immer wieder, bis auf's Blut. *Wenn ich nur nicht immer diese Fresse sehen müsst!* Ich hab nicht kapiert, was er meint."

Kevin, auf dem Foto im Karton. Alle klein, hell. Er groß, dunkel.

„Siehst du ihm denn ähnlich?"

„Total. Es gibt 'n Bild, von 'nem andren Zeitungsartikel. Die Haare, die Augen, der Mund, einfach alles. Meine Ma hat gesagt, sogar die Hände."

Draußen singt eine Amsel. Laut und hoch, dass es in den Ohren wehtut.
„Dann hab ich mal unabsichtlich die Schleifmaschine von meinem Opa kaputtgemacht. Er is so durchgedreht, dass sie den Arzt rufen mussten. Ich hab rumgeheult, dass ich ihn hasse, da hat meine Ma mir diesen Zeitungsausschnitt in die Hand gedrückt und gesagt, *Er hat's nicht leicht mit uns, du musst verstehn, dass er dich nicht einfach lieben kann.* Dann erst hab ich's bemerkt. Wie uns alle auf der Straße nachgeschaut haben. Wie's in den Läden still war, wenn wir reingekommen sind."
Kevin, mit dem andere Kinder nicht spielen durften.
„Wieso sind sie nicht weggezogen?"
„Er wollt nicht. *Wofür sollen wir uns schämen?!* hat er mal meine Großmutter angebrüllt, da war ich zehn, hab's durch die Tür gehört und nicht gewusst, worum's geht."
Kevin, der sein Daheim nur bei Menschen findet, die nichts mit seiner Kindheit zu tun haben.
„Und deine Mutter, hat sie –"
Kevin, auf dessen Gesicht sich die Schatten von King Arthur reflektieren.
Ich kneife die Augen zusammen, was sinnlos ist, weil diese Puzzlesteine alle in meinem Kopf sind und sich nicht vertreiben lassen. Ich bringe den Satz nicht zu Ende. Kevin schon.
„– mich geliebt?"
Er fährt sich mit der Hand durch die Haare. Sieht so müde aus.
„Weiß nicht. Immerhin hat sie mich nicht weggemacht. Beim Skaten hat sie mich unterstützt. Mein Opa war entsetzt, 'n ungezogener Bastard und dann noch so was. Meine Ma hat mich verteidigt. Durchgesetzt, dass ich das alles mach. Ich glaub, 'n bisschen war's auch ihre letzte Chance auf die Freiheit."
Kevins Stimme in diesem Film, *It's about freedom ...*
„Sie war mit?"
„Fast zwei Jahre lang. Wie 'n Schatten. Aber sie hat mich in Ruh gelassen. Nur bei den Contests hat sie immer zugesehn. Dann is

sie zurück, weil mein Opa krank geworden is. Nachher hab ich ihr die Wohnung gekauft. Sie hat diesen Kerl kennengelernt. Der war schon in Ordnung. Ich glaub, da ging's ihr ganz gut."
Kevins Mutter, die von den hohen Wellen mitgenommen wurde.
„Und ihr habt nie mehr darüber geredet?"
„Nicht wirklich. Sie hat's mal versucht, aber ich hab sie weggeschoben. Dann hat sie's nimmer angesprochen."
Seine Gedanken sind irgendwo im Gestern, dann hält er inne.
„Einmal noch. Nur 'n Satz. Ich weiß gar nicht, ob sie's nachher überhaupt noch gewusst hat. Gleich nach ihrem Umzug. Da war ich sie besuchen, und dann wurde sie krank. Lag mit Fieber im Bett, und als ich ihr 'n Glas Wasser gebracht hab, hat sie mich festgehalten und gesagt –"
Ich möchte aufstehen und ihn umarmen, aber ich klebe am Sofa fest.
„Du bist das ganze Leben, das ich hatte."
Endlich lässt das Sofa mich los. Erstaunlich, dass meine Füße mich tragen. Ich berühre ihn an den Haaren, ganz leicht, sonst zerbricht er vielleicht. Drehe sein Gesicht mit meinen Händen hoch zu mir. Seine Augen, fast weiß.
„Du schuldest niemandem dein Leben."
Kevin umschlingt meine Hüften mit den Armen, drückt sein Gesicht an meinen Bauch, ich wiege ihn etwas hin und her. Die Zeit vergeht, und die Amsel ist still.
„Was willst du machen?"
„Nichts. Ausreiten."
„Es ging ihr sehr schlecht. Sie ist einsam, sie braucht andere Pferde."
„Ich weiß. Ich kümmer mich drum. Aber nicht heut. Heut möcht ich heimkommen."
„Okay."

Also holen wir Juno. Sie freut sich, Kevin zu sehen, tänzelt aufgeregt herum. Sie weiß, wohin es geht, zieht gleich an. Er an den

Zügeln, ich hinter ihm, den Kopf an seiner Schulter. Lavendel. Juno findet allein den Weg auf den Hügel, dann lässt er die Zügel los und wir lassen sie laufen.

...

Ich bringe Kevin mit nach Hause, er sitzt an unserem Wohnzimmertisch, meine Mutter mit verschränkten Armen, mein Vater mit zuckenden Augen. Es rührt mich, wie er sich bei ihnen entschuldigt. Er sagt nur ein paar Sätze, legt den Artikel auf den Tisch, meine Mutter schlägt die Hand vor den Mund, mein Vater schweigt, später reden sie über Rennräder, langsam löst sich die Spannung auf.
Als ich es Isa erzähle, muss ich es das erste Mal aussprechen, wecke die furchtbaren Bilder in meinem Kopf. Sie waren jünger als wir. Ich kann endlich darüber weinen, sie weint mit, dann ist es besser.
Der Sommer zieht ein. Der Himmel wird weit und hoch. Hunter wird Weltmeister. Luis verabschiedet sich, kurz nach seinem siebenundzwanzigsten Geburtstag, bei einem Contest in Barcelona. Kevin nimmt mich mit. Nach sechzehn Monaten kommt er das erste Mal zurück, alle reißen sich um ihn. Ich treffe zum ersten Mal Ken und Tony, und Clive. Sehe Jessie, groß, grünäugig mit roten Locken, wie eine Elfe, aber auf dem Skateboard, als wäre der Teufel hinter ihr her. Hunter schaut ihr nur zu, mit einem Blick, der wehtut. Luis, Machine Gun, der zum letzten Mal mit seinem Team die Leute zum Jubeln bringt. Kevin skatet mit, der Ansager brüllt, *Los hijos de Zeus!* Die Söhne des Zeus! Ich stehe mit Fabiola am Rand und verstehe auf einmal wirklich, was er aufgeben musste. Am Abend, im Hotel, lassen wir den Tag vor dem Fernseher zu Ende gehen, da schaltet Kevin ab und erzählt ihnen alles. Luis sitzt da wie eine Statue. Fabiola hält weinend Kevins Hand und streichelt mit der anderen ihren Babybauch. Unerwartet ist Hunters Reaktion, er wird unfassbar wütend und tritt nach den Möbeln, ehe Fabiola ihn einfängt und festhält, bis er sich

beruhigt. Dann sitzen sie ganz für sich, und Fabiola und ich lassen sie allein, die drei Musketiere.

Isa und Robin werden ein Paar. Von unserer Reise aus schreiben wir täglich Karten, jede an ihren Kerl, wo wir sind, was wir sehen, die Vasa, die Fjorde, enge Schluchten, wuchtige Wolken, offene Ebenen. Wie wir sie vermissen. Und wir genießen unseren Mädelsurlaub trotzdem.

Der Umzug fällt mir schwer. Der Rhythmuswechsel irritiert mich, neue Gesichter, Häuser, Räume. Ich schlafe schlecht, vermisse Kevins Körper neben mir, sitze nachts in der Küche der WG, trinke literweise Tee, male alle Kästchen in einem Wandkalender aus, bis Isa mir sagt, dass sie durchdrehen wird, wenn ich das nicht lasse.

Kevin nimmt meinen Abschied nicht halb so hart. Er stellt Juno im Reitstall ein, ein Mädchen darf sie als Pflegepferd nutzen, aber er ist oft bei ihr, kommt unter Leute. Es ist, als wäre ein Felsen von ihm abgefallen. Im Bett ist er derselbe, aber ganz anders. Als hätte er eine letzte Barriere zwischen uns überwunden.

Die Uni ist ein Neuanfang. Ich kann vor den meisten erfolgreich verbergen, was ich bin. Wirke einfach wie eine interessierte Studentin. Bald mag ich das WG-Leben. Lasse mir bewusst Zeit bei den Prüfungen, um oft bei Kevin zu sein, um die Stadt kennenzulernen, mit ihm, mit Isa.

Anfang November begleite ich Kevin nach München, wo man ihm die Schrauben aus dem Bein entfernt. Hunter und Luis lassen sich nur vom Kommen abhalten, weil sie wissen, dass ich da bin. Erst kämpft Kevin ein heftiges Gefecht mit den alten Dämonen, verweigert jedes Schmerzmittel, aber mitten in der Nacht dringe ich zu ihm durch und er gibt nach. Alle sind nett, aber am nächsten Tag flüchten wir. In häusliche Pflege entlassen. Kevin schläft nächtelang kaum, sitzt vorm Fernseher und verjagt mit Wiederholungen schlechter Filme die Alpträume. Ich kenne ihn so gut, aber mir wird klar, dass er seine Vergangenheit, seinen Schmerz nie ganz hinter sich wird lassen können.

Eines Nachts kurz darauf kommt die Nachricht, eine blasse, strahlende Fabiola mit einem kleinen Menschen auf dem Arm, ihrem und Luis' Sohn. Kevin fliegt nach Sevilla, auch Hunter kommt dazu. Die drei stellen dasselbe Bild auf Instagram, sie liegen rund ums Baby, das ein Shirt mit einem Skateboard drauf trägt, The Three Musketeers and d'Artagnan. Hunter und Luis können Kevin endlich zum Einstieg in die Firma bewegen, die drei Musketiere gehören zusammen. Ich bin erleichtert, dass er seine neue Spur gefunden hat.

Wir erleben unseren zweiten Winter, den zweiten Frühling. Das Snowboarden, das Radfahren. Und immer die Skateboards. Wir fahren für fünf Wochen durch Spanien, mit einem Halt in Sevilla, weil Fabiola und Luis heiraten. Hunter, Kevin und ich bleiben nach dem Fest ein paar Tage bei ihnen. Luis heizt den Grill an, wirft Steaks und Fische drauf, sein Sohn krabbelt zu den herumliegenden Boards und will damit herumrollen, der Sommer sollte ewig dauern.

Dann wird es schwierig. Ich habe große Prüfungen, Projekte im Labor, gehe mit Isa zum Tennis, mache ein Praktikum, jobbe in dieser Firma weiter. Kevin beginnt zu reisen, muss Filialen besuchen, Lieferanten treffen. Fährt zu Contests. Wir sehen uns wenig, fühlen uns schlecht, können es nicht ändern.

Ein Jahr, neun Monate und sechzehn Tage nach unserem ersten Kuss ist es aus. Wir weinen beide. Kevin flüchtet, verbringt die Weihnachtszeit bei Hunter. Ich verschwinde hinter dem Vorhang, hinter dem mich Isa nach Wochen langsam hervorholt, mit viel Geduld und liebevoller Strenge. Auf mein Skateboard finde ich erst Monate später zurück.

Dann bin ich einfach Studentin, dann kommt Gerd, ein halbes Jahr, mehr Anziehung als Beziehung. Ich merke, es geht auch mit einem anderen, ohne sich schlecht anzufühlen. Dann ist er wieder weg, ich weine nicht.

Robin verlässt Isa wegen einer Studienkollegin. Nun ist es an mir, sie aufzurichten, wir leben ein Singlefreundinnenleben. Dominik zieht aus, zu Marie, die er im Jahr nach unserem Einzug kennengelernt hat. Isa und ich können die Wohnung zu zweit halten.

Nach Hause zu kommen, tut lange weh. Kevin geht nach Berlin, drei Monate nach unserer Trennung. Im Karglhof wohnen neue Menschen, die den Skatepark herausreißen, einen Gemüsegarten anlegen und eine Schaukel aufstellen, auf der ein kleines Kind spielt. Wenn ich an der Hecke vorbeigehe, höre ich jedes Mal das Klappern von Kevins Wheels, bis heute.
Isa trifft Mike, einen Medizinstudenten. Sie macht ihren Master, kurz vor mir, findet kaum gute Aufträge, ist frustriert. Sie schlägt sich unter ihrem Wert. Mike studiert fertig, sie folgt ihm nach Frankfurt, wo man ihr einen tollen Job anbietet. Wir telefonieren mindestens einmal in der Woche, beständig, auch wenn wir uns mittlerweile um fünf Uhr früh den Wecker stellen, weil der Tag sonst keine halbe Stunde mehr dafür hergibt.
Die Uni unserer Landeshauptstadt bietet interessante Doktoratsstudien in Bioanalytik an. Ich zögere, dann bewerbe ich mich, werde angenommen. Meine Mutter ist begeistert, nun bin ich näher. Ich treibe meinen Bruder durch den Schulabschluss, wir tun es nur für unseren Vater, sitzen nächtelang an Büchern, die Benni danach zu Recht nie wieder aufschlagen wird. Dann darf er ein Kolleg für Maschinenbau machen und endlich einfach an Autos herumschrauben.
Kevin und ich finden langsam zurück zu losem Kontakt, Glückwünsche zum Geburtstag, Nachrichten auf Facebook. Ich kriege mit, dass er eine Freundin hat. Bilder einer blonden Frau auf seinem Profil. Blond ist doch nicht sein Typ.
Jakob ist auch blond, aber trotzdem irgendwie mein Typ. Wir treffen uns bei einem Seminar. Er zieht bei mir ein. Wir bleiben mehr als zwei Jahre zusammen.
Schon vor meinem Abschluss bekomme ich einen fixen Job bei der Firma, deren Projekte meine Doktorarbeit behandelt hat. Ich habe nur mit wenigen Leuten zu tun, hauptsächlich Kollegen, kaum Kunden. Ich bin im Labor, am Computer, unterwegs in der Landschaft. Mache Forschungsprojekte mit der Uni. Kann mich in meiner Routine einrichten, trotzdem wird es nie eintönig. In der Firma bin ich bekannt, weil ich bei fast jedem Wetter mit dem Rad oder

dem Skateboard gefahren komme. Eine skatende Wasseranalytikerin sieht man nicht oft.
Kevin ist in München, baut dort eine Filiale auf, erst allein, dann Fotos einer neuen Frau, kurze dunkle Haare. Ich bekomme mit, dass die Firma gut läuft. Sie machen sich einen Namen, professionelle Beratung, kritisch ausgesuchte Produkte, viele prominente Sportler auf ihrer Website, Skater, Snowboarder, Freeclimber, Crossbiker. Wenn sie soziale Projekte unterstützen, dann solche für Mädchen und Frauen. Als ich einmal beim Friseur in einem Sportmagazin über ein Interview mit ihm stolpere, erfahre ich, dass er offen über alles spricht. Wie er sich gefühlt hat, als wäre ein Teil der Gewalt auf ihn übergegangen. Erst durch eine tolle Frau, die alle Geduld der Welt mit mir hatte, konnte ich das überwinden, das erste Mal habe ich mich von jemandem einfach geliebt gefühlt wie ich war.
Zu dieser Friseurin gehe ich nie wieder, sie muss mich für völlig irre halten, als ich aufstehe, obwohl sie noch nicht fertig ist, ihr viel zu viel Geld hinlege und ohne ein Wort ihr Geschäft verlasse.
Als die Krankheit meiner Mutter einen Schub macht, lässt sie sich endlich zu einer Putzfrau überreden. Meine Großmutter stirbt überraschend, mein Großvater muss in einem Heim untergebracht werden, meine Mutter leidet. Benni ist in die Nachbarstadt gezogen, wir sind eine Weile oft zu Hause. Und dann reduziert mein Vater tatsächlich seine Arbeitszeit. Ist nur noch einige Tage im Monat weg. Nimmt sie mit auf eine Italienrundreise und sie kommen turtelnd zurück. Ich muss fünfundzwanzig werden, um wahrzunehmen, dass meine Eltern ein Paar sind, nicht nur zwei Erziehungsberechtigte vor dem Fernseher.
Die Beziehung zu Jakob zerbricht. Ich mache mir Sorgen um meine Mutter, er will über uns reden, die Zukunft. Ich glaube, er überlegt, mir einen Antrag zu machen, spürt, dass ich nicht Ja sagen könnte. Ich bin allein, aber nicht einsam. Ein paar Kollegen sind Freunde, wir gehen ins Kino, eine Kollegin fährt auch Mountainbike.
Isa wird Mutter. Ich besuche sie, sitze mit ihrer Tochter im Arm auf ihrer Bettkante und fühle mich wie in einem fremden Leben. *Sind*

das wir? – Weißt du noch, damals bei Johanna am Pool mit den Cuba Libres, Nie mehr Schule.
Dann ändert Kevin seinen Standort: unsere Landeshauptstadt. Meine Stadt. Hierher kommt die Zentrale für die deutschsprachigen Länder. Er wird sie leiten. Die Frau mit den kurzen Haaren ist nicht mehr auf seinen Bildern. Er lädt mich ein, ein Fest, er wird dreißig. Ich zögere bis zuletzt, dann fahre ich hin.
Sein Haus ist am Stadtrand, viel größer als der Karglhof, aber genauso Ikea-Effekt, natürlich mit einem Skatepark im Garten. Ein Pool. Ein hoher Kirschbaum. Fünf mächtige alte Kiefern. Große Räume, Licht und Glas. Ein Kachelofen. Green Day in der Anlage. Das Bild aus Reno in der Küche. Und die grüne Couch im Wohnzimmer. Als ich mich draufsetze, prickelt mein ganzer Körper.
Sehr viele Leute, die meisten sind mir fremd. Ein paar kenne ich, es ist wunderschön, sie wiederzusehen. Clive. Ken und Tony. Hunter, kurze Stacheln statt Dreads, aber immer noch Hunter, wie zufällig die Hand an meinen Jeans, als wir an der Küche lehnen. Ich erinnere ihn, dass wir auch damals Corona getrunken haben, da erzählt er mir, wie er und Luis nach meinem Abschied nach dem Snowboarden Kevin ins Gewissen geredet haben, mir endlich zu offenbaren, wie verschossen er in mich war. Er lacht, als ich zugebe, dass ich es erst wusste, kurz bevor Kevins Lippen auf meinen waren, er macht mich verlegen, weil er sagt, dass ich für Kevin die beste Therapie gewesen sei. Er weiß ja nicht, dass ich es umgekehrt nicht anders empfunden habe.
Fabiola fällt mir um den Hals, Luis umarmt mich lange. Sie zeigen mir Fotos von ihren zwei Söhnen. Der ältere ist noch keine neun und schafft schon den Kickflip. Hunter und Luis skaten, mit Kevin, Tony und Ken, mit anderen, die ich nicht kenne. Fabiola und ich sitzen auf der Couch und reden. Kevin ist mal hier und mal dort, einmal stehen wir an der Terrassentür, wechseln ein paar Sätze, seine Haare etwas länger, aber immer noch ein bisschen Gale, mittlerweile sind die Tribute von Panem auch sowas wie Klassiker, die im Fernsehen totgespielt werden.

Gäste von weiter weg müssen weiter oder sind hier und da untergebracht, aber Hunter, Luis und Fabiola übernachten bei Kevin, und weil ich mich mit Fabiola ewig unterhalte, sind am Ende nur noch wir fünf übrig, als es draußen dämmert. Hunter schläft auf dem Teppich vor dem Sofa ein und wir anderen helfen beim Aufräumen. Fabiola ärgert Luis, bis er sie schnappt und über seine Schulter wirft, und sie verschwinden lachend in einem der Zimmer.
Ich sammle die letzten Bierflaschen ein, will mich verabschieden, aber Kevin fragt mich, ob zu Hause jemand auf mich wartet, ich schüttle den Kopf, und dann küsst er mich. Die Stadt ist anders, das Haus, das Schlafzimmer, aber das Bett ist unser Bett, Lavendel und Vanille, siebeneinhalb Jahre fallen von unseren Körpern ab. Als ich mittags aufwache und aufs Klo muss, sieht mich Hunter, der auf dem Sofa sitzt und seinen Kaffee trinkt, wahrscheinlich schon den vierten, und er lacht mich kopfschüttelnd an. *Thank goodness, home at last.*

Bald werde ich meine Wohnung kündigen und zu Kevin ziehen. Ihn – wieder – mit zu meinen Eltern nehmen, denen vor Überraschung der Mund offen bleibt. Dann gehört er zur Familie, fast als wäre er nie weg gewesen.
Wir werden in unsere Büros fahren, zu unseren Terminen, mal er zu einem Wettbewerb nach Rio, mal ich zu einem Kongress nach London. Und immer wieder werden wir in sein, in unser Haus heimkehren, aufs grüne Sofa.
Isa wird ihr zweites Kind bekommen, einen Sohn, wir werden gemeinsam nach Frankfurt kommen. Kevin wird mit ihrer kleinen Tochter Verstecken spielen, Isa mich kopfschüttelnd ansehen, *Wie das Leben manchmal einfach wieder umdreht.*
Hunter wird zu Luis' Geburtstag tatsächlich Jessie nach Sevilla mitbringen, sie wird sich in unseren Kreis einfügen, als hätte der letzte Platz nur auf sie gewartet, und irgendetwas in Hunter, seine Rastlosigkeit, wird an ihrer Seite Ruhe finden. Sie werden ein Haus in L.A. kaufen und endlich beieinander angekommen sein. Ein Jahr später werden sie nach einer Klettertour von einem zu schnell

fahrenden Lkw aus der Kurve gedrängt werden, Jessie wird sofort tot sein, und Kevin und ich werden mit Luis und Fabiola in einem Krankenhauszimmer in Little Rock drei Tage lang hilflos zusehen, wie Hunter geht. Ab dem Moment, in dem sein Herz zu schlagen aufhört, wird unsere Welt regelmäßig ein Hindernis überwinden müssen, wir werden uns daran gewöhnen, es aber immer spüren. Wenn wir von dieser Reise nach Hause kommen werden, werde ich das Snowboardfoto von Hunter und Kevin, das früher auf seinem Desktop war, rahmen lassen, gemeinsam mit einem Bild der drei Musketiere von den Dreharbeiten im Wasserpark, und sie neben das Reno-Bild in die Küche hängen. Kevin wird sie sehen und sagen, *Heirate mich!,* und ich werde antworten, *Okay.*

Den Wunsch nach einem Baby wird zuerst er aussprechen, aber als es zu uns kommt, wird es plötzlich in Kevin alle alten Dämonen wecken und die maßlose Furcht, am Ende nach so vielen anderen auch mich und das Kind zu verlieren. Er wird sich über Monate wieder in sich einschließen, unzugänglich, abweisend. Ich werde selbst überfordert sein mit diesem fremden Menschen, der meinen Körper bewohnt, wir werden streiten und schreien, gefolgt von Tagen ohne Worte, ohne Blicke. Wir werden uns nicht befreien können, auch wenn Isa, Fabiola und Luis verzweifelt versuchen werden, uns zu helfen, aber alles wird beinah auseinanderbrechen. Erst die alte Hebamme, die uns eines Abends nach dem Geburtsvorbereitungskurs zurückhalten und zwingen wird, uns anzusehen und Worte zu finden, wird uns retten. Und so wird unser Sohn, so wie sein Bruder zwei Jahre und seine Schwester weitere vier Jahre später, in ihrem Geburtshaus geboren werden, und immer, wenn wir den dunkelsten Moment erreichen werden, an dem wir glauben, den Schmerz nicht mehr tragen zu können, werden sie plötzlich da sein und uns den ersten Blick ihres Lebens schenken.

Alle drei werden im Zwischen nach der Dunkelheit und vor der Morgendämmerung geboren werden, im Frühling, im Sommer und im Herbst, und wir werden dreimal mit der Morgensonne in unser Leben zurückkehren. Unsere Kinder werden es in Besitz

nehmen, unser Haus zu ihrem machen, die grüne Couch, in die sie Marmelade und Fingerfarben schmieren, unsere Halfpipe, die sie im Winter mit ihren Schlitten besetzen, auf der sie im Sommer von ihrem Vater lernen, wie man ein Skateboard benutzt. Ihr Opa musste unseren alten Kirschbaum längst umsägen, aber er wird ein neues Klettergerüst aufstellen, dort werden die drei mit den beiden Töchtern von Benni spielen.
Wenn sie alt genug sein werden, wird Kevin ihnen von ihrer anderen Großmutter erzählen. Sie werden traurig und erschrocken sein, aber nicht darunter leiden, weil dieser Hass in ihnen keine Entsprechung hat. Und so wachsen sie in ihr Leben hinein, während wir an unserem Tisch sitzen, die Bilder über uns.

Das Leben scheint eine Richtung zu haben, geradeaus, ein paar Kurven, vorhersehbar. Als sei dir in die Wiege gelegt, wie du leben sollst und darfst. Und dann, manchmal, wenn du ein wenig Glück hast und bis zum Schluss dran glaubst, dass du es schaffst, bekommst du ein Stück davon unter die Füße und kannst es drehen, und plötzlich ist es ganz andersrum, komplett neu. Das hast du nicht erwartet, aber so ist es, und du siehst dich um und merkst, es ist richtig.

GLOSSAR

antauchen – anschieben
Auslage – Schaufenster
Beisl – kleine, volkstümliche Gaststätte
Bub – Junge
Faschiertes – Hackfleisch
fesch – gutaussehend
Gang – Flur
HTL – höhere technische Lehranstalt
Jänner – Januar
Jus – Jura
Kantwurst – pikante Wurstsorte in rechteckiger Form
Kasten – Schrank
keinen Tau haben – nichts wissen
Lurch – zusammengeballter Staub
Matura – Reifeprüfung, Abitur
maturiert – das Abitur, die Reifeprüfung bestanden
Mist – Müll
Mistkübel – Mülleimer
Mittelschule – Realschule
Plafond – Decke
Polster – Kissen
Professor – Lehrer an einer höheren Schule
Rodel – Sackkarre
Sack – Tüte, Beutel
Saunaschinken – gekochter Schinken
Scheibtruhe – Schubkarre
Schlagobers – Schlagsahne
Semmel – Brötchen
Stiege – Treppe
Tischler – Schreiner
Tratsch – Gerede
Weste – Jacke
Zipp – Reißverschluss

QUELLEN

Seite 5, Seite 148
Claire, Pioneers
Urheber: Josie Claire Bürkle, Matthias Hauck, Nepomuk Heller, Florian Kiermaier, Sebastian Berghofer
© by Ed. Copyriot
Abdruck mit freundlicher Genehmigung durch UNIVERSAL Music Publishing GmbH

Seite 5
Coldplay, Atlas
Words & Music by Guy Berryman, Jonathan Buckland, William Champion & Christopher Martin
© Copyright 2013 Universal Music Publishing MGB Limited.
Abdruck mit freundlicher Genehmigung durch UNIVERSAL Music Publishing GmbH

Seite 26ff
Sail, Awolnation
Musik: Aaron R. Bruno, Text: Aaron R. Bruno
Mit freundlicher Genehmigung von © Awolnation Music / Red Bull Media House GmbH

Seite 207
Long Time Gone, Norah Jones und Billie Joe Armstrong
Words & Music by Trad, Tex Ritter & Frank Harford
© Copyright 1946 Goldsen Michael H Incorporated.
Universal Music Publishing Limited.
Abdruck mit freundlicher Genehmigung durch UNIVERSAL Music Publishing GmbH

Seite 253f
Last night on earth
Musik & Text: Armstrong, Billie Joe (CA) / Wright III, Frank Edwin (C) / Pritchard, Mike Ryan (C)
© 2009 by WB Music Corp und Green Daze Music
Mit freundlicher Genehmigung der Warner Chappell Musikverlag Gesellschaft M.B.H

DANKE

Julia. Für alles, eigentlich. Echt. Alles. Keep on pushin'.
Peter, Roman, Michael, Dominik, Felix & Alex für die bewusste und unbewusste Unterstützung.

Karin und Roman für allerlei Ideen, ihre Ehrlichkeit und die Lasagne.
Heidi für den gescannten Sex.
Fabi für das Strafgesetzbuch.
Michel für die medizinische Beratung.
Aischa und Jürgen für die Nachhilfe.
Meinem Mann für die Bauarbeiten.
Daniel für das Englisch-Lektorat und Foreverly.
Ines für Hunters Satz.
Santa für die hilfreichen Ratschläge.
Wolfgang für das Titel-Brainstorming.

Paul, Greyson, Torey, Ryan, Zered, Ryan, Willow, Sean, Chris, Luan, Danny, Rune, Nyjah, Jaws ...
für tonnenweise Inspiration.

Green Day für 21st Century Breakdown.
Mars Inc. für den Segen der M&Ms.